Série
STMG
TERMINALE

BAC Technologique

W0243212

MERCATIQUE

3e ÉDITION

ENSEIGNEMENT DE SPÉCIALITÉ

ENSEIGNEMENT SPÉCIFIQUE

Sous la coordination de Cécile RENAUD
Sylvie ABEILLE ♦ Nathalie DUBOIS-BOUHIER ♦ Christophe MARZIALS ♦ Magalie GARNIER

FontainePicard

Présentation de l'ouvrage

LE THÈME

Les notions et capacités abordées dans le chapitre

La mise en situation

La question de gestion

Le cas s'appuie sur des situations réelles permettant aux élèves de mieux appréhender les différentes organisations.

Découvrir

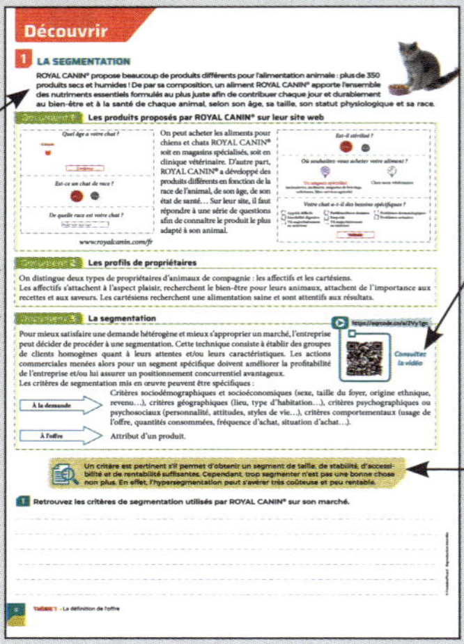

Le développement de la situation

Des documents

La place pour répondre

Des liens vers des ressources numériques : vidéos ou sites web

Des apports notionnels

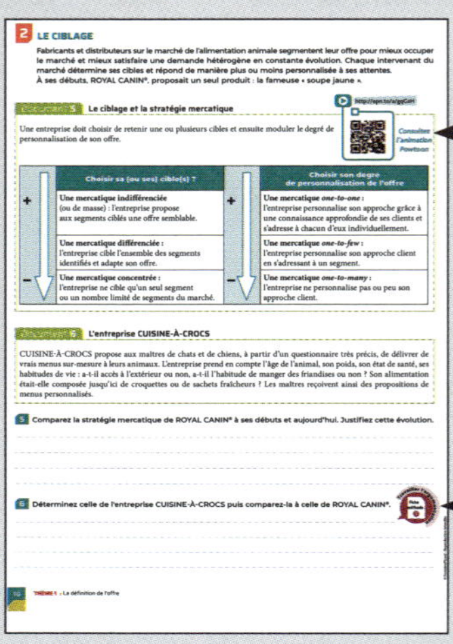

Des liens vers des animations Powtoon

La rubrique «Travailler l'argumentation» avec renvoi vers la fiche méthode concernée.

À retenir

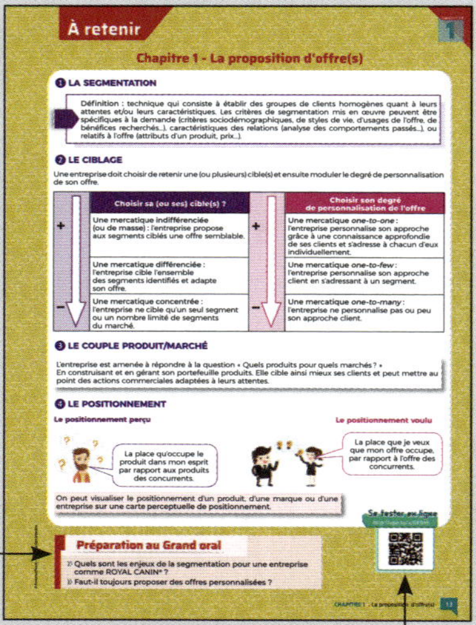

Une synthèse pour faciliter la compréhension et la mémorisation des notions.

Pour s'entraîner à trouver des questions possibles pour le Grand oral.

Des quiz Genially pour évaluer les connaissances et tester les acquis

Appliquer

En fin de chapitre, la partie **Appliquez** permet à l'élève de se mettre en activité.

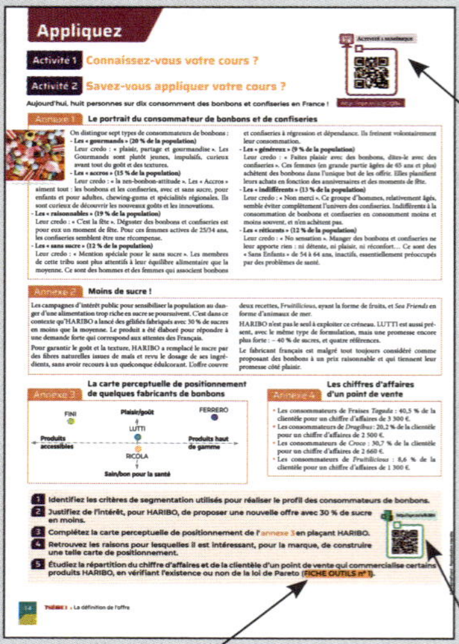

L'activité 1 en version numérique

Des liens vers les FICHES OUTILS

Des fichiers Excel

ESCAPE GAME

À partir d'un espace virtuel, les élèves accèdent à un Escape Game pédagogique.

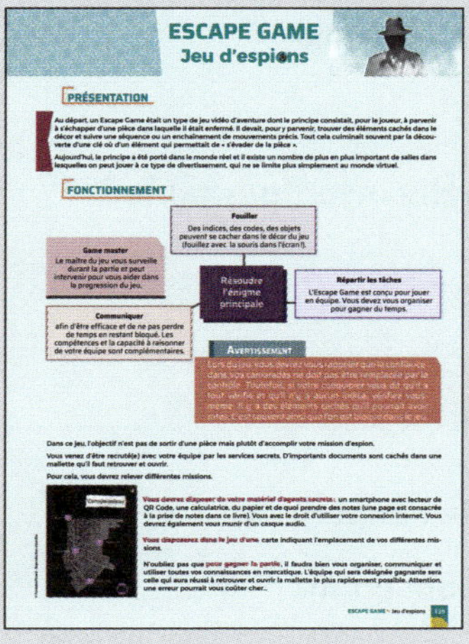

Fiche outils

Des fiches outils pour guider les élèves dans la compréhension des méthodes de calculs par une approche progressive des exercices.

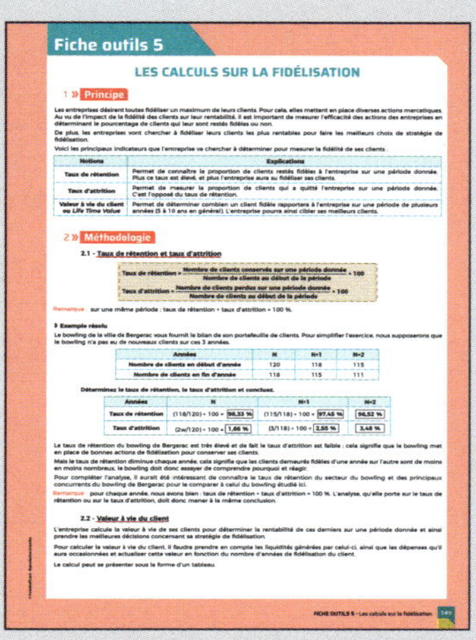

CAHIER OUTILS pour le Grand oral et le projet

Un cahier outils pour préparer à l'examen du Grand oral et à la réalisation du projet de gestion.

Des fiches méthode

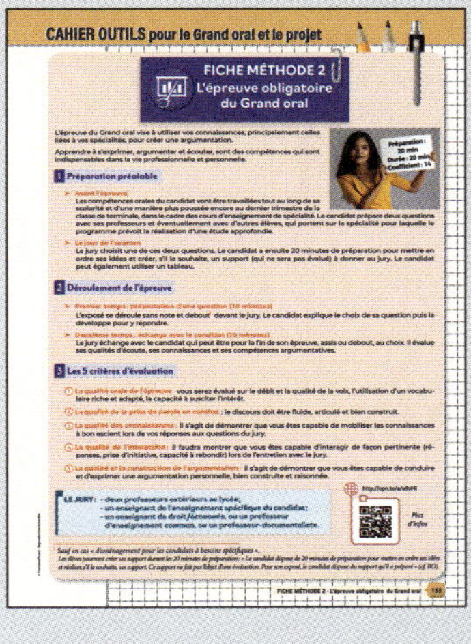

Des entraînements à l'épreuve

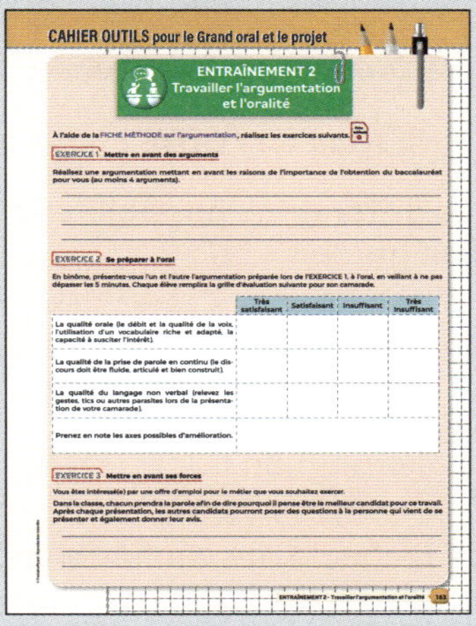

Ressources numériques complémentaires

Les différents modes opératoires sont mis à disposition en version numérique (cf. p. 5).

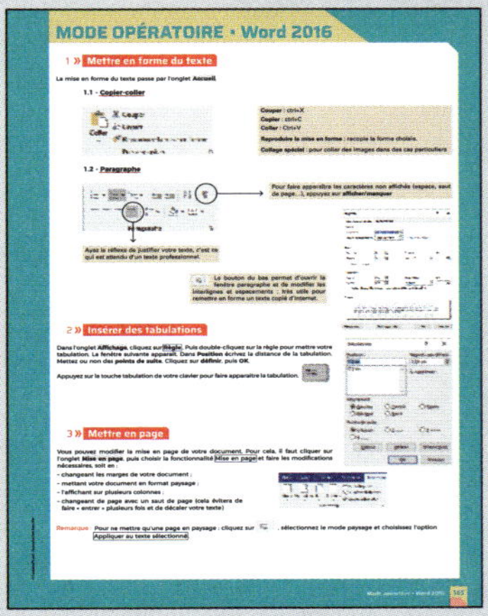

Liste des modes opératoires

- Mode opératoire Word 2016

- Mode opératoire Excel 2013
- Mode opératoire Excel 2016
- Mode opératoire Excel 2019

- Mode opératoire PowerPoint 2007
- Mode opératoire PowerPoint 2010
- Mode opératoire PowerPoint 2016
- Mode opératoire PowerPoint 2019

- Mode opératoire Enquête Ethnos (version longue)
- Mode opératoire Enquête Google Forms
- Mode opératoire Enquête Sphinx IQ
- Mode opératoire Enquête Sphinx IQ2
- Mode opératoire Enquête Sphinx (version courte)
- Mode opératoire Enquête Sphinx (version longue)
- Mode opératoire Enquête Sphinx Primo

Sommaire

THÈME 1 **La définition de l'offre**

THÈME 2 **La distribution de l'offre**

THÈME 3 **La communication de l'offre**

Escape Game

Fiches outils

Fiches outils en version numérique :

Les outils de base
http://opn.to/a/Gt9K8

La prévision des ventes
http://opn.to/a/SJ3RL

Cahier outils pour le Grand oral et le projet

Fiches méthode

Entraînements

Modes opératoires

Modes opératoires en version numérique :

Mode opératoire Word
http://opn.to/a/t1eya

Mode opératoire Excel
http://opn.to/a/KWytE

Mode opératoire Logiciels de traitement d'enquête
http://opn.to/a/SWpCl

Mode opératoire Powerpoint
http://opn.to/a/8ihQV

Crédits photographiques:
Couverture: © shutterstock_TierneyMJ_1679504617

p. 8 © Pixel-Shot_shutterstock_1131648590 ; p. 13a © Visual_Generation_shutterstock_573869044 ; p. 13b © Dooder_shutterstock_260573504 ; p. 14 © Tatyana Vyc_shutterstock_280154789 ; p. 15 à 20 © SODEBO ; p. 16 © asiandelight_ shutterstock_1507419005 ; p. 18 © aurielaki_shutterstock_1069662998 ; p. 22 © VectorKnight_shutterstock_1386633407 ; p. 25, 26 © PANDA TEA ; p. 27 à 33 © PÂTISSERIES GOURMANDES ; p. 36 © Oleksandr_Delyk_shutterstock_459214822 ; p. 37 © ra2 studio_shutterstock_1159599265 ; p. 39 © View Apart_shutterstock_313209971 ; p. 40a © Dean Drobot_shutterstock_1119976652 ; p. 40b © Dean Drobot_shutterstock_557992390 ; p. 40c © kiuikson_shutterstock_387823966 ; p. 41a © Maria Pomelnikova_shutterstock_1014604987 ; p. 41b © Rawpixel.com_shutterstock_425755507 ; p. 43a © Dean Drobot_ shutterstock_1119976652 ; p. 43b © Dean Drobot_shutterstock_557992390 ; p. 43c © kiuikson_shutterstock_387823966 ; p. 43d © Rodin Anton_shutterstock_106920170 ; p. 45 © pio3_shutterstock_1052156201 ; p. 46 © Aldeca Productions_shutterstock_1587638416 ; p. 49 © claires_shutterstock_209470141 ; p. 50 © Syda Productions_shutterstock_365120828 ; p. 51 © ColorMaker_shutterstock_2259657379 ; p. 52 © javi_indy_shutterstock_1576052770 ; p. 53a © lightpoet_shutterstock_530751511 ; p. 53b © Vitaly_Vision_shutterstock_2281778937 ; p. 55 © Boyloso_shutterstock_1746387386 ; p. 56 © NatashaPhoto_shutterstock_601993277 ; p. 59 © Zubada_shutterstock_237515134 ; p. 61 © stockcreations_shutterstock_484573408 ; p. 62 © margouillat photo_ shutterstock_171371822 ; p. 63 © eamesBot_shutterstock_2237847463 ; p. 64 © FrankHH_shutterstock_1264281382 ; p. 65a © MaDedee_shutterstock_792888520 ; p. 65b © Bakhtiar Zein_shutterstock_721040101 ; p. 66 © eamesBot_shutterstock_2122531559 ; p. 69 à 72 © VENT DE BOHÈME ; p. 71a © Gorodenkoff_shutterstock_1275256225 ; p. 71b © William Potter_shutterstock_1025051719 ; p. 74 © iconim_shutterstock_1352459156 ; p. 75 © Gunnar Pippel_shutterstock_83922655 ; p. 78 © OSTILL is Franck Camhi_shutterstock_149039333 ; p. 81a © Art3d_shutterstock_120165310 ; p. 81b © SmartPhotoLab_shutterstock_381129667 ; p. 81c © Leika_production_shutterstock_1154715967 ; p. 81d © Iakov_Filimonov_shutterstock_508641502 ; p. 81e © Berurin_shutterstock_1416852707 ; p. 81f © Illizium_shutterstock_1412378519 ; p. 81g © ra2_studio_shutterstock_1419486350 ; p. 81h © gladcov_shutterstock_109407485 ; p. 82a © Rawpixel.com_ shutterstock_276007715 ; p. 82b © NicoElNino_shutterstock_566194201 ; p. 83a © Chambre d'Agriculture du Gard ; p. 83b © oatawa_shutterstock_1222202530 ; p. 87 © Monkey Business Images_shutterstock_340668890 ; p. 89 © William Potter_shutterstock_580499569 ; p. 92a © Rawpixel.com_shutterstock_461355724 ; p. 92b © Umberto Shtanzman_shutterstock_104770223 ; p. 92c © EmBaSy_shutterstock_693573352 ; p. 92d © Tetiana Savaryn_shutterstock_251973727 ; p. 94 © aureliefrance_shutterstock_418013305 ; p. 95a © Hadrian_shutterstock_1461379094 ; p. 95b © Sharaf Maksumov_shutterstock_1107077612 ; p. 97 © William Potter_shutterstock_1181302147 ; p. 103 © Harry Wedzinga_shutterstock_1681219546 ; p. 106 © Oleksiy Mark_shutterstock_131496704 ; p. 108 © Palto_shutterstock_191922920 ; p. 109a © Quang Ho_mer shutterstock_521316607 ; p. 109b © puckillustrations_Fotolia_56702337 ; p. 109c © sdecoret_shutterstock_521933656 ; p. 109d © Purple Anvil_shutterstock_520667485 ; p. 109e © Abdallavector_ shutterstock_522465733 ; p. 109f © vgeniykleymenov_shutterstock_524081845 ; p. 109g © alphaspirit_Fotolia_38449232 ; p. 116 © DenisMArt_shutterstock_650308477 ; p. 119 © batjaket_shutterstock_1289615230 ; p. 121 © dizain_shutterstock_287123705 ; p. 122 © Stmool_shutterstock_1511026031 ; p. 123 © Soloma_shutterstock_666486511 ; p. 125 © monbento® ; p. 127 à 136 © MICHEL ET AUGUSTIN ; p. 129 © Rawpixel. com_shutterstock_514218103 ; p. 130 © Vector_Bird_shutterstock_2163697639 ; p. 132 © DeiMosz_shutterstock_230980426 ; p. 134 © 4zevar_shutterstock_563219488 ; p. 138 © Kaspars_Grinvalds_shutterstock_1252529935 ; p. 139 © Genially ; p. 153 © michaeljung_shutterstock_193643774 ; p. 154a © fizkes_shutterstock_1079701271 ; p. 154a © bearsky23_shutterstock_1080731966 ; p. 155 © Dipak Shelare_shutterstock_1903341217 ; p. 162 © Legendary4_shutterstock_2269827943.

Les contextes s'appuient sur des situations réelles d'organisation mais dont les données ont été simplifiées et adaptées pour les besoins de l'exercice. De ce fait et pour des raisons de confidentialité, les données chiffrées et les éléments de la politique des organisations ont pu être modifiés.

Les auteurs apportent un soin particulier dans la recherche de sites internet conseillés dans les ouvrages ou les ressources enseignants. Toutefois, l'éditeur tient à préciser qu'il ne peut être tenu responsable des sites tiers visibles et consultables sur les pages proposées dans cet ouvrage scolaire. Le contenu de ces sites n'engage pas la responsabilité de l'éditeur, FontainePicard n'exerçant aucun contrôle quant au contenu des sites tiers.

Malgré tous les efforts de l'éditeur, certaines demandes de droit de reproduction n'ont pas, à ce jour, reçu de réponse. Les droits de reproduction sont réservés par FontainePicard.

Pour d'éventuelles informations de votre éditeur

https://eqrco.de/a/T8DMJM

Maquettes (couverture et intérieure) / mise en page : **FontainePicard**

Achevé d'imprimer sur les presses de l'imprimerie FAURITE
Imprimé en France
Dépôt légal : 1er trimestre 2024

ISBN : 978-2-7446-4857-1

CHAPITRE 1

La proposition d'offre(s)

1.1 - La personnalisation de l'offre est-elle incontournable ?

CAPACITÉS » Analyser les choix possibles de l'offre à partir du couple produit/marché.

NOTIONS » Segmentation, ciblage, positionnement, couple produit/marché, marketing de masse, marketing différencié, marketing concentré, marketing individualisé *(one-to-one)*.

Contexte ROYAL CANIN®

» MISE EN SITUATION

En 1967, Jean Cathary, vétérinaire exerçant à Gallargues-le-Montueux, un village du sud de la France, a la conviction que les nombreux chiens qu'il reçoit en consultation souffrent d'eczéma à cause d'un régime alimentaire déséquilibré. Il décide alors d'élaborer un aliment sec complet, digestible et non gras. En fabriquant dans sa cuisine la « soupe jaune », à base de flocons de céréales, il devient un pionnier dans la nutrition canine. Il fonde alors la société ROYAL CANIN®, qui a aujourd'hui plus de 50 ans.

Un nom et un logo emblématiques

Le nom ROYAL CANIN® porte la philosophie et le message de la marque : « priorité à l'animal et à ses besoins ». Le berger allemand choisi pour emblème évoque une race noble et connue de tous. Les produits ROYAL CANIN® revendiquent ainsi l'excellence au service des chiens et plus tard des chats.

Aujourd'hui, avec des usines en Chine, au Brésil, en Russie… l'entreprise, qui appartient au groupe MARS, emploie plus de 7 150 collaborateurs dans 92 pays et possède 66 filiales dans 13 pays différents.

www.royalcanin.com/fr

Découvrir

1 LA SEGMENTATION

ROYAL CANIN® propose beaucoup de produits différents pour l'alimentation animale : plus de 350 produits secs et humides ! De par sa composition, un aliment ROYAL CANIN® apporte l'ensemble des nutriments essentiels formulés au plus juste afin de contribuer chaque jour et durablement au bien-être et à la santé de chaque animal, selon son âge, sa taille, son statut physiologique et sa race.

Document 1 Les produits proposés par ROYAL CANIN® sur leur site web

www.royalcanin.com/fr

On peut acheter les aliments pour chiens et chats ROYAL CANIN® soit en magasins spécialisés, soit en clinique vétérinaire. D'autre part, ROYAL CANIN® a développé des produits différents en fonction de la race de l'animal, de son âge, de son état de santé… Sur leur site, il faut répondre à une série de questions afin de connaître le produit le plus adapté à son animal.

Document 2 Les profils de propriétaires

On distingue deux types de propriétaires d'animaux de compagnie : les affectifs et les cartésiens.
Les affectifs s'attachent à l'aspect plaisir, recherchent le bien-être pour leurs animaux, attachent de l'importance aux recettes et aux saveurs. Les cartésiens recherchent une alimentation saine et sont attentifs aux résultats.

Document 3 La segmentation

https://eqrcode.co/a/2Vy1gn

Consultez la vidéo

Pour mieux satisfaire une demande hétérogène et mieux s'approprier un marché, l'entreprise peut décider de procéder à une segmentation. Cette technique consiste à établir des groupes de clients homogènes quant à leurs attentes et/ou leurs caractéristiques. Les actions commerciales menées alors pour un segment spécifique doivent améliorer la profitabilité de l'entreprise et/ou lui assurer un positionnement concurrentiel avantageux.
Les critères de segmentation mis en œuvre peuvent être spécifiques :

À la demande → Critères sociodémographiques et socioéconomiques (sexe, taille du foyer, origine ethnique, revenu…), critères géographiques (lieu, type d'habitation…), critères psychographiques ou psychosociaux (personnalité, attitudes, styles de vie…), critères comportementaux (usage de l'offre, quantités consommées, fréquence d'achat, situation d'achat…).

À l'offre → Attribut d'un produit.

Un critère est pertinent s'il permet d'obtenir un segment de taille, de stabilité, d'accessibilité et de rentabilité suffisantes. Cependant, trop segmenter n'est pas une bonne chose non plus. En effet, l'hypersegmentation peut s'avérer très coûteuse et peu rentable.

1 Retrouvez les critères de segmentation utilisés par ROYAL CANIN® sur son marché.

D'après la dernière enquête Ipsos, les dépenses moyennes sont de 304 € par an pour un propriétaire de chat et 664 € par an pour un propriétaire de chien. 12 % des Français dépensent plus de 1 000 € par an pour leur animal de compagnie. Les croquettes continuent à être très largement utilisées par les propriétaires de chiens (82 %) ou de chats (78 %). On note une augmentation de l'alimentation personnalisée : nourriture bio, préparée par le propriétaire, ou spécifique liée à un souci de santé et sans gluten.

Document 4 Des maîtres de plus en plus soucieux de la nourriture donnée à leur animal

BATAILLE RANGÉE ENTRE NESTLÉ ET MARS

PART DE MARCHÉ GLOBAL en %

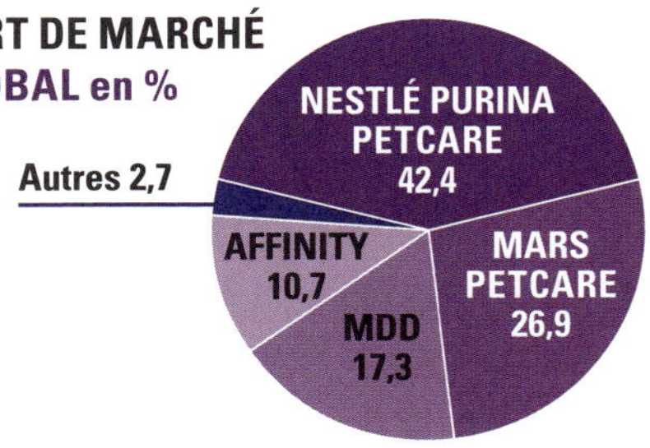

Répartition du marché en valeur du petfood par acteurs en 2017

Source : Nielsen ; origine industriels, en HM + XM, SDMP

PART DE MARCHÉ CHAT

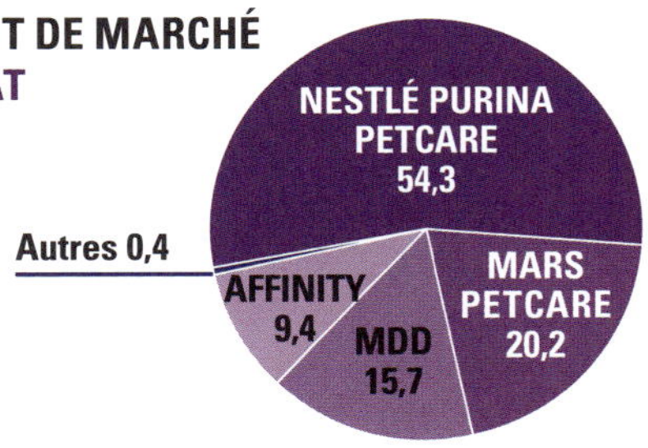

Chacun sa spécialité.
Si NESTLÉ PURINA PETCARE domine le marché global du petfood, le groupe est aussi leader sur la nourriture pour chat. En revanche pour le chien, il cède sa place de numéro un à son principal concurrent, MARS PETCARE. Les MDD se placent en troisième position.

PART DE MARCHÉ CHIEN

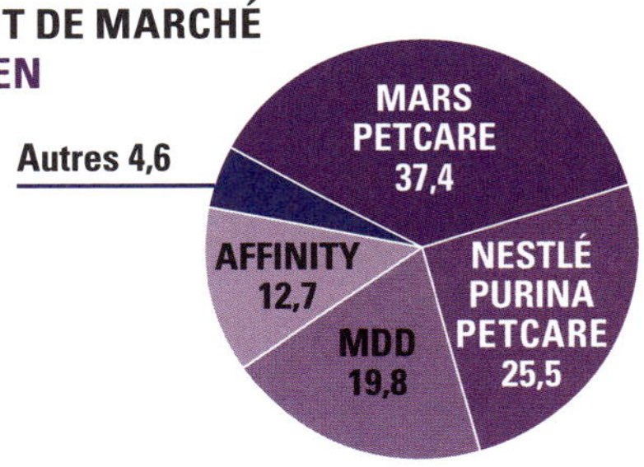

www.lsa-conso.fr

Rien ne semble trop beau pour assurer le bien-être des chats et des chiens. Les propriétaires d'animaux considèrent de plus en plus ces derniers comme un membre à part entière de la famille, voire un enfant. L'article 515-14 du Code civil vient d'ailleurs de leur accorder un nouveau statut juridique en les reconnaissant comme « des êtres vivants doués de sensibilité ». Cette personnalisation de l'animal explique pourquoi leur nourriture se rapproche de plus en plus de la nôtre et l'existence d'une segmentation très fine sur ce marché.

On retrouve ainsi les mêmes tendances que sur le marché de l'alimentation : bio, sans gluten, pauvre en glucide, etc.

De plus, ce marché affiche un fort dynamisme depuis plusieurs années et cela n'est pas près de s'arrêter. La dernière étude réalisée par Xerfi[1] annonce que le marché des animaux de compagnie devrait dépasser la barre des 5 milliards d'euros en France très rapidement. La segmentation très fine de l'offre continue d'être un moteur de développement. Sur ce terrain de la segmentation, les marques sont nombreuses à proposer de plus en plus de produits adaptés à chaque animal comme PEDIGREE, GOURMET, PERFECT FIT… La marque PURINA ONE propose par exemple des recettes pour les chats âgés, sensibles, ceux en prise avec des changements hormonaux liés à la stérilisation ou avec des problèmes de poils… Entre les différents acteurs, la lutte est féroce !

[1] *Xerfi : organisme d'études*

2 Identifiez les raisons qui expliquent que ce marché soit très segmenté.

3 Retrouvez l'intérêt, pour ROYAL CANIN®, d'être présent sur autant de segments.

4 Repérez le danger de la stratégie utilisée par ROYAL CANIN® en matière de segmentation.

2 LE CIBLAGE

Fabricants et distributeurs sur le marché de l'alimentation animale segmentent leur offre pour mieux occuper le marché et mieux satisfaire une demande hétérogène en constante évolution. Chaque intervenant du marché détermine ses cibles et répond de manière plus ou moins personnalisée à ses attentes.
À ses débuts, ROYAL CANIN®, proposait un seul produit : la fameuse « soupe jaune ».

Document 5 Le ciblage et la stratégie mercatique

http://opn.to/a/gqGsH

Consultez l'animation Powtoon

Une entreprise doit choisir de retenir une ou plusieurs cibles et ensuite moduler le degré de personnalisation de son offre.

	Choisir sa (ou ses) cible(s) ?		Choisir son degré de personnalisation de l'offre
+	**Une mercatique indifférenciée** (ou de masse) : l'entreprise propose aux segments ciblés une offre semblable.	+	**Une mercatique *one-to-one* :** l'entreprise personnalise son approche grâce à une connaissance approfondie de ses clients et s'adresse à chacun d'eux individuellement.
	Une mercatique différenciée : l'entreprise cible l'ensemble des segments identifiés et adapte son offre.		**Une mercatique *one-to-few* :** l'entreprise personnalise son approche client en s'adressant à un segment.
–	**Une mercatique concentrée :** l'entreprise ne cible qu'un seul segment ou un nombre limité de segments du marché.	–	**Une mercatique *one-to-many* :** l'entreprise ne personnalise pas ou peu son approche client.

Document 6 L'entreprise CUISINE-À-CROCS

CUISINE-À-CROCS propose aux maîtres de chats et de chiens, à partir d'un questionnaire très précis, de délivrer de vrais menus sur-mesure à leurs animaux. L'entreprise prend en compte l'âge de l'animal, son poids, son état de santé, ses habitudes de vie : a-t-il accès à l'extérieur ou non, a-t-il l'habitude de manger des friandises ou non ? Son alimentation était-elle composée jusqu'ici de croquettes ou de sachets fraîcheurs ? Les maîtres reçoivent ainsi des propositions de menus personnalisés.

5 **Comparez la stratégie mercatique de ROYAL CANIN® à ses débuts et aujourd'hui. Justifiez cette évolution.**

6 **Déterminez celle de l'entreprise CUISINE-À-CROCS puis comparez-la à celle de ROYAL CANIN®.**

Travailler l'argumentation – Fiche méthode 1

3 LE COUPLE PRODUIT/MARCHÉ

Comme nous l'avons vu, le marché du petfood est hypersegmenté. Les entreprises présentes doivent répondre au mieux aux besoins et aux attentes des propriétaires d'animaux de compagnie. Ils sont tenus d'identifier les produits qu'ils vont proposer et les couples produit/marché.
ROYAL CANIN® est ainsi amené à répondre à la question « quels produits pour quels marchés ? » en construisant et en gérant son portefeuille produits. L'entreprise cible ainsi mieux ses clients et peut mettre au point des actions commerciales adaptées à leurs attentes.

7 Indiquez l'intérêt, pour ROYAL CANIN®, d'identifier des couples produit/marché.

....

....

8 Complétez la matrice représentant les couples produit/marché de ROYAL CANIN® (en se référant au **document 2** relatif aux profils de propriétaires).

Produit / Marché	Propriétaires « cartésiens »	Propriétaires « affectifs »
La ligne ROYAL CANIN® spécial chats et chiens de race, car il est prouvé qu'il faut apporter des nutriments et des vitamines spécifiques à certaines races d'animaux.		
La ligne ROYAL CANIN® spécial chats et chiens exigeants, pour les maîtres attentifs aux goûts de leurs animaux.		
La ligne ROYAL CANIN® spécial chats et chiens difficiles et sensibles aux saveurs.		
La ligne ROYAL CANIN® spécial friandises pour chats et chiens.		
La ligne ROYAL CANIN® spécial chiens et chats stérilisés, car il est recommandé de donner une alimentation adaptée aux organismes des animaux stérilisés qui ont moins d'appétit.		

4 LE POSITIONNEMENT

ROYAL CANIN® met en avant ses valeurs. C'est un acteur majeur de la nutrition santé canine et féline dans le monde entier. Sa vision du chat et du chien est basée sur l'observation quotidienne de façon à apporter les meilleures solutions nutritionnelles. L'entreprise enrichit son expertise grâce à de solides partenariats avec les éleveurs, les vétérinaires et les scientifiques.

Document 7 **Les valeurs de ROYAL CANIN®**

Connaissance et respect du chat et du chien

Nous mettons le chat et le chien au cœur de notre philosophie. Leurs besoins nutritionnels guident chacune de nos actions et inspirent notre philosophie nutritionnelle. Nous approfondissons continuellement notre connaissance du chat et du chien grâce à des échanges permanents avec les professionnels, les communautés scientifiques ainsi que notre réseau de possesseurs de chats et de chiens. Le respect de la vraie nature du chat et du chien est une évidence et à ce titre nous refusons toute forme d'anthropomorphisme[2].

La Nutrition Santé : nourrir leur vraie nature

Convaincus que la manière dont ils se nourrissent conditionne leur santé, nous nous consacrons à la nutrition santé en composant des aliments dont la combinaison nutritionnelle répond exclusivement aux besoins des chats et des chiens.

L'innovation basée sur la science et l'observation

Chez ROYAL CANIN® l'innovation se nourrit des remontées de nos partenaires et de nos observations constantes des chats et des chiens qui nous permettent d'acquérir une connaissance approfondie des besoins précis de chacun d'eux. Nos innovations nutritionnelles sont le fruit de formulations précises et non basées sur des tendances marketing, nous permettant de fournir la nutrition la plus précise pour chaque chat et chaque chien, pour leur santé et leur bien-être.

La qualité nutritionnelle et la sécurité alimentaire : des exigences absolues

ROYAL CANIN® ne fait aucune concession sur la qualité et la sécurité alimentaire de ses aliments. La santé des chats et des chiens reste notre priorité. Nous choisissons pour cela les meilleurs ingrédients et les meilleurs fournisseurs de matières premières.

www.royalcanin.com/fr

[2] *Anthropomorphisme : tendance à attribuer aux animaux et aux choses des réactions humaines.*

Document 8 Le positionnement

Le positionnement correspond à la place qu'occupe le produit dans l'esprit des consommateurs par rapport aux produits des concurrents. Le but est que le positionnement décidé (appelé « positionnement voulu ») par l'entreprise corresponde bien au positionnement perçu par les consommateurs.

On peut représenter sur un graphique (repère orthonormé), appelé « carte de positionnement » ou « mapping », la place qu'occupe chaque intervenant sur le marché en fonction de différents critères.

Visualisez la vidéo des Jeudis d'Émilie concernant le positionnement.

http://opn.to/a/kZPM4

Consultez la vidéo

Document 9 La carte de positionnement sur le marché du petfood (alimentation pour animaux de compagnie)

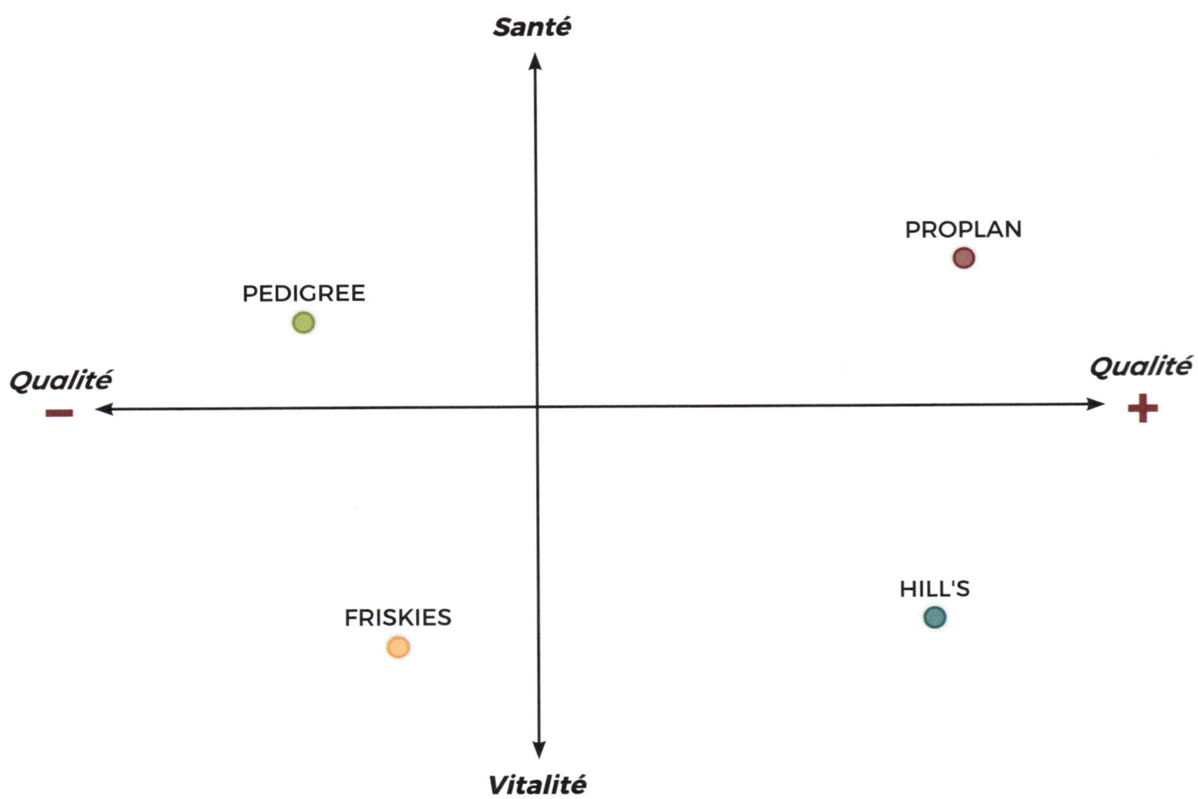

9 Retrouvez le positionnement de ROYAL CANIN®.

10 Complétez la carte perceptuelle de positionnement en plaçant la marque Purina de NESTLÉ dans le **document 9** (ci-dessus) et en vous appuyant sur la lecture du **document 4** (page 9).

11 Repérez le(s) concurrent(s) le(s) plus redoutable(s) pour ROYAL CANIN®. Justifiez la réponse.

À retenir

Chapitre 1 - La proposition d'offre(s)

1 LA SEGMENTATION

Définition : technique qui consiste à établir des groupes de clients homogènes quant à leurs attentes et/ou leurs caractéristiques. Les critères de segmentation mis en œuvre peuvent être spécifiques à la demande (critères sociodémographiques, de styles de vie, d'usages de l'offre, de bénéfices recherchés…), caractéristiques des relations (analyse des comportements passés…), ou relatifs à l'offre (attributs d'un produit, prix…).

2 LE CIBLAGE

Une entreprise doit choisir de retenir une (ou plusieurs) cible(s) et ensuite moduler le degré de personnalisation de son offre.

	Choisir sa (ou ses) cible(s) ?		Choisir son degré de personnalisation de l'offre
+	Une mercatique indifférenciée (ou de masse) : l'entreprise propose aux segments ciblés une offre semblable.	+	Une mercatique *one-to-one* : l'entreprise personnalise son approche grâce à une connaissance approfondie de ses clients et s'adresse à chacun d'eux individuellement.
	Une mercatique différenciée : l'entreprise cible l'ensemble des segments identifiés et adapte son offre.		Une mercatique *one-to-few* : l'entreprise personnalise son approche client en s'adressant à un segment.
–	Une mercatique concentrée : l'entreprise ne cible qu'un seul segment ou un nombre limité de segments du marché.	–	Une mercatique *one-to-many* : l'entreprise ne personnalise pas ou peu son approche client.

3 LE COUPLE PRODUIT/MARCHÉ

L'entreprise est amenée à répondre à la question « Quels produits pour quels marchés ? » en construisant et en gérant son portefeuille produits. Elle cible ainsi mieux ses clients et peut mettre au point des actions commerciales adaptées à leurs attentes.

4 LE POSITIONNEMENT

Le positionnement perçu

La place qu'occupe le produit dans mon esprit par rapport aux produits des concurrents.

Le positionnement voulu

La place que je veux que mon offre occupe, par rapport à l'offre des concurrents.

On peut visualiser le positionnement d'un produit, d'une marque ou d'une entreprise **sur une carte perceptuelle de positionnement.**

Se tester en ligne
http://opn.to/a/DESnS

Préparation au Grand oral

» Quels sont les enjeux de la segmentation pour une entreprise comme ROYAL CANIN® ?

» Faut-il toujours proposer des offres personnalisées ?

Appliquez

Activité 1 **Connaissez-vous votre cours ?**

Activité 2 **Savez-vous appliquer votre cours ?**

ACTIVITÉ 1 NUMÉRIQUE

http://opn.to/a/gGQ8a

Aujourd'hui, huit personnes sur dix consomment des bonbons et confiseries en France !

Annexe 1 Le portrait du consommateur de bonbons et de confiseries

On distingue sept types de consommateurs de bonbons :

- **Les « gourmands » (20 % de la population)**
Leur credo : « plaisir, partage et gourmandise ». Les Gourmands sont plutôt jeunes, impulsifs, curieux avant tout du goût et des textures.
- **Les « accros » (15 % de la population)**
Leur credo : « la zen-bonbon-attitude ». Les « Accros » aiment tout : les bonbons et les confiseries, avec et sans sucre, pour enfants et pour adultes, chewing-gums et spécialités régionales. Ils sont curieux de découvrir les nouveaux goûts et les innovations.
- **Les « raisonnables » (19 % de la population)**
Leur credo : « C'est la fête ». Déguster des bonbons et confiseries est pour eux un moment de fête. Pour ces femmes actives de 25/34 ans, les confiseries semblent être une récompense.
- **Les « sans sucre » (12 % de la population)**
Leur credo : « Mention spéciale pour le sans sucre ». Les membres de cette tribu sont plus attentifs à leur équilibre alimentaire que la moyenne. Ce sont des hommes et des femmes qui associent bonbons et confiseries à régression et dépendance. Ils freinent volontairement leur consommation.
- **Les « généreux » (9 % de la population)**
Leur credo : « Faites plaisir avec des bonbons, dites-le avec des confiseries ». Ces femmes (en grande partie âgées de 65 ans et plus) achètent des bonbons dans l'unique but de les offrir. Elles planifient leurs achats en fonction des anniversaires et des moments de fête.
- **Les « indifférents » (13 % de la population)**
Leur credo : « Non merci ». Ce groupe d'hommes, relativement âgés, semble éviter complètement l'univers des confiseries. Indifférents à la consommation de bonbons et confiseries en consomment moins et moins souvent, et n'en achètent pas.
- **Les « réticents » (12 % de la population)**
Leur credo : « No sensation ». Manger des bonbons et confiseries ne leur apporte rien : ni détente, ni plaisir, ni réconfort… Ce sont des « Sans Enfants » de 54 à 64 ans, inactifs, essentiellement préoccupés par des problèmes de santé.

Annexe 2 Moins de sucre !

Les campagnes d'intérêt public pour sensibiliser la population au danger d'une alimentation trop riche en sucre se poursuivent. C'est dans ce contexte qu'HARIBO a lancé des gélifiés fabriqués avec 30 % de sucres en moins que la moyenne. Le produit a été élaboré pour répondre à une demande forte qui correspond aux attentes des Français.

Pour garantir le goût et la texture, HARIBO a remplacé le sucre par des fibres naturelles issues de maïs et revu le dosage de ses ingrédients, sans avoir recours à un quelconque édulcorant. L'offre couvre deux recettes, *Fruitilicious*, ayant la forme de fruits, et *Sea Friends* en forme d'animaux de mer.

HARIBO n'est pas le seul à exploiter ce créneau. LUTTI est aussi présent, avec le même type de formulation, mais une promesse encore plus forte : – 40 % de sucres, et quatre références.

Le fabricant français est malgré tout toujours considéré comme proposant des bonbons à un prix raisonnable et qui tiennent leur promesse côté plaisir.

Annexe 3 La carte perceptuelle de positionnement de quelques fabricants de bonbons

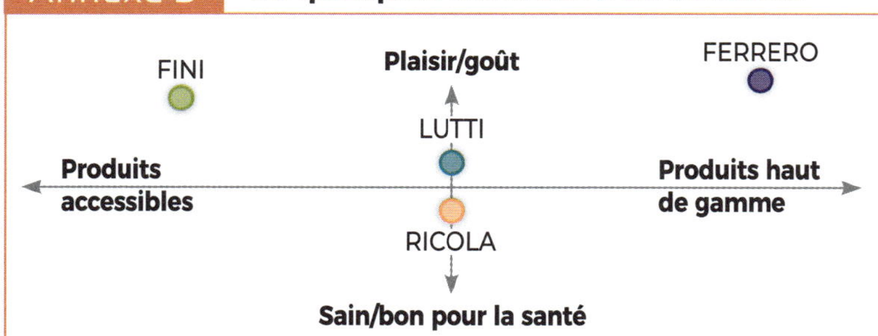

Annexe 4 Les chiffres d'affaires d'un point de vente

- Les consommateurs de Fraises *Tagada* : 40,5 % de la clientèle pour un chiffre d'affaires de 3 300 €.
- Les consommateurs de *Dragibus* : 20,2 % de la clientèle pour un chiffre d'affaires de 2 500 €.
- Les consommateurs de *Croco* : 30,7 % de la clientèle pour un chiffre d'affaires de 2 660 €.
- Les consommateurs de *Fruitilicious* : 8,6 % de la clientèle pour un chiffre d'affaires de 1 300 €.

1 Identifiez les critères de segmentation utilisés pour réaliser le profil des consommateurs de bonbons.

2 Justifiez l'intérêt, pour HARIBO, de proposer une nouvelle offre avec 30 % de sucre en moins.

http://opn.to/a/lk3BN

3 Complétez la carte perceptuelle de positionnement de l'annexe 3 en plaçant HARIBO.

4 Retrouvez les raisons pour lesquelles il est intéressant, pour la marque, de construire une telle carte de positionnement.

5 Étudiez la répartition du chiffre d'affaires et de la clientèle d'un point de vente qui commercialise certains produits HARIBO, en vérifiant l'existence ou non de la loi de Pareto (FICHE OUTILS n° 1).

CHAPITRE 2

La construction d'une offre

1.1 - La personnalisation de l'offre est-elle incontournable ?

CAPACITÉS » Caractériser les composantes d'une offre de bien/service.
» Mesurer l'importance de la marque.

NOTIONS » Composantes de l'offre, conditionnement, stylique (design), marque, qualité, image.

Contexte SODEBO

» MISE EN SITUATION

SODEBO est une entreprise agroalimentaire française créée en 1973 par Joseph et Simone Bougro. Basée à Saint-Georges-de-Montaigu dans le département de la Vendée, la société emploie près de 2 000 personnes. SODEBO est l'abréviation de Société des Établissements Bougro. La marque a été déposée afin d'être protégée auprès de l'INPI (Institut national de la propriété industrielle).

Selon CHD Expert (entreprise spécialisée dans le Big data et la Business intelligence), le top 3 des produits les plus consommés à la pause déjeuner est :

- le sandwich (41 % des sondés étant amateurs au moins une fois dans la semaine) ;
- le burger (34 %) ;
- la salade (28 %).

76 sandwichs sont achetés chaque seconde en France, soit environ 2,39 milliards chaque année et 6,5 millions par jour pour un chiffre d'affaires de 8,25 milliards d'euros !

SODEBO a bien pris en compte les attentes des consommateurs et propose pas moins de 50 sortes de sandwichs ! Il fallait au moins cela pour fêter plus de 50 ans d'existence.

Découvrir

1 LES COMPOSANTES DE L'OFFRE

Document 1 Présentation du sandwich « Simple & Bon ! » poulet rôti mayo légère de SODEBO

Ingrédients :
Sandwich au pain de mie (53 %) avec du son de blé (1 %), garni de poulet rôti traité en salaison (22 %) et de la mayonnaise allégée en matières grasses (14 %).
Le sandwich triangle au poulet est emballé dans un étui en plastique et carton.
Le produit pèse 145 g.

www.sodebo.com

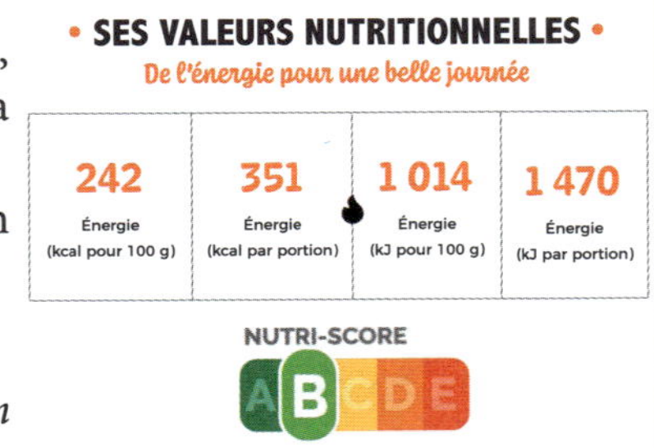

Document 2 Des composantes matérielles et immatérielles

Composantes matérielles d'une offre	Composantes immatérielles d'une offre
• Sa composition ; • ses dimensions ; • ses performances ; • sa codification ; • les informations portées sur le produit ; • son conditionnement ; • son emballage…	• Son nom ; • sa marque ; • sa stylique ; • sa valeur sociale ; • ses services associés ; • ses garanties ; • ses signes de qualité…

1 Retrouvez les composantes matérielles et immatérielles du sandwich poulet rôti mayo légère de SODEBO.

Composantes matérielles	Composantes immatérielles

2 LA MARQUE

L'entreprise a choisi de donner comme marque à tous ses produits y compris ses sandwichs, le nom de la société : SODEBO.

http://opn.to/a/ARTqF

Consultez l'animation Powtoon

La marque est un signe distinctif, un mode d'expression, une signature. Elle peut prendre différentes formes.

Sodebo
Se nourrir de bonheur

Document 3 La marque et ses modes d'expression

Un nom ou un prénom	MICHEL ET AUGUSTIN, MARIE BLACHÈRE…
Un lieu géographique	SAINTE CÉCILE, EVIAN…
Une dénomination fantaisiste, sans signification particulière	SIXT, ANDROS, SMOBY…
Une abréviation	GMC (Général Motor Compagnie), MB (Milton Brandley compagnie)…
Une association de lettres et/ou de chiffres	K2R, S7.
Un assemblage de mots	LE TEMPS DES CERISES…

https://qrcode.link/a/yeuPTY

Consultez la vidéo

Elle peut être complétée par :

Un slogan	« Just do it » de NIKE.
Un signal sonore	SNCF.
Un dessin ou un symbole	La virgule de NIKE, le renard de MOZILLA FIREFOX.
Une couleur	Le vert pour MAISON VERTE, le rouge de LEGO.

Une marque doit être déposée auprès de l'Institut national de la propriété industrielle (INPI) pour être protégée en France.

2 Identifiez les modes d'expression que prend la marque SODEBO.

Document 4 La marque doit posséder des qualités commerciales et juridiques

Qualités commerciales	Qualités juridiques
Euphonique c'est-à-dire agréable à entendre. *Exemple* : SEPHORA.	Non contraires aux bonnes mœurs et à l'ordre public. *Exemple* : un mot grossier.
Facilement mémorisable et prononçable. *Exemple* : DIM.	Distinctive c'est-à-dire non générique. *Exemple* : une marque de pâtes ne peut être « pâtes ».

Suite du document 4

Qualités commerciales	Qualités juridiques
Évocatrice du produit ou de sa promesse. *Exemple*: DECOLOR STOP.	**Disponible**: c'est-à-dire non déposée à l'INPI (Institut national de la propriété industrielle). *Exemple*: FERRERO pour des chocolats.
Exportable. *Exemple*: NUTELLA.	**Non déceptive**. *Exemple*: LAVANDINE pour un produit n'étant pas à base de lavande.
Originale mais sans choquer. *Exemple*: BORDERLINE.	
Éventuellement déclinable. *Exemple*: NESTLÉ, NESCAFÉ, NESQUIK, NESTEA…	**Ne pas comporter de signes interdits**. *Exemple*: drapeaux ou emblèmes officiels.

Remarque: une marque doit absolument posséder toutes les qualités juridiques mais pas forcément toutes les qualités commerciales.

3 **Démontrez que le nom « Simple & Bon » dispose bien de qualités commerciales et juridiques.**

Qualités commerciales	Qualités juridiques

4 **Retrouvez les fonctions de la marque SODEBO pour le consommateur et pour l'entreprise, en replaçant correctement les éléments suivants dans le tableau: différenciation (se distinguer des concurrents), diminution du risque perçu, fidélisation, facilitation d'achat (repérage, identification), créatrice de valeur.**

Les fonctions de la marque pour le consommateur	Les fonctions de la marque pour l'entreprise

3 LE CONDITIONNEMENT ET LA STYLIQUE

SODEBO utilise du plastique et du carton pour commercialiser ses sandwichs. Soucieuse de son impact environnemental, une étude est en cours pour utiliser un plastique biosourcé/compostable et un emballage réemployable/consigné.

SODEBO est également engagée dans la saison 2 du programme *Futuragrow 2022*, qui traite des problématiques d'emballages en imaginant des solutions innovantes. De plus, dans le cadre de sa démarche d'amélioration continue, les équipes de Recherche et Développement de l'entreprise travaillent au quotidien pour réduire l'utilisation du plastique dans les emballages.

3.1 Le conditionnement, l'emballage et le packaging

Document 5 Le packaging

Le conditionnement est ce qu'on peut appeler la première enveloppe du produit, son contenant. Par exemple, pour un dentifrice, il sera composé du tube en plastique qui renferme le produit.
L'emballage est la seconde enveloppe du produit. Dans l'exemple de notre dentifrice, cela pourrait être l'étui en carton qui contient le tube.
Un mot anglais désigne à la fois le conditionnement et l'emballage : c'est ce qu'on appelle le packaging.
Il possède des fonctions techniques, commerciales et sociales.

5 **Indiquez si l'étui composé de plastique et de carton des sandwichs « Simple & Bon » constitue un emballage ou un conditionnement.**

....

....

Document 6 Les fonctions du packaging

Fonctions techniques	- contenir le produit ; - le protéger contre divers agents extérieurs afin qu'il conserve toutes ses qualités ; - favoriser son implantation sur les linéaires (par sa forme, sa taille…) ; - assurer sa protection contre le vol sur le point de vente ; - faciliter l'utilisation du produit (bouchon doseur, bec verseur, mode d'emploi…).
Fonctions commerciales	- être repérable, un « vendeur muet » par lequel les marques communiquent, promeuvent et cherchent à séduire ; - apporter de la valeur ajoutée au produit ; - véhiculer une image, un positionnement (par ses matériaux et son design en particulier) permettant de se différencier des autres offres.
Fonctions sociales	- permettre de ne pas gaspiller en étant adapté aux besoins des consommateurs ; - protéger l'environnement (en proposant un packaging recyclable par exemple).

6 **Repérez, à l'aide du document 6, quelle(s) fonction(s) n'est (ne sont) pas remplie(s) par le packaging des sandwichs « Simple & Bon ».**

....

....

....

3.2 La stylique

Document 7 La stylique

La stylique (nommée aussi design) est constituée de l'ensemble des éléments contribuant à l'apparence visuelle d'un produit, d'une marque ou d'une organisation.

La stylique consiste à rendre le produit plus attractif, plus séduisant.

La stylique possède des :
- fonctions commerciales ;
- fonctions financières (elle permet de diminuer les coûts en utilisant par exemple moins de matériaux dans la fabrication d'un produit) ;
- fonctions techniques (en améliorant le quotidien des consommateurs en s'adaptant à la façon dont ils utilisent un produit par exemple) ;
- fonctions sociétales (préserver l'environnement en évitant le gaspillage et en utilisant des produits recyclables)... Surfant sur le succès de MICHEL ET AUGUSTIN, de nombreuses marques ont décidé de mettre en avant un design décalé et drôle : c'est ainsi que MONOPRIX a revu tous ses packagings.

https://qrcode.link/a/2Cp0cW

Consultez la vidéo

Document 8 Arrêt du produit « BAG » de SODEBO

En 2014, SODEBO avait lancé ce nouveau packaging qui réunissait 3 sandwichs et un gâteau.
Ce produit a été arrêté car il ne convenait plus à la politique de la marque, qui, consciente des enjeux environnementaux, a cherché à réduire le plastique utilisé pour emballer ses produits.

Le packaging, au travers de toutes ses fonctions, a donc un impact sur la création de valeur pour le consommateur.

7 **Définissez les fonctions de la stylique qui n'étaient pas assurées par le produit « BAG » sorti en 2014 par la marque SODEBO.**

8 **Montrez comment SODEBO tente de créer encore davantage de valeur à ses sandwichs en développant des packaging et une stylique plus éco-responsables.**

Travailler l'argumentation – Fiche méthode 1

4 LA QUALITÉ ET L'IMAGE DE MARQUE

SODEBO est parvenue à une position de leader en presque 50 ans d'existence. Sa croissance est le fruit de la pugnacité et du tempérament entrepreneur de ses fondateurs, valeurs aujourd'hui relayées par leurs filles, leurs gendres et leurs 2 000 collaborateurs.

Novatrice, précurseur et audacieuse, SODEBO crée des produits de qualité grâce à son équipe (charcutiers, boulangers, traiteurs...). Elle a régulièrement révolutionné le rayon traiteur.

L'entreprise insiste sur la qualité de ses produits. SODEBO utilise 7 variétés de pains différentes qui sont pétries et cuites par leurs boulangers à Saint-Georges-de-Montaigu et la base de leurs recettes de pain est commune à toutes les variétés : de la farine, de l'eau, de la levure boulangère, du sel... et du savoir-faire ! De plus, tous les pains sont sans conservateurs.

SODEBO **fabrique la grande majorité des ingrédients** qui composent leurs recettes. La charcuterie bien sûr, car elle fait partie de l'héritage des fondateurs de la société, mais aussi les pains, les pâtes à pizza, les pâtes, les sauces. SODEBO prépare également les légumes, les œufs, et râpe le fromage, etc. dans des ateliers dédiés à la préparation de ces ingrédients.

4.1 La qualité

Document 9 L'importance de la qualité

Le consommateur n'achète pas que le produit, mais il recherche aussi une assurance de qualité. La qualité est définie ainsi par l'AFNOR (l'Association Française de Normalisation) : « un produit ou service de qualité est un produit dont les caractéristiques lui permettent de satisfaire les besoins exprimés ou implicites des consommateurs ».

Il existe des signes qui montrent la qualité des produits comme les normes ou les labels.

9 Précisez comment SODEBO s'assure de la qualité des sandwichs « Simple & Bon ».

https://qrcode.link/a/YxZIR1

Consultez la vidéo

Document 10 Les signes de qualité : les labels

Un label se matérialise par des signes distinctifs (nom, logo…) et peut être utilisé par les différentes marques se conformant à un cahier des charges propre à chaque label. Il vise à assurer et faciliter la reconnaissance de certaines caractéristiques du produit.

Un label peut être « privé » ou non officiel, c'est-à-dire décerné par des associations de producteurs ou dépendre d'un organisme public.

Un label privé a moins de poids qu'un label public car il ne garantit pas la qualité du produit. Il atteste juste que le produit possède certaines caractéristiques relatives à sa production (label biologique, éthique) ou à sa composition.

Un exemple de label :
- privé : « élu produit de l'année » ;
- public : « AB ».

Le NutriScore est aujourd'hui le logo (facultatif compte tenu de la réglementation européenne) soutenu par les autorités françaises grâce à un arrêté interministériel signé en octobre 2017. Après les réticences initiales, un certain nombre d'industriels et de distributeurs ont finalement fait le choix d'afficher le NutriScore.

Ce dernier est aussi appelé « système 5 couleurs ». C'est un système d'étiquetage nutritionnel basé sur un logo avec cinq valeurs allant de A à E et du vert au rouge ; il est établi en fonction de la valeur nutritionnelle d'un produit alimentaire.

http://opn.to/a/XA7Au

Plus d'infos

10 Déterminez le signe de qualité utilisé par SODEBO pour ses sandwichs « Simple & Bon ». Quels autres signes de qualité pourrait-elle utiliser ?

11 Identifiez les dangers qu'aurait SODEBO à utiliser des signes de qualité non officiels pour ses sandwichs « Simple & Bon ».

Travailler l'argumentation — Fiche méthode 1

4.2 L'image de marque

Document 11 La formation de l'image de marque

L'image est l'ensemble des représentations mentales attachées par un individu (ou un groupe) à un produit, une marque ou une entreprise. Le produit, ses attributs, la marque, la publicité, l'expérience de consommation, les consommateurs sont autant d'éléments qui contribuent à la formation de cette image.

Cette image est importante et doit créer de la valeur, tant pour le consommateur que pour l'entreprise.

https://qrcode.link/a/FjdQGo

Consultez la vidéo

Document 12 L'avis de Léo

Léo est assistant vétérinaire. Il a pris l'habitude de déjeuner sur son lieu de travail pour mettre à jour les dossiers des animaux venus en consultation le matin, et s'occuper de nourrir ceux qui sont en hospitalisation.

Pour varier un peu les menus, et comme ce n'est pas un cuisinier hors pair, il a essayé les sandwichs « Simple & Bon » de SODEBO. Avec plus de cinquante recettes, cela lui permet vraiment de varier !

Voici le commentaire qu'il a laissé sur un forum de discussion :

« J'ai tout de suite bien aimé l'emballage, très coloré, dynamique et surtout pour moi très pratique. L'aspect visuel des sandwichs qu'on voit très bien garnis donne l'eau à la bouche ! C'est ce qui m'a attiré dans le rayon de la grande surface que je fréquente. Alors j'ai essayé ! Et je n'ai pas été déçu. Ils sont excellents ! Et puis on voit beaucoup de publicité sur cette marque à la télévision notamment. C'est une marque nationale, bien connue, alors j'étais en confiance. Depuis, je consomme régulièrement ces sandwichs car c'est très pratique pour déjeuner sur son lieu de travail, c'est un vrai repas complet et doté d'un bon Nutri-Score !

L'autre jour, ma collègue Emma, est restée déjeuner au cabinet vétérinaire. Elle avait apporté un sandwich de marque distributeur. Pour elle, ce type de produit est identique au niveau des ingrédients, de leur qualité, mais le prix est beaucoup moins élevé. Elle pense que c'est uniquement une question de marque qui justifie la différence de prix : c'est plus cher car les marques nationales répercutent sur leur prix de vente certains coûts, comme ceux liés à la publicité.

J'ai pu comparer. Eh bien ça n'a rien à voir !

La sauce n'était pas très bonne, trop salée et grasse ! La garniture est quasiment absente, on a l'impression de ne manger que de la salade verte et du pain sec. Bref, ce type de produit bas de gamme est certes moins cher mais on n'en a même pas pour son argent ! Alors moi je préfère rester sur la marque SODEBO, car ce sont des produits que j'aime beaucoup !

Pour moi, SODEBO est en quelque sorte le spécialiste des solutions repas avec toutes les gammes qu'ils ont déjà développé. Je suis donc un client fidèle ! ».

Note : pour les besoins du cas, ce témoignage est fictif et n'est pas représentatif de la réalité.

12 **Qualifiez l'image que se fait Léo des sandwichs « Simple & Bon » de SODEBO.**

13 **Expliquez pourquoi Emma n'a pas la même opinion.**

14 **Énumérez les éléments qui contribuent à la formation de l'image de marque pour SODEBO.**

À retenir

Chapitre 2 - La construction d'une offre

1 LES COMPOSANTES DE L'OFFRE

Offre = Éléments matériels (Composition, packaging...) + Éléments immatériels (Marque, stylique, signes de qualité...)

2 LA MARQUE

Définition : La marque est **un signe distinctif, un mode d'expression, une signature**. Elle peut prendre la forme d'un nom, d'un logo, d'un sigle, d'un signal sonore, d'un assemblage de mots, de lettres...

Une marque doit être déposée auprès de **l'Institut national de la propriété industrielle** (INPI) pour être protégée en France.

La marque permet de différencier, de fidéliser, de diminuer le risque perçu, de faciliter l'achat (repérage, identification), de créer de la valeur...

La marque doit posséder des qualités juridiques : elle doit être distinctive, non descriptive et non générique, disponible, non déceptive, non contraire aux bonnes mœurs et à l'ordre public, sans signes interdits.

La marque doit posséder des qualités commerciales : elle doit être évocatrice du produit ou de ses qualités, facile à prononcer et à mémoriser, exportable, originale, euphonique (harmonieuse à l'oreille), esthétique.

3 LE CONDITIONNEMENT ET LA STYLIQUE

Le packaging : conditionnement + emballage

- Le conditionnement est ce qu'on peut appeler la première enveloppe du produit, son contenant.
- L'emballage, lui, est la seconde enveloppe du produit.

Les fonctions du conditionnement

- Techniques (conserver, faciliter le transport...).
- Commerciales (rôle de vendeur « muet », véhiculer une image...).
- Sociales (utiliser des matières recyclables, éviter le gaspillage...).

La stylique

- La stylique (nommée aussi design) est constituée de l'ensemble des éléments contribuant à l'apparence visuelle d'un produit, d'une marque ou d'une organisation. La stylique consiste à rendre le produit plus beau, plus séduisant.
- La stylique a des fonctions commerciales, financières, sociales...

4 LA QUALITÉ ET L'IMAGE DE MARQUE

L'image est l'ensemble des représentations mentales qu'un individu ou un groupe a d'un produit, d'une marque ou d'une entreprise. Le produit, ses attributs, la marque, la publicité, l'expérience de consommation, les consommateurs sont autant d'éléments qui contribuent à la formation de cette image.
Cette image est importante et doit créer de la valeur, tant pour le consommateur que pour l'entreprise.

La qualité est l'aptitude d'un produit à satisfaire les besoins. Elle peut se matérialiser par des signes officiels tels que l'AOC, AOP, ou des signes non officiels (privés) tels que « Élu produit de l'année »...

→ Tous ces éléments valorisent l'offre.

Se tester en ligne
http://opn.to/a/0g4C2

Préparation au Grand oral

» Quels sont les enjeux de la marque pour SODEBO ?
» Comment une entreprise peut-elle valoriser au maximum son offre ?

Appliquez

Activité 1 Connaissez-vous votre cours ?

Se tester en ligne
https://qrcode.link/a/CXVuWf

Mots croisés

Horizontalement

1. Représentation mentale qu'on se fait d'un produit ou d'une marque.
2. Qualité que doit posséder une marque afin qu'elle puisse s'ancrer dans la mémoire du consommateur.
3. Elle est essentielle aux yeux du consommateur et de l'entreprise.
4. Signifie en anglais *design*.
5. Pour NIKE, il a la forme d'une virgule.
6. Terme anglais qui se compose de l'emballage et du conditionnement.
7. Institution auprès de laquelle on peut déposer sa marque pour la protéger.
8. Signe de qualité tel que l'AOP.

Verticalement

A Qualité que doit posséder une marque afin que l'on devine de quel type de produit ou de service il s'agit.

B Avec les éléments immatériels, ils composent l'offre.

C Signe distinctif qui permet notamment à une entreprise de différencier son produit de celui du concurrent.

D Seconde enveloppe du produit.

E Aptitude d'un produit à satisfaire les besoins.

Activité 2 Savez-vous appliquer votre cours ?

PANDA TEA est une entreprise qui commercialise du thé, des infusions, des compléments alimentaires et des accessoires liés à la consommation du thé et des infusions. Elle s'engage à utiliser des plantes cultivées de manière responsable : 100 % bio et non génétiquement modifiées. Chaque année, PANDA TEA verse une part de son chiffre d'affaires à des associations à impact positif sur la planète via sa participation à l'organisme 1 % FOR THE PLANET. Il s'agit d'un réseau d'associations et d'entrepreneurs unissant leurs forces pour sauver la flore et la faune. Les entreprises membres s'engagent à donner au moins 1 % de leur chiffre d'affaires à des associations environnementales. Le label 1 % permet de certifier que les dons sont reversés à des ONG dignes de confiance.

PANDA TEA souhaite encourager et initier de nouveaux projets. C'est pourquoi elle s'est engagée à donner 1 € pour protéger les animaux en voie de disparition pour chaque photo « Panda Challenge » postée sur Instagram.

Annexe PANDA TEA Namaste

Description | **Ingrédients & propriétés** | **Comment préparer sa boisson ?** | **Shipping**

- Le namaste est un mélange de thé noir et thé vert inspiré d'une recette ancestrale tibétaine.
- 28 sachets mousselines en coton.
- Commandes expédiées en 24 heures - livraison gratuite à partir de 45 €.

AB AGRICULTURE BIOLOGIQUE — Ingrédients certifiés bios & performants.

Conçu par un pharmacien expert en nutrition.

Déjà plus de 3 millions de sachets infusés & 1 500 avis positifs.

Des sachets cousus main dans un atelier français.

Description | **Ingrédients & propriétés** | **Comment préparer sa boisson ?** | **Shipping**

Le namaste est un mélange de thé noir et thé vert inspiré d'une recette ancestrale tibétaine. Cette boisson est idéale pour retrouver le calme et la sérénité.

- Hydratant.
- Apaisant et anti-stress.
- Favorise le bien-être physique et mental.

Liste des ingrédients : Thé noir Assam* - Thé noir Inde du Sud* - Thé vert China - Chun Mee* - Arôme naturel - Thé China Oolong* - Fleurs de souci* - Fleurs de bleuet*.

Parfum : jasmin - vanille - bergamote.

* Issu de l'agriculture biologique.

www.pandatea.fr

➪ Suite de l'Annexe

Certifié biologique par Ecocert

Aux États-Unis, le National Organic Program (NOP) est l'organisme qui contrôle l'alimentation issue de l'agriculture biologique, sous l'égide du Département de l'Agriculture des États-Unis (USDA). Cet organisme est responsable de l'attribution du label « USDA organic ».

www.pandatea.fr

1 Retrouvez les composantes matérielles et immatérielles du produit Namaste de PANDA TEA.

2 Montrez que ce nom de marque PANDA TEA possède des qualités.

3 Identifiez le conditionnement et l'emballage du produit Namaste.

4 Retrouvez les fonctions du packaging de ce produit.

5 Montrez en quoi le packaging du produit Namaste contribue à la création de la valeur perçue.

Travailler l'argumentation – Fiche méthode 1

6 Indiquez quel(s) signe(s) de qualité possède la marque PANDA TEA.

CHAPITRE 3

La conception et la gestion de l'offre

1.1 - La personnalisation de l'offre est-elle incontournable ?

CAPACITÉS
- Caractériser les composantes d'une offre de bien/service.
- Mesurer l'importance de la politique de marque.

NOTIONS
- Produit : bien, service.
- Offre globale, gamme, politique de marque.
- Business to Business (B2B).
- Business to Consumer (B2C).

Contexte PÂTISSERIES GOURMANDES

PÂTISSERIES GOURMANDES

PÂTISSERIES GOURMANDES, c'est l'histoire d'une entreprise familiale, née il y a près de 50 ans en Bretagne, sur une terre celtique riche de traditions culinaires. C'est en 1968, avec un quatre-quarts et une madeleine que l'aventure gourmande commence. Les biscuits pur beurre viennent rapidement étoffer l'offre de pâtisserie, qui séduit, en quelques décennies, plusieurs générations de consommateurs exigeants. Pour cibler les particuliers, la société propose à travers les marques Ker Cadélac et Le Guillou de nombreuses spécialités bretonnes, vendues dans les grandes et moyennes surfaces et en distribution automatique dans toute la France pour la marque Le Guillou. Mais elle cible aussi de plus en plus les professionnels de la restauration hors domicile pour se développer.

Si Ker Cadélac est aujourd'hui sa marque emblématique, l'entreprise, riche de ses valeurs humaines, met son savoir-faire et son exigence de qualité au service de ses clients.

PÂTISSERIES GOURMANDES est une entreprise française comptabilisant aujourd'hui cinq sites de production, tous basés dans l'ouest de la France.

www.patisseriesgourmandes.com

» MISE EN SITUATION

Dans le cadre d'une sortie scolaire, Nathalie, professeure de mercatique et sa classe de terminale STMG, visitent l'entreprise PÂTISSERIES GOURMANDES. Nathalie a réussi à obtenir un entretien avec le directeur marketing, Mohammed.

Découvrir

1 LES COMPOSANTES DE L'OFFRE GLOBALE

PÂTISSERIES GOURMANDES proposent sur le marché très concurrentiel de la pâtisserie industrielle des produits à partager et des produits individuels. Pour se différencier, l'entreprise mise sur l'innovation. Depuis 2007, elle s'efforce d'apporter tous les ans de nouveaux produits sur le marché, qui répondent aux nouvelles attentes des consommateurs. **À Loudéac, les pâtissiers du service Recherche et Développement concoctent et peaufinent tous les jours des recettes imaginées à partir des études de marchés réalisées par le service marketing.** PÂTISSERIES GOURMANDES fait partie des entreprises lauréates des « Coups de Cœur Ouest-France/Produit en Bretagne » en 2019. Ceux-ci distinguent des entreprises innovantes et soucieuses de leur ancrage territorial.

Tous les produits qui sortent des sites de production respectent les standards les plus stricts en termes d'hygiène et de sécurité alimentaire. C'est l'engagement que PÂTISSERIES GOURMANDES a pris pour ne proposer que des produits bons, sains, sûrs, réalisés avec des ingrédients rigoureusement sélectionnés et une démarche d'amélioration continue.

IFS Food

AB AGRICULTURE BIOLOGIQUE

CLEAN LABEL

PRODUIT EN BRETAGNE

Document 1 Les Coups de Cœur Ouest-France/Produit en Bretagne

Avec sa marque phare Ker Cadélac, la société loudéacienne PÂTISSERIES GOURMANDES rayonne aujourd'hui sur toute la France. Madeleines, quatre-quarts, cakes, moelleux, biscuits pur beurre… La société détient aujourd'hui une place de choix sur le marché ultra-concurrentiel de la pâtisserie et de la biscuiterie.
La tradition n'exclut pas l'innovation. « Nous sommes face à de grandes marques », rappelle Mickaël Le Jossec. « Il faut se différencier. » Voici dix ans, PÂTISSERIES GOURMANDES a ainsi frappé un grand coup en se lançant dans la fabrication de gâteaux moelleux. « Nous avons été les premiers à travailler la texture. »
Des efforts récompensés : la madeleine « cœur chocolat », et la madeleine « perles de sucre » ont été désignées comme les deux meilleures innovations des trois dernières années par NIELSEN, organisme de mesure de ventes en grande distribution.

www.ouest-france.fr

Nathalie vous remet les retranscriptions des enregistrements audio effectués lors de son entretien avec Mohamed.

Document 2 Le premier extrait de l'entretien avec Mohammed, directeur marketing du groupe PÂTISSERIES GOURMANDES

Nathalie : Bonjour, pouvez-vous nous expliquer quelle est l'activité principale du groupe PÂTISSERIES GOURMANDES ?
Mohammed : PÂTISSERIES GOURMANDES fabrique et commercialise des gâteaux de tradition familiale.
Nathalie : Pouvez-vous nous préciser quelle est votre clientèle ?
Mohammed : Notre clientèle est composée de particuliers, grâce à la distribution de nos produits en GMS (grandes et moyennes surfaces), et dans des distributeurs automatiques, qui représentent 78 % de notre chiffre d'affaires en 2018, et enfin de professionnels de la restauration hors domicile, les CHR (cafés, hôtels et restaurants), qui représentent 17 % de notre chiffre d'affaires. Le reste du chiffre d'affaires, c'est-à-dire 5 %, concerne l'export. Notre activité est donc surtout axée sur le B to B puisque nous ne vendons pas directement au consommateur final.
Nathalie : Quels sont vos principaux concurrents sur ce marché de la pâtisserie industrielle ?
Mohammed : Nos principaux concurrents sont : ST MICHEL, BONNE MAMAN, BROSSARD, LU.
Nathalie : Proposez-vous aussi à votre clientèle une offre associée annexe (produits et/ou des services annexes) pour vous différencier de la concurrence ?
Mohammed : Comme beaucoup de producteurs sur ce marché, nous ne proposons pas d'offre associée. Certains proposent des services associés, tels que « des recettes » disponibles sur leur site, des espaces jeux, mais c'est très rare.

La conception d'une offre globale permet à l'organisation de se positionner par rapport aux offres concurrentes. L'offre globale est une combinaison cohérente d'**une offre principale**, c'est-à-dire le bien ou le service de base qui correspond au métier principal de l'entreprise, et d'une **offre associée (biens ou services)** qui complète l'offre principale. Ils sont complémentaires et peuvent être combinés afin de différencier l'offre et de séduire la clientèle.

https://eqrco.de/a/iqTyWI

Consultez la vidéo

1 À partir des **documents 1** et **2**, identifiez l'offre principale de l'entreprise PÂTISSERIES GOURMANDES.

2 Précisez la nature du produit proposé par l'entreprise PÂTISSERIES GOURMANDES sur ce marché de la pâtisserie industrielle.

3 Indiquez si l'offre principale de cette entreprise est complétée par une offre associée. Justifiez votre réponse.

4 Repérez les moyens utilisés par cette entreprise pour se différencier de la concurrence et toujours satisfaire sa clientèle, en dehors d'une offre associée.

2 LA CONSTRUCTION ET LA GESTION DE LA GAMME

Le groupe PÂTISSERIES GOURMANDES propose à travers les marques Ker Cadélac et Le Guillou de nombreuses spécialités bretonnes : gâteaux à partager (quatre-quarts, barre marbrée, cake…), gâteaux individuels (madeleine, goûter fourré…) ou encore biscuits traditionnels bretons, qui constituent les trois grandes spécialités de PÂTISSERIES GOURMANDES. L'objectif est de répondre aux besoins des consommateurs et de multiplier les instants de consommation notamment en développant des produits plus élaborés.

2.1 Les caractéristiques de la gamme

Document 3 Extrait de la gamme proposée par PÂTISSERIES GOURMANDES

<table>
<tr><th>Les biscuits</th><th>Les gâteaux à partager</th><th>Les gâteaux individuels</th></tr>
<tr><td>BISCUITS bretons (parfum nature, chocolat et pépites de chocolat).</td><td>Quatre-quarts (pur beurre, et pur beurre Bio).</td><td>Madeleines coquilles (existe en différents parfums : nature, marbré au chocolat, perles de sucre, cœur chocolat).</td></tr>
<tr><td>Petit Croquant.</td><td>Moelleux (existe en différents parfums : nature, marbré, chocolat).</td><td>Madeleines longues (existe en différents parfums : nature, marbré au chocolat, perles de sucre, cœur chocolat).</td></tr>
<tr><td rowspan="4">COFFRETS (disponibles en trois formats différents).</td><td>Cakes aux fruits.</td><td>Goûters fourrés (existe en parfum chocolat ou fraise), muffins (nature et chocolat).</td></tr>
<tr><td rowspan="2">Tranchés.</td><td>P'tites bouchées (existe au chocolat et à la noisette).</td></tr>
<tr><td>Moelleux (existe en parfum chocolat ou amande).</td></tr>
<tr><td>Gâteaux Bretons.</td><td>Madeleines extra-moelleuses (existe en différents parfums : nature, pur beurre, chocolat, maxi pépites chocolat, marbrée chocolat, fromage blanc, citron, à la vanille de Madagascar.</td></tr>
</table>

La gamme et sa dimension

Une gamme est un ensemble de produits et de services proposées par une entreprise destiné à satisfaire un même besoin.

Pour caractériser une gamme, il convient d'étudier sa dimension en prenant en compte :

- **sa largeur :** le nombre de lignes qui compose la gamme. Une ligne est une famille de produits ayant des caractéristiques communes ;
- **sa profondeur :** le nombre de produits différents que comprend la ligne ;
- **son étendue** (son ampleur ou sa longueur) : le nombre total de produits dans la gamme.

5 Caractérisez la gamme proposée par l'entreprise PÂTISSERIES GOURMANDES, en complétant le tableau ci-après puis commentez-le.

<table>
<tr><th>Les dimensions de la gamme</th><th colspan="2">Gamme proposée
par PÂTISSERIES GOURMANDES</th></tr>
<tr><td>Largeur :
nombre de lignes</td><td colspan="2"></td></tr>
<tr><td>Profondeur :
nombre de produits par ligne</td><td>Ligne :
Ligne :
Ligne :</td><td>Nombre :
Nombre :
Nombre :</td></tr>
<tr><td>Longueur :
nombre total de produits</td><td colspan="2"></td></tr>
</table>

6 Comparez ensuite les profondeurs des lignes de cette gamme en proposant une justification aux choix réalisés par l'entreprise.

2.2 Le rôle des produits dans la gamme

Afin de toucher toutes ses cibles de clientèle, l'entreprise PÂTISSERIES GOURMANDES a fait le choix d'organiser sa gamme autour de différents produits qui ont un rôle spécifique.

La composition de la gamme, en cohérence avec la politique de marque, peut conduire à assigner à chaque produit un objectif spécifique.

Document 4 Le second extrait de l'entretien avec Mohammed, directeur marketing du groupe PÂTISSERIES GOURMANDES

Nathalie : J'ai besoin d'informations complémentaires concernant les rôles de vos produits dans la gamme du groupe.

Mohammed : Les « quatre-quarts », de la ligne des gâteaux à partager, sont des produits très importants dans notre gamme, grâce à leur prix attractif. Ils permettent, en plus de répondre à des attentes fortes de notre clientèle (le partage, la convivialité), de faire connaître nos autres produits.

Les produits que nous vendons énormément font partie de la ligne « des gâteaux individuels » et en particulier les madeleines qui ont la plus forte part de notre chiffre d'affaires. De plus, ce sont ces produits qui valorisent l'image de notre entreprise et dégagent les marges les plus importantes.

Pour nous différencier de la concurrence et réagir aux évolutions du marché, nous avons innové dans la fabrication de gâteaux moelleux à partager ou individuels. Nous avons été les premiers à travailler la texture.

Enfin, les produits de la ligne des biscuits ne sont pas à négliger et ont un rôle très important dans notre gamme. Les coffrets en particulier, achetés plus pour des achats plaisir à offrir, sont très demandés dans les périodes festives, et compensent ainsi des variations saisonnières des ventes des autres produits.

7 En utilisant les informations du **document 4** et du tableau ci-dessous, repérez les différents rôles des produits dans la gamme de l'entreprise PÂTISSERIES GOURMANDES.

RÔLES DES PRODUITS	CARACTÉRISTIQUES	PRODUITS DE LA GAMME	JUSTIFICATIONS
Des produits leaders (phares)	Ce sont les produits autour desquels la gamme est construite et sur lesquels reposent le chiffre d'affaires et les profits de l'entreprise.		
Des produits d'appel	Ce sont les produits dont le rôle est d'attirer le client grâce à un prix séduisant et ainsi de faire vendre les autres produits de la gamme.		
Des produits tactiques	Ce sont des produits de remplacement ou innovants. Ils préparent l'avenir pour remplacer à terme les produits qui seront en déclin.		
Des produits régulateurs	Ils doivent assurer un chiffre d'affaires stable, en compensant les variations saisonnières des autres produits.		
Des produits contributeurs	Ils permettent de dégager des marges importantes et valorisent l'image de l'entreprise.		

https://eqrco.de/a/LIYbXQ

Consultez la vidéo

3 LA POLITIQUE DE MARQUE

La marque phare de l'entreprise, Ker Cadélac, a acquis une notoriété qui dépasse aujourd'hui largement les frontières de la Bretagne. Sa deuxième marque, Le Guillou, plus régionale, est bien connue dans l'ouest.

Document 5 Des rachats de marques successifs

C'est en 2000 que PÂTISSERIES GOURMANDES a vu le jour. L'entreprise résulte d'une volonté de diversification du groupe MALOUIN ROULLIER, spécialisé dans la nutrition animale et végétale.
Des rachats successifs ont fait entrer dans son giron des pâtisseries industrielles des Côtes-d'Armor (Ker Cadélac), du Finistère (Le Guillou, Coquelin, Coathalem) et de Loire-Atlantique (Cadiou). Leur point commun : toutes travaillent à partir de recettes traditionnelles bretonnes.
Mais l'entreprise mise sur Ker Cadélac. Déjà leader sur le segment des produits à partager, la marque doit prendre de l'ampleur. Forte d'une nouvelle image (logo, charte graphique, positionnement), Ker Cadélac va élargir ses positions pour devenir la marque nationale du groupe, tandis que Le Guillou va se cantonner à la région bretonne (présente dans les Grandes et Moyennes Surfaces en Bretagne et en distribution automatique dans toute la France).

www.ouest-france.fr

Document 6 Le troisième extrait de l'entretien avec Mohammed, directeur marketing

Nathalie : Combien le groupe PÂTISSERIES GOURMANDES possède-t-il de marques au total ?
Mohammed : Ker Cadélac, Le Guillou, Pâtisserie Tradition, Un Gourmand à Paris, soit quatre marques.
Nathalie : Pourquoi les marques du groupe ne font-elles pas apparaître le nom de celui-ci sur les produits ?
Mohammed : C'est un choix stratégique de politique de marque car chaque marque a son propre positionnement spécifique avec des cibles consommateurs différentes, et une position géographique.
Pour la marque Ker Cadélac : nous souhaitons qu'elle devienne une marque nationale, avec le positionnement suivant : une marque qui démontre son art de revisiter, de réinventer les traditions tout en respectant les traditions pâtissières bretonnes. Ses valeurs fortes sont à la fois le plaisir, la gourmandise, la convivialité, la simplicité, la modernité.
Pour la marque Le Guillou : c'est un produit régional avec le positionnement suivant : une marque qui se positionne comme le pâtissier qui rassemble les Bretons. Ses valeurs fortes sont donc la culture bretonne, le partage, la convivialité et le respect (sincérité, authenticité) ; donc une marque fière de ses origines qui fabrique des produits d'exception dans le plus grand respect de la tradition bretonne.

Les producteurs peuvent opter pour plusieurs solutions dans leur **politique de marque** :
- **une politique de marque produit :** une même entreprise utilise une marque pour un type de produit sans forcément préciser qu'elle est la créatrice de cette marque. Ainsi, en cas de problème sur un produit, seule la marque du produit est impactée et non l'entreprise globalement ;
- **une politique de marque ombrelle :** l'entreprise commercialise plusieurs produits dans différents secteurs d'activité mais précise qu'elle est à l'origine de ces produits ;
- **une politique de marque gamme :** la marque gamme est une marque qui commercialise plusieurs gammes mais dans le même univers de consommation ;
- **une politique de marque caution :** une marque est dite caution lorsque par sa notoriété et son image, elle permet d'identifier les produits de la gamme de l'entreprise et de rassurer les consommateurs sur leur qualité. Elle se compose d'une marque mère et de marques filles ;
- **une politique d'extension de marque :** il s'agit de se diversifier et de proposer un produit dans un domaine dans lequel la marque n'est pas encore présente ;
- **une politique de co-branding (alliance de marque) :** il s'agit de deux marques appartenant à deux entreprises différentes qui ne sont pas concurrentes mais complémentaires et qui s'associent pour lancer une nouvelle offre.

8 Identifiez la politique de marque choisie par l'entreprise PÂTISSERIES GOURMANDES et justifiez.

....

....

....

9 Montrez si le choix de cette politique de marque présente un avantage pour l'entreprise.

....

....

4 LE B to B ET LE B to C

Depuis quatre ans, l'entreprise loudéacienne a lancé une nouvelle gamme de produits « surgelés », autrement dit des produits longue conservation, à destination de la restauration hors domicile pour les CHR (Cafés, Hôtel, Restaurants) et de l'export.

Document 7 Extrait de la gamme proposée par PÂTISSERIES GOURMANDES aux CHR et à l'export

PÂTISSERIES GOURMANDES a imaginé une nouvelle offre de produits surgelés destinée particulièrement aux professionnels de la restauration, alliant qualité, simplicité et praticité ; [...] des recettes simples, imaginées par une équipe de maîtres-pâtissiers, fabriquées et conditionnées en Bretagne ; des produits plus gourmands et prêts-à-servir.

www.patisseriesgourmandes.com

Les madeleines	Les gâteaux à partager	Les gâteaux individuels

En barquettes 12 pièces Des madeleines fourrées (framboise, coco, citron, praliné, pistache, chocolat), madeleine nature, complète, muesli. Assortiment de mini-madeleines.	**Format 1 kg** Tatin Bretonne. Sablé abricot pêche. Moelleux caramel au beurre salé. Fondant au chocolat.	**Petit format : de 60 g à 300 g** Rock Cake. Finger abricots. Finger fruits rouges. Fondant au chocolat. Assortiment de mini-financiers. Cake citron pavot. Cake banane pécan, fourrage cacao noisettes. Assortiment Accompagnement Café. Scone fourré.

www.patisseriesgourmandes.com

Document 8 L'extension de l'offre de PÂTISSERIES GOURMANDES par l'arrivée de cette gamme de produits surgelés

Pour trouver des axes de croissance et assurer leur développement, les entreprises sont souvent amenées à améliorer la gestion de leur offre et à élargir leur gamme.

L'entreprise PÂTISSERIES GOURMANDES a cherché à élargir son offre vers des professionnels en identifiant trois leviers de croissance :

1. Élargir les instants de consommation : passer d'une offre petit-déjeuner/goûter à une offre couvrant tous les instants de consommation.
2. Élargir ses circuits de distribution : limiter la dépendance à la GMS (78 % du CA en 2018) en commercialisant ses produits dans d'autres circuits comme les magasins spécialisés, restauration commerciale, etc.
3. Élargir les territoires de consommation : en proposant une offre qui s'exporte hors des frontières (actuellement 95 % du CA est réalisé en France).

Les avantages pour l'entreprise d'avoir étendu son activité aux CHR sont nombreux.

Cette nouvelle gamme leur permet, entre autres, de mieux équilibrer leur portefeuille client, trop concentré sur les particuliers, via la distribution vers les GMS, ainsi que de baisser la dépendance à un réseau de distribution (78 % des ventes en GMS), et enfin augmenter la notoriété de marque.

Le terme de vente B to B décrit la vente business to business, autrement dit la vente entre entreprises ou entre professionnels. Les clients professionnels acquièrent des biens et des services en vue de produire d'autres biens et services fournis à leurs clients finaux.

Le terme de vente B to C décrit quant à lui la vente business to consumer : c'est-à-dire les ventes que réalisent les entreprises directement aux particuliers.

10 En élargissant son offre et en proposant une gamme dédiée aux CHR, repérez à quel type de clientèle s'adresse PÂTISSERIES GOURMANDES.

11 Caractérisez la gamme proposée aux CHR et à l'export en complétant le tableau ci-après et commentez-le.

Les dimensions de la gamme	Gamme proposée par PÂTISSERIES GOURMANDES aux CHR et à l'export	
Largeur : *nombre de lignes*		
Profondeur : *nombre de produits par ligne*	Ligne : Ligne : Ligne :	Nombre : Nombre : Nombre :
Longueur : *nombre total de produits*		

12 Justifiez le choix de l'entreprise d'étendre son offre en proposant une nouvelle gamme de produits surgelés.

À retenir

Chapitre 3 - La conception et la gestion de l'offre

En fonction du positionnement et de la construction de l'image définis par l'entreprise, celle-ci va faire des choix concernant : son offre globale, sa gamme, sa politique de marque et son type de clientèle.

1 LES COMPOSANTES DE L'OFFRE GLOBALE

Offre globale

Offre principale : c'est le bien ou service de base qui correspond au métier principal de l'entreprise.

+

Offre associée : c'est tout ce qui complète l'offre principale. L'offre associée est complémentaire à l'offre principale et permet de séduire les consommateurs tout en se différenciant des concurrents.

2 LA CONSTRUCTION ET LA GESTION DE LA GAMME

La gamme qui est un ensemble de biens et de services proposés par une entreprise est destinée à satisfaire un même besoin. Elle se caractérise par :

➤ Ses trois dimensions :
- la largeur : le nombre de lignes ;
- la profondeur : le nombre de produits différents dans la ligne ;
- l'étendue (ou la longueur) : le nombre total de produits.

➤ Sa composition par type de produits :
- leader : produit sur lequel repose le chiffre d'affaires de l'entreprise ;
- d'appel : produit dont le rôle est d'attirer le client ;
- régulateur : produit qui assure un chiffre d'affaires stable à l'entreprise ;
- produit tactique : produit de remplacement ou innovant. Il prépare l'avenir ;
- contributeur : produit qui permet de valoriser l'image de l'entreprise tout en contribuant fortement à la marge de celle-ci.

3 LA POLITIQUE DE MARQUE

➤ Marque produit : l'entreprise commercialise différents produits sous différentes marques sans préciser qu'elle est à l'origine de ces marques.

➤ Marque gamme : l'entreprise commercialise plusieurs gammes mais dans le même univers de consommation.

➤ Marque ombrelle : l'entreprise signe volontairement plusieurs produits dans différents secteurs d'activité.

➤ Marque caution : il s'agit d'une marque mère qui est caution d'une ou plusieurs marques filles.

➤ Extension de marque : l'entreprise se diversifie dans un domaine dans lequel elle n'était pas encore présente.

➤ Alliance de marque (co-branding) : l'entreprise s'allie avec une autre marque pour lancer un nouveau produit.

4 LE B TO B ET LE B TO C

Son type de clientèle et de vente

- La vente aux particuliers : le B to C. — La vente business to consumer : les ventes que réalisent les entreprises directement aux particuliers.
- La vente aux professionnels : le B to B. — La vente business to business, autrement dit la vente entre entreprises ou entre professionnels.

Se tester en ligne
http://opn.to/a/iAdMC

Préparation au Grand oral

» Dans quelle mesure l'absence d'une offre associée peut-elle devenir un frein au développement d'une entreprise comme PÂTISSERIES GOURMANDES ?

» L'élargissement de la gamme est-elle toujours un gage de succès ?

Appliquez

Se tester en ligne
https://qrcode.link/a/g4yfk2

Activité 1 Connaissez-vous votre cours ?

Associez à chaque notion la bonne explication.

	Notion		Explication
A	Produit : bien, service	1	C'est le produit essentiel pour l'entreprise sur lequel repose le chiffre d'affaires.
B	Offre globale	2	C'est le nombre total de produits dans la gamme.
C	Étendue de la gamme	3	C'est la vente entre entreprises ou entre professionnels.
D	Produit phare (leader)	4	L'entreprise signe plusieurs variétés de produits avec la même marque.
E	Marque ombrelle	5	Elle se décompose en offre principale et offre associée.
F	Le B to B	6	Il désigne un bien matériel ou immatériel.

Activité 2 Savez-vous appliquer votre cours ?

Depuis 2001, l'entreprise CFC (Chauffage, Froid, Climatisation) est synonyme de prestations de qualité dans le domaine du chauffage et de la climatisation. Partenaire de grandes marques, elle garantit l'installation et l'entretien des pompes à chaleur. Face aux nouvelles exigences, avant tout en matière de techniques environnementales, cette entreprise n'a cessé d'élargir son offre globale, à travers sa gamme de prestations de services de plus en plus tournée vers les énergies renouvelables.

https://www.cfc44.com

Annexe 1 La présentation de l'entreprise CFC sur son site web

- Installations de chauffage
- Installations de climatisation
- Installation froid
- Maintenance

NOS SERVICES : Grâce à notre savoir-faire, notre entreprise (SARL) vous propose un grand éventail de prestations pour vous aider à transformer votre espace d'habitation en un lieu agréable et économe en énergie.

Nous vous assistons pour la planification, l'installation et la modernisation de votre installation de chauffage ainsi que pour l'exploitation des formes d'énergies renouvelables et la récupération d'énergie. En tant que spécialiste dans les énergies renouvelables, nous vous aidons à concrétiser ainsi vos projets. Nous intervenons aussi pour installer de la climatisation.

https://www.cfc44.com

Annexe 2 L'offre de CFC en fonction de sa clientèle

CFC : Installations de produits et maintenances - Trois offres : Chauffage, Froid, Climatisation

Offre destinée aux particuliers	Offre destinée aux professionnels (tout type d'organisation : entreprises, administrations…)
- Des chaudières pour le chauffage. - Et/ou des systèmes de climatisation. - Planification et installation. - Ces installations sont suivies d'un contrat de maintenance payant, non obligatoire, soit une visite par an, pour vérifier et entretenir le matériel et le bon fonctionnement de l'installation.	- Des systèmes de climatisation (réversibles qui peuvent aussi se transformer en moyen de chauffage). - Et/ou le froid (ex. : systèmes frigorifiques pour les chambres froides). - Planification et installation. - Ces installations sont suivies d'un contrat de maintenance payant, soit une visite à quatre visites par an, pour vérifier et entretenir le matériel et le bon fonctionnement de l'installation. Mais la première visite est obligatoirement imposée par l'État (le Grenelle de l'environnement).

Annexe 3 La répartition de la clientèle en 2018

Catégories de clientèle	Nombre de clients	Chiffre d'affaires
Grandes entreprises	80	190 000 €
Moyennes entreprises	274	175 800 €
Petites entreprises	250	170 000 €
Collectivités	100	153 000 €
Particuliers	2 496	151 200 €

Annexe 4 L'interview avec le gérant de CFC, M. Allain, sur les rôles des produits dans sa gamme

« Notre offre s'adresse aux particuliers et aux professionnels. Même si nos prestations sont plus concentrées sur le segment des professionnels, avec lesquels nous avons une relation commerciale plus proche et durable, nous ne négligeons pas le segment des particuliers, que nous cherchons à développer, car il nous permet de lisser nos ventes.

Le chauffage est une offre importante car ce produit, destiné essentiellement aux particuliers, couvre une plus large clientèle, qui a des demandes toute l'année (chauffage + production d'eau chaude + chantiers « neufs et rénovation »), ce qui permet de travailler toute l'année.

Le froid, l'offre destinée aux professionnels essentiellement, souvent à des grosses organisations (par exemple AIRBUS, le ministère des Affaires étrangères, etc.), est celle qui dégage plus de marge et valorise l'entreprise aux yeux des particuliers.

Mais la climatisation est notre offre essentielle dans notre gamme car elle se vend auprès de nos deux types de clientèle et génère donc la plus grosse part de notre chiffre d'affaires.

Nous avons intégré depuis peu une offre de « climatiseur mobile » pour répondre à une demande ponctuelle, surtout pendant les périodes de canicule. Mais à plus ou moins long terme, les clients achètent ensuite une installation de climatisation fixe. »

Annexe 5 Tableau à compléter

Rôle des produits	Produits et services de CFC	Justification
Des produits leaders (phares)		
Des produits d'appel		
Des produits tactiques		
Des produits régulateurs		
Des produits contributeurs		

1 Précisez la nature du produit proposé par l'entreprise CFC.

2 Présentez les composantes de l'offre globale de l'entreprise CFC.

3 Repérez les rôles des produits dans la gamme de CFC en complétant le tableau (annexe 5).

4 Repérez à quel(s) type(s) de clientèle s'adresse l'offre de l'entreprise CFC.

5 Analysez le portefeuille clients de l'entreprise CFC (FICHE OUTILS n° 1).

https://qrcode.link/a/jOPHk9

6 Montrez les avantages pour l'entreprise CFC d'avoir choisi ce type de clientèle.

CHAPITRE 4

La rationalité dans le choix du consommateur

1.2 - Toute consommation crée-t-elle de l'expérience ?

CAPACITÉS » Montrer la pertinence entre l'acte de consommation et l'expérience de consommation.

NOTIONS » Expérience de consommation, valeur perçue, satisfaction client.
» Marketing expérientiel.

Contexte L'expérience de consommation entre amis

» MISE EN SITUATION

Jérôme, Djef, Emma, Manu, Sophie, Cécile et Joan forment une joyeuse bande d'amis qui partage de bons moments chaque fois qu'ils le peuvent.

Ils ont quasiment tous le même âge, la trentaine. Ils se sont rencontrés durant leurs études et depuis, ils n'ont jamais perdu le contact, et ce, malgré la distance qui les sépare. Certains vivent à Paris, d'autres dans le Sud de la France... Ce sont tous des bons vivants, qui adorent rire et se retrouver pour passer leurs vacances ensemble. Toutefois, ils sont assez différents, ce qui crée une certaine alchimie dans leur groupe, chacun respectant les différences de l'autre.

Dernièrement, ils se sont rendu compte, lors des précédentes vacances, qu'ils n'avaient pas tous les mêmes attentes, vis-à-vis du petit-déjeuner, notamment. Ils avaient loué un appartement via la plateforme de location AIRBNB. Le matin, les avis concernant le café n'étaient pas tous semblables.

En rentrant en France, pour diverses raisons, trois d'entre eux sont devenus membres du club NESPRESSO.

Joan, depuis son retour de vacances, envisage de changer de voiture. En effet, il a constaté que celle-ci a montré quelques faiblesses durant les trajets effectués, elle a, en outre, beaucoup de kilomètres au compteur.

Découvrir

1 LES COMPOSANTES DE LA VALEUR PERÇUE ET LA NOTION DE SATISFACTION

1.1 La valeur perçue de l'offre produit

Il est très important pour une entreprise comme NESTLÉ, si elle souhaite rester compétitive sur son marché, de connaître les attentes, les motivations et les freins de ses clients, mais également de savoir comment ces derniers perçoivent les produits, l'entreprise, la marque...

Document 1 **Les trois nouveaux clients NESPRESSO**

Sophie

Elle est âgée de 32 ans. Pour elle, la protection de la nature est quelque chose de très important. Elle aime tout ce qui est naturel. Son engagement écologique est certes, récent, mais elle essaie d'avoir une consommation la plus responsable possible. Dernièrement, sa famille, pensant lui faire plaisir, lui a acheté une machine Nespresso. Sophie n'était vraiment pas convaincue par ce choix : c'est une machine trop chère et qui ne prend pas suffisamment en compte son impact sur l'environnement. Pourtant, elle l'essaie et est finalement convaincue. Le goût est au rendez-vous. Malgré ses réticences, elle a fini par se laisser séduire par la qualité des produits Nespresso, alors que cela ne correspond pas totalement à ses attentes en termes de consommation responsable.

Manu

Il est âgé de 34 ans. C'est un cadre toujours pressé : son travail lui prend beaucoup de temps et d'énergie. Il a choisi les produits Nespresso car tous ses collègues les ont adoptés mais surtout parce qu'il peut les acheter directement en ligne. Il habite Lyon et trouve cette solution beaucoup plus pratique que de prendre son véhicule pour aller dans un point de vente spécialisé, et perdre un temps précieux dans le trafic. De plus, les frais de livraison sont offerts dès l'achat de 400 capsules.
Toutefois, au vu de ses exigences, il craint que le café ne soit pas aussi bon que la promesse faite par la marque…

Djef

Il est âgé de 33 ans. Pour lui, l'apparence et le fait d'appartenir à une certaine classe sociale sont très importants. Il souhaite acheter des produits de cette marque afin de pouvoir devenir membre du club Nespresso. Il s'est rendu dans un point de vente de l'enseigne, à Montpellier. Il a été ravi car il a pu discuter avec des conseillères qui l'ont aidé à choisir le produit le plus adapté à ses goûts. Il a pu également savourer plusieurs types de café avant de faire son choix.
Toutefois, il a trouvé que les prix des produits étaient excessifs comparés à ceux qu'il a l'habitude d'acheter en grande distribution.

1 **À partir de vos connaissances acquises en classe de première en cours de Sciences de Gestion et Numérique, rappelez la définition de la valeur perçue. Vous montrerez ensuite comment celle de Sophie a évolué.**

Document 2 La marque NESPRESSO

La grande force de NESPRESSO réside dans son positionnement volontairement élitiste et haut de gamme. Cette filiale de NESTLÉ s'est toujours démarquée de la concurrence. Pour asseoir son image de produit de luxe et se démarquer de la concurrence, NESPRESSO s'est affranchi de la grande distribution en développant son propre réseau de boutiques et ainsi permettre une diffusion plus confidentielle et plus directe. Ce positionnement se traduit par un concept marketing qui repose sur 3 points :

- des grands crus de café : l'entreprise n'achète que des grains de café verts haut de gamme dans les pays de production. Les grains sont tous torréfiés et conditionnés en capsules en Suisse ;
- des machines ingénieuses au design élégant ;
- un service client sans égal.

La marque a beaucoup investi afin d'offrir à ses clients une qualité de service optimale. À la fois hotline, plateforme après-vente et support marketing, le club NESPRESSO constitue l'épine dorsale de cette stratégie.

« La vocation de la marque est d'être perçue à l'échelle mondiale comme le LOUIS VUITTON du café. »

Gerhard Berssenbrügge, P.-D.G. de NESPRESSO SA.

La cible

La cible de NESPRESSO est les CSP +, les passionnés de café et les « orgueilleux » qui veulent des produits modernes et classe. En effet, les membres du Club NESPRESSO sont des grands consommateurs, des connaisseurs, gourmets et épicuriens. On y retrouve 60 % de femmes pour environ 40 % d'hommes, en majorité entre 35 et 45 ans. Ce sont des « opinions leaders » avec un fort pouvoir d'achat. Citadins et mobiles, ils voyagent pour le plaisir et/ou le travail.

http://fr.scribd.com/doc/57988903/Nespresso-Etude-de-Cas

2 **D'après vos connaissances acquises en première en cours de Sciences de Gestion et Numérique, comment mesure-t-on la valeur perçue d'une entreprise ? Retrouvez certains de ces indicateurs dans le cas de NESPRESSO.**

Document 3 Les composantes de la valeur perçue

La valeur perçue est le résultat de trois composantes :

- **la valeur d'usage** ➜ À quoi sert le produit ?
- **la valeur hédonique** ➜ Qu'est-ce que cela procure au client comme sensations ?
- **la valeur de signe** ➜ Qu'est-ce que cela dit du client ?

Ex. : un polo LACOSTE est acheté pour tenir chaud (valeur d'usage), parce qu'il est agréable à porter (valeur hédonique), mais aussi comme signe de reconnaissance sociale (valeur de signe).

Document 4 L'extrait du tchat sur lequel les trois nouveaux clients se sont exprimés

Sophie : Bonjour, je suis une toute nouvelle cliente NESPRESSO. Certes, ce n'est pas le produit le plus respectueux de l'environnement mais je sais qu'ils essaient de faire des efforts sur ce point. Je suis allée en boutique pour acheter des capsules. L'ambiance était vraiment formidable. On se sent vraiment comme quelqu'un d'important. Je suis ravie du café que j'ai acheté ! Lorsque j'ai bu mon premier café chez mon amie Emma, j'ai eu l'impression d'être propulsée à la terrasse d'un café en Italie : un vrai voyage ! De plus son prix est tout à fait correct !

Manu : Moi aussi, j'ai acheté des produits de cette marque. Certains types de café sont bien trop légers à mon goût. Certes, la vente en ligne c'est pratique, mais le problème c'est que l'on ne peut pas tester le produit ! Quel dommage ! Je suis un peu déçu.

Djef : J'ai également acheté ces produits-là, grâce aux conseillères en magasin. J'ai effectivement pu les goûter avant de les acheter. Je suis assez satisfait car je fais maintenant partie des membres clients de NESPRESSO et le café a vraiment un très bon goût qui se rapproche de celui d'un vrai expresso italien. Toutefois, je trouve que le prix est un peu excessif !

Voici l'avis que Djef a laissé sur le tchat :

Accueil parfait !
À chaque fois que je me rends en boutique, le personnel m'accueille avec le sourire, les conseils sont toujours excellents et les dégustations sont offertes !
- Satisfaction : ★★★☆
- Recommandation : ★★★★

Les + : le client est roi.
Les – : accessibilité (notamment le parking) et les prix un peu élevés, mais c'est de la qualité.

3 **À partir du contexte et des documents 3 et 4, remplissez le tableau des composantes de la valeur perçue pour chacun des clients de NESPRESSO.**

	Valeur d'usage	Valeur hédonique	Valeur de signe
Valeur perçue par Sophie		Lorsqu'elle a bu son premier café chez son amie Emma, elle a eu l'impression d'être propulsée à la terrasse d'un café en Italie : un vrai voyage ! Elle trouve également que le café a un bon goût.	
Valeur perçue par Manu	Obtenir du café.		
Valeur perçue par Djef			Appartenir à une certaine CSP et au club des clients NESPRESSO, signe d'une reconnaissance sociale.

4 Retrouvez les raisons pour lesquelles il est important, pour NESTLÉ, que la valeur perçue du produit soit positive.

1.2 La satisfaction des clients

Il est nécessaire que NESTLÉ connaisse le niveau de satisfaction de ses clients car si l'offre qu'elle propose ne les satisfait pas, alors c'est la pérennité de l'entreprise qui est en jeu.

https://qrcode.link/a/zZWEXy

Consultez la vidéo

5 D'après vos connaissances de première en cours de Sciences de Gestion et Numérique, rappelez la définition de la satisfaction.

6 Classez les trois personnages en fonction de leur degré de satisfaction.

Sophie

Manu

Djef

7 Recherchez les raisons qui expliquent le degré de satisfaction de Djef et Sophie. Sur quel(s) point(s) leurs avis divergent-ils ?

8 Quel lien pouvez-vous faire entre prix et degré de satisfaction ?

Travailler l'argumentation – Fiche méthode 1

2 L'EXPÉRIENCE DE CONSOMMATION

NESTLÉ a d'abord choisi la vente en ligne puis s'est doté de points de vente spécifiques pour vendre les produits de la marque NESPRESSO.
On pourrait croire que l'aménagement de ces espaces de vente a été conçu en respectant l'adage de Confucius : *« J'entends et j'oublie, je vois et je me souviens, j'en fais l'expérience et je comprends. »*

Document 5 L'expérience de consommation

On peut distinguer quatre temps dans l'expérience de consommation :
- **avant l'achat** (c'est ce qu'on appelle « l'expérience d'anticipation ») : on fantasme l'expérience ;
- **pendant l'achat** (c'est « l'expérience d'achat ») : l'ambiance du point de vente, le contact avec le personnel…
- **pendant la consommation** (c'est « l'expérience du moment de consommation ») : les sensations et sentiments lors de la consommation du bien ou du service ;
- **après l'achat** (c'est « l'expérience de souvenir ») : on se souvient de son achat soit positivement, soit négativement.

Remarque : lors de la consommation de certains biens ou services, l'expérience d'achat et l'expérience du moment de consommation sont vécues simultanément.

9 Décrivez, en complétant le tableau ci-dessous, les expériences de consommation de Sophie, Manu et Djef, à partir des informations données dans le contexte du chapitre et dans le tchat.

	Expérience d'anticipation	Expérience d'achat	Expérience du moment de consommation	Expérience de souvenir (souvenir positif ou négatif ?)
Expérience de consommation de Sophie	A priori négatif sur ce produit avant de l'avoir goûté.			Souvenir positif (elle est ravie de son achat).
Expérience de consommation de Manu		La vente en ligne c'est pratique, mais le problème c'est l'impossibilité de tester le produit.		
Expérience de consommation de Djef			Un café qui a très bon goût et qui se rapproche de celui d'un expresso italien.	

10 Quel sera l'impact de l'expérience de consommation de Manu sur son prochain achat de café ?

3 L'ÉVOLUTION DE L'OFFRE DES ENTREPRISES

3.1 Le marketing expérientiel

Document 6 Le marketing expérientiel chez NESPRESSO

- **NESPRESSO sait surprendre :** en jouant sur des boutiques agencées de façon esthétique, moderne et très luxueuse, ce qui change de l'environnement naturel.
- **NESPRESSO propose de l'extraordinaire :** les boutiques dans certaines villes sont gigantesques et spectaculaires.
- **NESPRESSO stimule les 5 sens :** les boutiques immergent le client dans l'univers du café. Les machines sont exposées avec soin, des capsules recouvrent les murs, on peut déguster toutes les sortes de café proposées par la marque au sein d'un espace dédié. Une odeur de café se dégage donc en permanence dans les boutiques. Tous les accessoires sont accessibles et sont présentés au public qui peut les essayer. Une musique d'ambiance est également diffusée. Spécialement conçue pour les boutiques, elle est en cohérence avec le positionnement des lieux.
- **NESPRESSO crée du lien :** avec le statut de membre du club NESPRESSO, il crée une proximité avec le client.
- **NESPRESSO utilise sa marque :** c'est une marque qui est partenaire de beaucoup d'organisations haut de gamme : compagnies aériennes, hôtel de luxe…

http://opn.to/a/UnxSH

Consultez la vidéo

En 2018, la marque a par exemple choisi le jour de la Saint Valentin pour inaugurer l'ouverture de sa nouvelle boutique à Rennes. Ce qui portera à plus de 300 leur nombre. Ce marketing expérientiel et sensoriel séduit. En effet, NESPRESSO connaît un taux de croissance de ses ventes à deux chiffres. On peut donc dire que NESPRESSO a réussi à développer un réseau de services à la hauteur du positionnement haut de gamme qu'il se fixe. Ses boutiques ouvertes aux quatre coins du monde ont une grande notoriété et génèrent du chiffre d'affaires, les objectifs sont donc atteints.

11 **Déduisez du document 6 une définition possible du marketing expérientiel (ou mercatique expérientielle).**

Les amis se revoient autour d'un verre lors d'un apéritif virtuel via l'application ZOOM (plateforme de vidéoconférence à distance) et Djef raconte alors son expérience de consommation au sein de la boutique NESPRESSO. Joan explique qu'il est, quant à lui, allé visiter accompagné de Jérôme et Cécile, la concession PSA de Paris. En effet, il réfléchit à un possible achat d'un véhicule. Il raconte à quel point ils n'en croyaient pas leurs yeux !

Document 7 La concession PSA Experience Store

https://qrcode.link/a/7pdful

Consultez la vidéo

Le lieu est exceptionnel et propose un tout nouveau modèle de concession. Tout est pensé pour que le consommateur vive une vraie expérience, même si le véhicule qu'il souhaite acquérir ne se trouve pas directement dans la concession. Pour cela, l'Experience Store repousse les limites du digital et du virtuel.

Deux types d'écrans accompagnent le client lors de son parcours : des écrans verticaux, et un écran tactile horizontal qui permet de choisir parmi les différentes finitions, couleurs et autres motorisations…

Grâce au casque SAMSUNG Gear VR et à la navigation 3D, les clients découvrent les technologies embarquées des modèles PEUGEOT et testent les nombreuses aides à la conduite disponibles dans la gamme.

12 **Montrez comment NESPRESSO et PSA utilisent le marketing expérientiel (ou mercatique expérientielle).**

Travailler l'argumentation – Fiche méthode 1

13 **Trouvez l'intérêt d'utiliser ce type de mercatique pour l'entreprise et son impact pour la marque.**

Travailler l'argumentation – Fiche méthode 1

3.2 Les nouveaux modèles économiques

Joan hésite beaucoup. L'achat d'un véhicule neuf est assez cher... D'autant plus qu'il a la possibilité de louer plutôt qu'acheter grâce au système d'autopartage et ainsi faire un geste pour l'environnement en louant une voiture électrique !

Document 8 Les systèmes d'autopartage à Paris

Il existe 3 sociétés qui ont pris le relais d'AUTOLIB sur Paris : MOOV'IN, FREE2MOVE et CAR2GO. Il s'agit de prêts de véhicules électriques disponibles via une application mobile qui permet de les géolocaliser, de les réserver et de les déverrouiller une fois sur place. C'est simple, pratique et ça permet de réduire la pollution.

Document 9 Les nouveaux modèles économiques

Depuis quelques années, de nouveaux modèles économiques se développent. Ainsi, on a vu apparaître des entreprises comme UBER, NETFLIX, AIRBNB... Tous les secteurs sont touchés. On appelle ce type de nouveau modèle **l'économie à la demande**. Cela désigne une activité où des entreprises utilisent les nouvelles technologies pour apporter aux consommateurs des biens ou services de manière quasi-immédiate. Ce type de modèle connaît des taux de croissance impressionnants.
Outre les services les plus connus, qui permettent de commander un chauffeur, un repas, un médecin ou un avocat, l'économie à la demande semble aujourd'hui capable de combler le moindre des désirs du consommateur, y compris les plus farfelus.
Un autre modèle économique tend à se développer : **l'économie de la fonctionnalité**. L'économie de la fonctionnalité peut se définir comme un système privilégiant l'usage plutôt que la vente d'un produit. Elle vise à développer des solutions intégrées de biens et services dans une perspective de développement durable. Ainsi, l'échange économique ne repose plus sur le transfert de propriété de biens, qui restent la propriété du producteur tout au long de son cycle de vie, mais sur le consentement des usagers à payer une valeur d'usage.

https://qrcode.link/a/ObF3Pm

Consultez la vidéo

14 **Identifiez à quel nouveau modèle économique appartient le système d'autopartage. Justifiez votre réponse.**

15 **Montrez comment ces nouveaux modèles économiques modifient la structure de l'offre proposée en comparant l'achat d'un véhicule dans la concession PSA et l'offre proposée par les sociétés d'autopartage.**

Travailler l'argumentation – Fiche méthode 1

À retenir

Chapitre 4 - La rationalité dans le choix du consommateur

1 LES COMPOSANTES DE LA VALEUR PERÇUE ET LA NOTION DE SATISFACTION

Valeur perçue	Les composantes	Les indicateurs
On peut la définir comme la différence entre les bénéfices et les sacrifices perçus consacrés à l'acquisition d'une offre.	● La valeur d'usage, à quoi sert le produit. ● La valeur hédonique, ce que cela procure au client comme sensations. ● La valeur de signe, ce que cela évoque au client.	On peut mesurer la valeur perçue à l'aide de 4 indicateurs : l'image de marque, la notoriété, la satisfaction, la qualité.

Bonne valeur perçue → Augmentation de la satisfaction (c'est le sentiment de plaisir ou de déplaisir qui naît de la comparaison entre les attentes préalables et l'expérience de consommation).

2 L'EXPÉRIENCE DE CONSOMMATION

La confrontation du consommateur à l'offre génère une expérience de consommation qui se décompose en 4 étapes successives :

Avant l'achat : C'est « l'expérience d'anticipation » → **Pendant l'achat** : C'est « l'expérience d'achat » → **Pendant la consommation** : C'est « l'expérience du moment de consommation » → **Après l'achat** : C'est « l'expérience de souvenir »

Expérience négative = le consommateur changera de marque **(bouche-à-oreille négatif)** → perte de chiffre d'affaires **pour la marque**.

Expérience positive = le consommateur sera fidélisé et cela permettra qu'il recommande le point de vente ou la marque (bouche-à-oreille positif) → **différenciation et augmentation des ventes de la marque**.

3 L'ÉVOLUTION DE L'OFFRE DES ENTREPRISES

- **Le marketing expérientiel ou mercatique expérientielle**

C'est une forme de marketing qui vise à rendre l'acte d'achat plus émotionnel, plus affectif, afin de créer une véritable expérience pour le consommateur.

➤ Expérience de consommation positive.
➤ Meilleure réponse aux attentes des clients.
➤ Amélioration de son image de marque.
➤ Bouche-à-oreille positif.
➤ Fidélisation des clients.
➤ Différenciation de la marque.
➤ Augmentation des ventes.
➤ Augmentation de la notoriété.

- **Les nouveaux modèles économiques**

L'économie à la demande : Cela désigne une activité où des entreprises utilisent les nouvelles technologies pour apporter aux consommateurs des biens ou services de manière quasi-immédiate.

L'économie de la fonctionnalité : Elle peut se définir comme un système privilégiant l'usage plutôt que la vente d'un produit.

Se tester en ligne
http://opn.to/a/0eUVi

Préparation au Grand oral

» Faut-il toujours faire vivre une expérience aux consommateurs ?
» Quels sont les enjeux des nouveaux modèles économiques ?

Appliquez

Se tester en ligne
https://qrcode.link/a/dcqD2D

Activité 1 Connaissez-vous votre cours ?

Vrai ou faux ?

Affirmations	Vrai	Faux
1. La valeur perçue ne peut être évaluée qu'à partir d'un questionnaire de satisfaction.		
2. Pour connaître la valeur perçue d'un produit, il suffit simplement d'examiner les bénéfices perçus.		
3. La valeur perçue reste toujours identique dans le temps.		
4. La valeur perçue est la différence entre bénéfices perçus et coûts perçus.		
5. Si la valeur perçue est positive et que les coûts perçus sont moindres, alors le client sera satisfait.		
6. Pour que l'expérience de consommation soit positive, il faut que le consommateur ressente des émotions lors de l'achat du produit.		
7. Pour améliorer la valeur perçue, l'entreprise devra essayer d'augmenter les bénéfices perçus en améliorant, par exemple, la qualité du produit.		

Trouvez le bon mot !

d'anticipation – d'achat – consommation – après – de souvenir – pendant – avant.

On peut décomposer l'expérience de .... en quatre temps :

- .... l'achat (c'est ce qu'on appelle « l'expérience .... ») : on imagine l'expérience.
- .... l'achat (c'est « l'expérience .... ») : c'est-à-dire l'ambiance du point de vente, le contact avec le personnel…
- Pendant la .... (c'est « l'expérience du moment de .... ») : autrement dit, les sensations et sentiments lors de la consommation du produit ou du service.
- .... l'achat (c'est « l'expérience .... ») : on se souvient de son achat soit positivement, soit négativement.

Remarque : pour certains produits et services, l'expérience .... et l'expérience du moment de .... sont vécues simultanément.

Activité 2 Savez-vous appliquer votre cours ?

La société LUSH a été fondée en 1995 au Royaume-Uni. Son offre se fonde sur une promesse de produits « frais » et fabriqués à la main, à partir de produits naturels, tels que des fruits, des huiles essentielles, des infusions de fleurs, etc. L'entreprise LUSH fabrique des produits cosmétiques pour les cheveux, le visage, le corps ainsi que des produits pour la douche et le bain.

Annexe 1 Les nouvelles boutiques LUSH

LUSH a inauguré sa nouvelle boutique à Tokyo

La marque LUSH a présenté sa nouvelle boutique, qui couvre 1 240 m² sur trois étages. À l'entrée, un écran LED d'un mètre sur 3,52 m habille la façade du point de vente.

Dans cette boutique, pas d'étiquette ni de signalétique, les clients doivent télécharger l'application Lush Labs pour scanner les produits (sans emballage) et, grâce à la reconnaissance visuelle, les consommateurs obtiennent toutes les informations nécessaires sur les produits afin de lutter contre les déchets.

De plus, elle est équipée d'une vitrine connectée 24 h/24 et 7 J/7, et qui permet aux clients d'acheter les produits de la marque en dehors des horaires d'ouverture. Pour cela, il suffit aux clients de scanner les produits projetés sur l'écran et de les commander. Ils sont ensuite livrés à domicile dans un emballage recyclable.

Le magasin propose également des expériences sensorielles : par exemple des capteurs cartographient la position et les mouvements des clients afin d'activer des sons particuliers.

Nouvelle boutique à Liverpool

Dans un espace de près de 2 000 mètres carrés, dès l'entrée, LUSH donne le ton. On tombe directement sur un stand de fleurs, comme chez un fleuriste ! C'est l'idée de son nouveau concept : *Fresh* & *Flowers*. Des pots de la marque sont recyclés pour y accueillir des jolies fleurs et plantes en tout genre.

LUSH propose désormais des produits frais : pour la cosmétique mais aussi pour la déco.

Un peu plus loin, au comptoir, les soins ressemblent à des sushis, à des pommes d'amour ou à des pains viennois aux pépites de chocolat…

Plus loin, on découvre le Hair Lab, temple du cheveu dans lequel des experts sont chargés de conseiller et de chouchouter le client. Autres nouveautés : un café, un disquaire, et un coin make-up pour vous conseiller sur le choix d'un fond de teint. Enfin, le premier étage est consacré exclusivement au produit star de la marque : les boules de bain. Et le dernier étage abrite le spa LUSH…

Ce n'est plus une boutique, c'est un endroit de loisirs et de détente !

LUSH propose l'expérience Party : faire la fête dans un de ses points de vente !

On peut désormais privatiser un magasin de la marque pour y faire la fête durant une après-midi. Seule condition : être en groupe (au moins 10 personnes).

LUSH propose de réaliser diverses activités : tout d'abord la création d'un produit que l'on fabrique soi-même et ensuite des animations du type chasse aux trésors, massage, soins du visage… À la fin de la journée, chaque personne repart avec un produit exclusif !

Annexe 2 Un extrait d'avis de client LUSH

Sanaa, 17 ans :

Avant d'entrer dans la boutique, j'étais très excitée. J'avais entendu des amies la décrire comme vraiment extraordinaire. Mais en m'y rendant, ce fut un vrai choc ! On peut personnaliser ses cosmétiques ! J'ai vraiment l'impression d'être unique, à part, presque une star ! Tous les produits ont l'air trop bien. Le choix est extrêmement compliqué... Seul bémol : les prix un peu élevés.

Dès que j'ai choisi le produit le plus adapté à mon type de cheveux, conçu en édition limitée par le Lush Labs, je l'ai tout de suite pris en photo et je l'ai partagé sur Facebook avec mes amies !

1 Détaillez les étapes de l'expérience de consommation de Sanaa.

2 Présentez les composantes de la valeur perçue du produit LUSH acheté par Sanaa.

3 Décrivez l'expérience de souvenir de Sanaa ainsi que son niveau de satisfaction.

4 Déduisez l'influence d'une telle situation sur son prochain achat pour ce type de produit.

5 Comment l'entreprise LUSH pourrait-elle évaluer le niveau de satisfaction de ses clients ?

6 Expliquez comment LUSH, dans ses points de vente, permet aux consommateurs de vivre une véritable expérience de consommation.

7 Précisez l'intérêt de mettre en place ce type d'actions pour l'entreprise.

CHAPITRE 5

Le choix d'un ou plusieurs prix

1.3 - Le prix, entre raison et illusion ?

CAPACITÉS » Caractériser les choix en matière de politique de prix ou de tarifs.

NOTIONS » Politiques tarifaires : prix unique, prix différencié, gestion des capacités (yield management), prix forfaitaire.

» Modèles de gratuité.

Contexte L'hôtel LE GRAND CAP

» MISE EN SITUATION

L'hôtel LE GRAND CAP accueille touristes et voyageurs du monde entier depuis plus d'un siècle dans le respect de la tradition hôtelière et la passion du métier transmise depuis 3 générations. Cet établissement de prestige propose 110 chambres et suites confortables, proche du centre de la ville de Marseille ainsi qu'un bar et un restaurant panoramiques.

L'établissement est équipé de toutes les fonctionnalités pratiques pour assurer le confort des voyageurs, notamment des réfrigérateurs et des machines à café, du Wi-Fi haut débit gratuit, d'un service de baby-sitting, ainsi que des peignoirs et des pantoufles de luxe, des kits de produits d'accueil et également d'un service en chambre 24 heures sur 24.

L'hôtel dispose d'une variété d'installations, entre autres d'un immense spa de 500 m², ainsi qu'une piscine extérieure.

Surplombant le Vieux Port et jouxtant le Palais du Pharo, l'hôtel offre un panorama unique permettant aux voyageurs de découvrir l'ensemble des monuments marseillais.

C'est aussi un lieu parfait pour les séminaires et conférences. En effet, l'hôtel dispose de plusieurs espaces distincts, allant de la salle de réunion cosy à l'auditorium de 115 places parfaitement équipé.

L'établissement propose également à ses clients la possibilité de se garer dans son parking.

Découvrir

1 LE PRIX DIFFÉRENCIÉ

L'hôtel LE GRAND CAP accueille une clientèle composée de voyageurs à titre personnel mais propose également une offre à destination des entreprises, pour des événements tels que des teams building[1], des séminaires, des formations etc. De plus, certains clients du spa sont des habitants de la ville qui ne résident pas forcément à l'hôtel, le spa étant également ouvert aux personnes extérieures.

[1] Le but du team building est de renforcer la cohésion du groupe professionnel au moyen d'activités collectives.

Document 1 Les clients du Spa de l'hôtel LE GRAND CAP

Particuliers :
- Entrée spa et hammam[2] + de 18 ans : 39 €/pers.
- Entrée spa et hammam de 16 à 18 ans : 30 €/pers.
- Offre duo entrée spa et hammam : 59 €
- Tarif de groupe (minimum 5 personnes : anniversaire, enterrement de vie de jeune fille, etc.) : 29 €/pers.
- Abonnement annuel : 199 €.

Entreprises :
- Entrée spa et hammam : 19 €/pers.
- Abonnement annuel : 119 €.

[2] Accès interdit aux personnes de moins de 16 ans.

1 Identifiez les critères de différenciation de prix pratiqués par le Spa de l'hôtel LE GRAND CAP.

2 Déduisez les raisons pour lesquelles le Spa de l'hôtel LE GRAND CAP utilise cette stratégie de prix.

3 À partir de vos réponses précédentes, donnez une définition des prix différenciés.

4 Indiquez, selon vous, les principales limites de la pratique des prix différenciés aux yeux des consommateurs.

2 LE PRIX UNIQUE

Pour les clients qui le souhaitent, l'hôtel met également à disposition de ses clients un parking privé. Encore un atout de taille pour cet établissement, car le stationnement dans la ville de Marseille peut s'avérer très compliqué.

Document 2 **Le plus de l'hôtel : la possibilité de stationner votre véhicule dans un parking surveillé !**

L'hôtel LE GRAND CAP met à la disposition de sa clientèle un parking souterrain surveillé 24 heures/24.
Le tarif est de 20 € par nuit et par véhicule, et 15 € pour une moto, quels que soient le jour de la semaine et la saison. **Il est fortement conseillé de le réserver avant l'arrivée car les places sont limitées.**
L'équipe de réception accueille les clients tous **les jours 24 heures/24.**
Check-in à partir de 15 h.
Check-out avant 11 h.

5 Indiquez ce qui caractérise la politique de prix utilisée pour le parking. Déduisez le nom de cette politique.

6 Donnez d'autres exemples de produits qui suivent la même politique de prix.

7 Déduisez les avantages du prix unique d'un bien ou d'un service pour le consommateur et pour le producteur.

Avantages pour le consommateur	Avantages pour le producteur

3 LA GESTION DES CAPACITÉS

En ce qui concerne l'hébergement, l'hôtel LE GRAND CAP pratique une politique de prix qui est modulable en fonction de la demande.

Document 3 Qu'est-ce que le yield management ?

Le yield management, aussi appelé **gestion des capacités** est une pratique tarifaire qui consiste à moduler les prix en fonction de la demande en vue de maximiser les ventes (le chiffre d'affaires). Lorsque la demande est élevée, les prix sont élevés et inversement.

https://eqrco.de/a/ezcXz7

Consultez la vidéo

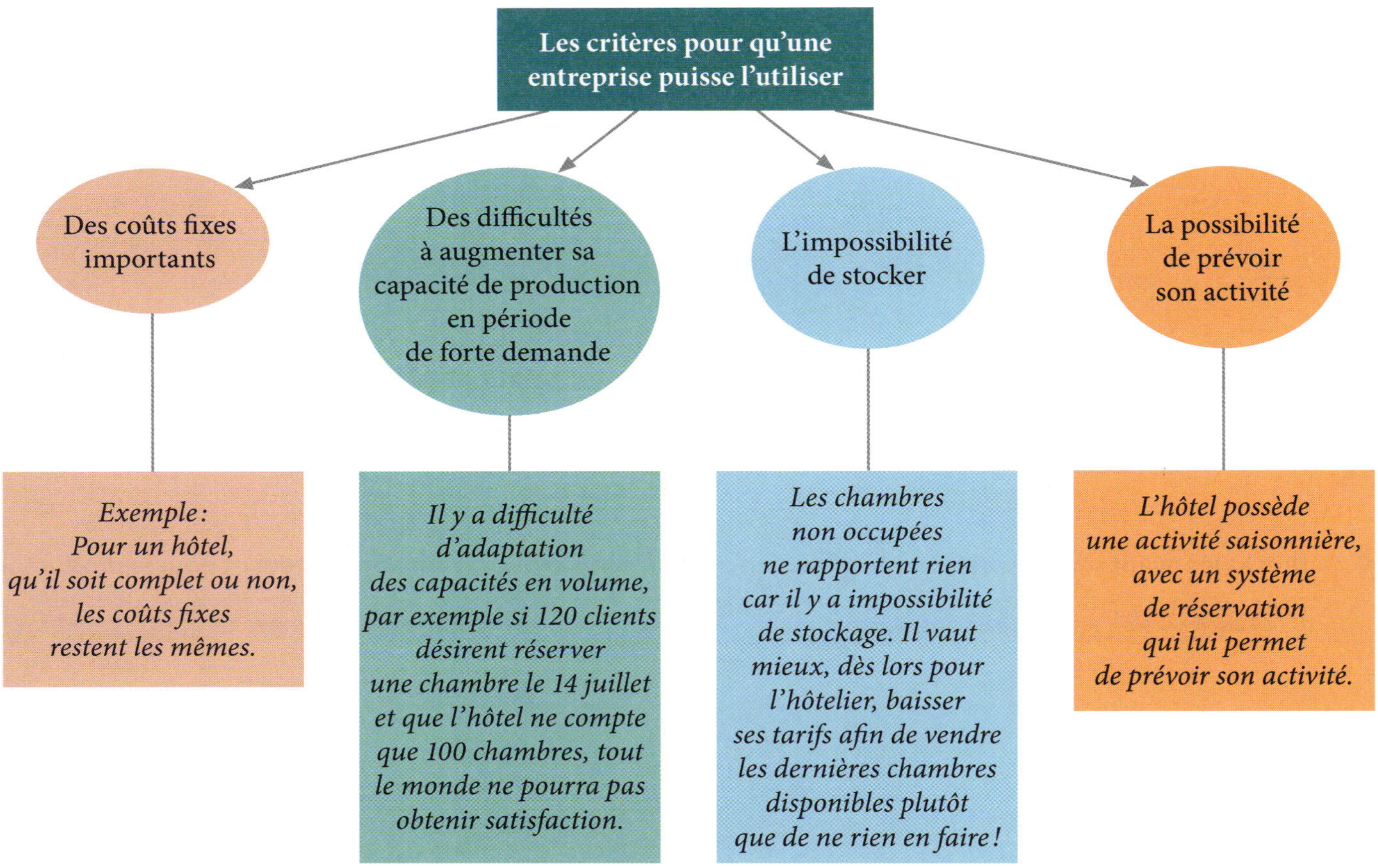

En choisissant le yield management, l'entreprise vend plus et le client peut faire une bonne affaire… Toutefois, il faut se montrer prudent et ne pas multiplier les tarifs car le consommateur peut se sentir perdu ou tout simplement avoir l'impression de payer beaucoup plus qu'il ne devrait… De plus, l'entreprise peut aussi pratiquer un prix d'appel limité en quantité ou dans le temps.

Document 4 **Le prix d'une chambre à l'hôtel LE GRAND CAP, pour 2 nuitées pour 2 personnes**

Date d'arrivée	Prix
Vendredi 18 mars	279 €
Vendredi 25 mars (week-end de Pâques)	459 €
Vendredi 1er avril	279 €
Vendredi 8 avril	319 €
Vendredi 15 avril	459 €
Vendredi 22 avril	459 €

Remarque : les vacances scolaires correspondent aux périodes suivantes :
- *du 9 avril au 24 avril N pour la zone A (Bordeaux, Limoges, Lyon…) ;*
- *du 16 avril au 1er mai N pour la zone B (Rennes, Nantes, Amiens, Lille, Aix-en-Provence, Nice…) ;*
- *du 23 avril au 8 mai N pour la zone C (Toulouse, Montpellier, Paris).*

8 **Expliquez la différence de prix entre une chambre le week-end de Pâques et une chambre le week-end suivant. Idem pour une arrivée le 8 et une arrivée le 15 avril.**

9 **Recherchez les intérêts et les limites du yield management pour l'entreprise et pour le client**

Pour l'entreprise	
Intérêts	**Limites**

Pour le client	
Intérêts	**Limites**

4 LE PRIX FORFAITAIRE

L'hôtel LE GRAND CAP dispose d'un restaurant LA PANACÉE proposant chaque midi un menu à 39 € et qui comprend une entrée, un plat et un dessert choisi à la carte.

Document 5 **La carte du déjeuner au restaurant LA PANACÉE**

Entrées:
Gaspacho: 12 €
Salade fraîcheur: 14 €
Tomate Burrata: 13 €

Plats:
Filet de poisson du jour accompagné de son riz safrané: 25 €
Pièce de bœuf accompagné de frites maison et salade verte: 32 €
Aïoli du chef: 27 €

Desserts:
Tarte du jour sur son lit de crème anglaise: 11 €
Île flottante: 11 €
Royal chocolat: 13 €

Document 6 **Le prix forfaitaire**

Le prix forfaitaire est le prix pratiqué pour la vente groupée d'un ensemble de biens (qui peuvent être soit identiques, soit différents, mais souvent complémentaires) et dont la valeur est inférieure à la somme des prix unitaires de chacun des biens pris séparément. L'objectif d'une telle pratique est d'inciter le consommateur à acquérir des produits qu'il n'aurait pas achetés à leur prix habituel.
Exemples: un lot de 3 paquets de biscuits, un coffret parfum + un lait pour le corps…

10 **Vérifiez si le prix du menu est vraiment plus intéressant que si le client prend une entrée, un plat et un dessert à la carte.**

11 **Identifiez les intérêts, pour l'établissement LE GRAND CAP, de proposer ce type de formule déjeuner.**

5 LES MODÈLES DE GRATUITÉ

L'établissement LE GRAND CAP achète régulièrement de l'espace publicitaire dans le journal 20 Minutes de Marseille afin de faire de la publicité pour son spa.

Il communique notamment sur l'offre « zen », composée d'une entrée au spa et hammam gratuite pour tous les clients qui choisissent le massage indien Ayurvédique Abhyanga, d'une valeur de 130 €.

Document 7 Les modèles de gratuité

Quatre cas de figure peuvent se présenter :

https://eqrco.de/a/awuY6k

Consultez la vidéo

La subvention croisée directe
(ici, c'est le consommateur qui paie)

C'est le cas lorsque l'on achète un produit et que l'on en reçoit un autre en complément. Le prix du produit gratuit est en fait compris dans le prix du 1er produit. Ex. : pour un oreiller acheté, le 2e est gratuit.

Le marché tripartite
(ici, c'est un tiers qui paie)

D'autres acteurs peuvent payer à la place du consommateur. C'est le cas, par exemple, des journaux gratuits qui sont financés par la publicité qu'ils contiennent, ou les réseaux sociaux qui se financent en revendant les données de leurs utilisateurs.

Le freemium
(ici, ce sont les utilisateurs premium qui paient)

C'est le cas, lorsqu'une entreprise tient à disposition une version gratuite pour les consommateurs, dans l'espoir de leur vendre une version plus complète payante.
Ex. : la plateforme Genial.ly (pour réaliser des présentations au contenu interactif).

Le don et le contre-don
(ici, la gratuité est la contrepartie d'un travail non rémunéré)

C'est le cas par exemple pour Wikipédia qui donne accès à ses articles et en reçoit rédigés par ses utilisateurs.

12 Repérez les offres gratuites dont il est question ici en complétant les blancs laissés dans le tableau ci-dessous.

Élément de gratuité proposé	Modèle de gratuité	Qui paie dans ce cas ?
Le journal gratuit 20 Minutes		
		C'est le consommateur qui paie car le coût du produit gratuit est répercuté sur le produit acheté.

13 À partir de tous ces éléments, déduisez les limites à la gratuité.

À retenir

Chapitre 5 - Le choix d'un ou plusieurs prix

1 LE PRIX DIFFÉRENCIÉ

Il consiste à proposer une offre déterminée à des prix différents en fonction de différentes variables afin de mieux répondre aux attentes des consommateurs.

Les éléments qui font varier les prix peuvent être les suivants : →
- ➤ la demande ;
- ➤ les moments de consommation ;
- ➤ les types de clients ;
- ➤ le comportement d'achat, les canaux de distribution…

2 LE PRIX UNIQUE

Il consiste à proposer un même prix à tous les consommateurs à un moment donné pour une offre précise.

Avantages :
- une offre facile à gérer ;
- des prix avantageux pour les consommateurs ;
- pas de discrimination.

Inconvénients :
- risque d'entente ;
- pas de concurrence pour faire baisser les prix.

3 LA GESTION DE CAPACITÉ : LE YIELD MANAGEMENT

C'est une pratique tarifaire qui consiste à moduler les prix en fonction de la demande en vue de maximiser les ventes (le chiffre d'affaires).

Avantages :
- bonne affaire pour certains consommateurs ;
- maximisation du CA pour l'entreprise.

Inconvénients :
- complexe à gérer ;
- guerre des prix possibles ;
- certains consommateurs peuvent se sentir floués ;
- offre limitée en temps et en quantité.

4 LE PRIX FORFAITAIRE

C'est un prix pratiqué pour la vente groupée d'un ensemble de biens (qui peuvent être soit identiques, soit différents, mais souvent complémentaires) et dont la valeur est inférieure à la somme des prix unitaires de chacun des biens pris séparément.

Avantages :
- prix souvent plus avantageux pour le consommateur ;
- maximisation du CA et bon argument de vente.

Inconvénients :
- le consommateur peut se sentir floué ;
- plus complexe à gérer.

5 LES MODÈLES DE GRATUITÉ

Ils consistent à offrir un produit, généralement sur une période et dans des quantités limitées (technique d'appel).

↓ Le freemium | ↓ La subvention croisée directe | ↓ Le marché tripartite | ↓ Le don et le contre-don

Avantages :
- bon plan pour le client qui profite d'une offre sans payer ;
- bon argument publicitaire pour l'entreprise.

Inconvénients :
- risque de contrepartie pour le consommateur ;
- l'entreprise devra trouver un moyen de se financer (comme par la publicité par exemple).

Se tester en ligne
http://opn.to/a/xrJVa

Préparation au Grand oral

» Quels sont les enjeux de la fixation du prix ?
» Une offre peut-elle avoir plusieurs prix ?

Appliquez

Activité 1 Connaissez-vous votre cours ?

ACTIVITÉ 1 NUMÉRIQUE

http://opn.to/a/GfAMh

Activité 2 Savez-vous appliquer votre cours ?

Isabelle a deux enfants : Pauline, 6 ans et Théo, 8 ans. La famille habite la ville de Montpellier.

Les vacances d'hiver arrivent à grand pas. Malheureusement, Isabelle ne peut pas se permettre d'emmener sa famille au ski cette année, car sa voiture est tombée en panne et elle a dû la remplacer. Aussi, elle souhaiterait trouver des activités près de chez elle pour que ses enfants ne s'ennuient pas.

Ce matin, elle a acheté son quotidien local, le Midi Libre, chez son buraliste et une publicité a attiré son attention... Il s'agit de VÉGAPOLIS : la patinoire de Montpellier Méditerranée Métropole.

Elle décide d'en savoir plus et d'aller visiter le site web de la patinoire.

Annexe 1 VÉGAPOLIS

VÉGAPOLIS est l'une des rares patinoires « sport et loisirs » en France. Placée sous le double signe du sport et de la fête, la Patinoire VÉGAPOLIS de Montpellier Méditerranée Métropole multiplie les activités et les animations sur glace pour le plaisir des grands et des petits. Découvrez le patinage en famille ou entre amis… sur une piste sportive de 1 800 m², reliée par deux passages en glace à une piste ludique de 1 300 m² (show son et lumières). Première patinoire ludique de France vous trouverez entre autres des dénivelés, un toboggan de glace, un tunnel lumineux et bien d'autres surprises le tout dans une ambiance musicale.

www.vegapolis.fr

Annexe 2 Les tarifs proposés par la patinoire de Montpellier Méditerranée Métropole

ENTRÉES

Rechercher:

	Hors Métropole	Pass Métropole[1]
Entrée adulte	5,75 €	5,00 €
Entrée - 16 ans et chômeurs[2]	4,70 €	3,95 €
Location de patins ou trottinette	3,35 €	3,10 €
Entrée étudiant[3] *entrée + location de patins*	4,90 €	4,40 €
Entrée 12h/14h ou 16h30/19h30 *(hors vacances scolaires)*	4,90 €	4,40 €
Entrée Licencié Club Montpellier *Sur présentation de la licence*	3,10 €	3,10 €
Carte famille[4] *valable 6 mois*	26,00 €	20,80 €
Carte Famille - Entrée adulte	2,85 €	2,50 €
Carte Famille - Entrée enfant	2,35 €	2,00 €
Carte Famille - Location de patins	1,70 €	1,55 €

1. Sur présentation de la carte Pass Métropole individuelle et nominative.
2. Sur présentation d'un justificatif.
3. Uniquement les mardi, mercredi et vendredi à 20 h 30 sur présentation de la carte étudiante.
4. Obligatoire lors de l'inscription : le livret de famille, du justificatif de domicile, d'une photo d'identité pour chaque membre de la famille.

CARTES

Rechercher:

	Hors Métropole	Pass Métropole[1]
10 entrées ou 20h[2] *adulte*	48,05 €	41,80 €
10 entrées ou 20h[3] *enfant - de 16 ans*	39,70 €	34,45 €
10 entrées + 10 locations de patins[4] *adulte*	78,30 €	67,90 €
10 entrées + 10 locations de patins[4] *enfant - de 16 ans*	69,95 €	60,55 €
Carte trimestrielle[5]	67,85 €	57,40 €
Carte d'abonnement rechargeable	2,05 €	2,05 €
Carte perdue	2,70 €	2,70 €

1. Sur présentation de la carte Pass Métropole individuelle et nominative.
2. Hors location de patins. Carte individuelle valable 1 an.
3. Sur présentation d'un justificatif. Carte individuelle valable 1 an.
4. Carte individuelle valable 1 an.
5. Hors location de patins carte individuelle valable 3 mois.

https://www.vegapolis.fr/tarifs/

La carte Pass Métropole, gratuite et nominative, permet de bénéficier de nombreux tarifs préférentiels ou « bons plans » dans les équipements de Montpellier Méditerranée Métropole ou chez des partenaires privés, et doit être retirée dans un guichet unique de la commune.

1 Isabelle a acheté un quotidien local *Le Midi Libre*, dans lequel elle a vu une publicité concernant VÉGAPOLIS (la patinoire de Montpellier Méditerranée Métropole). D'après vos connaissances, déduisez la politique de prix pratiquée par ce journal.

2 Identifiez les politiques de prix pratiquées par la patinoire de Montpellier Méditerranée Métropole.

3 Repérez les critères qui sont utilisés ici pour fixer les tarifs.

Travailler l'argumentation – Fiche méthode 1

4 Précisez les principaux avantages de cette politique de prix pour la patinoire de Montpellier Méditerranée Métropole.

5 VÉGAPOLIS propose également une carte d'abonnement trimestriel à 57,40 € (sans la location de patins et avec le Pass Métropole). Identifiez à quelle pratique correspond cette tarification.

6 Théo a adoré la patinoire de Montpellier Méditerranée Métropole. Il souhaiterait pouvoir y aller régulièrement. Isabelle se demande s'il serait judicieux de lui acheter la carte d'abonnement trimestriel à 57,40 € (sachant qu'elle dispose de la carte Pass Métropole). Théo voudrait se rendre à la patinoire tous les mercredis et les samedis après-midi. Démontrez, par le calcul, à Isabelle que cet abonnement est intéressant. Précisez-lui le risque possible relatif à cet achat.

CHAPITRE 6

Les éléments à prendre en compte pour fixer le prix d'un produit

1.3 - Le prix, entre raison et illusion ?

CAPACITÉS » Caractériser les choix en matière de politique de prix ou de tarifs.
NOTIONS » Sensibilité-prix, coûts, taux de marge, prix cible.

Contexte — Le restaurant LE CHALET DES SAVOYARDS

» MISE EN SITUATION

Hélène et Arnaud Bourgeois sont les heureux propriétaires du restaurant familial LE CHALET DES SAVOYARDS qui est situé à Grenoble. Ils proposent, dans leur carte de menu, de nombreuses spécialités savoyardes à base de fromages telles que des fondues, des raclettes, des tartiflettes...

Leur restaurant est toujours complet et il faut réserver plusieurs jours à l'avance pour obtenir une table. LE CHALET DES SAVOYARDS est réputé dans toute la région, des clients viennent même de Lyon pour s'y restaurer. Ce qui leur plaît c'est l'ambiance familiale, joviale et agréable du restaurant et avant tout la cuisine réalisée par le chef Arnaud Bourgeois, épaulé par sa fille Anouk Bourgeois.

Plusieurs clients, habitant la ville de Grenoble, ont demandé à Arnaud et Hélène Bourgeois s'ils pouvaient livrer à domicile leurs fameuses spécialités. Ils se sont demandés si c'était réalisable et ont réalisé un sondage auprès de leurs clients et auprès des habitants de la ville de Grenoble pour savoir si un service de livraison à domicile de plats savoyards pouvait les intéresser. La réponse a été « oui » à plus de 80 %. Ils ont donc décidé de se lancer.

Ils ont demandé à leur plus jeune fille, Sarah, qui vient de finir ses études dans l'hôtellerie-restauration, si elle accepterait d'être le chef de ce nouveau service. Elle a tout de suite accepté de travailler dans le restaurant familial. Ils n'ont pas besoin de louer de local, ils ont suffisamment de place dans leur restaurant.

Arnaud et Hélène savent que leurs plats vont satisfaire les clients et qu'il y a de la demande. De plus, ils envisagent de communiquer via les médias locaux et des flyers sur l'ouverture de ce nouveau service.

Cependant, ils s'interrogent sur la fixation du prix et sur la rentabilité potentielle de ce nouveau service. Ils s'intéressent au prix de la tartiflette qui est, d'après l'enquête, le plat que les individus commanderaient le plus. Au départ, c'est le seul produit qu'ils proposeront à la livraison, cela leur permettra de tester l'activité et donc de limiter les risques.

Découvrir

1 LA PRISE EN COMPTE DES COÛTS ET DE LA MARGE

1.1 Le coût de revient

Arnaud et Hélène Bourgeois ne veulent pas sacrifier la qualité de leur plat au profit du prix. Ils décident donc de conserver les mêmes ingrédients que dans leur restaurant. Ils ont réuni toutes les informations nécessaires pour déterminer le coût de revient de la tartiflette.

Document 1 **Les éléments à prendre en compte pour déterminer le coût de revient d'une tartiflette**

INFORMATION N° 1

Ingrédients :
TARTIFLETTE pour 4 personnes
- 600 g de pommes de terre Pompadour ;
- 300 g de lardons fumés bio ;
- 1 reblochon AOC de 450 g ;
- 200 g d'oignons.

Voici **le coût de chaque ingrédient**, charges d'approvisionnement incluses :
- 1 kg de pommes de terre Pompadour : 3 € ;
- 1 kg de lardons fumés bio : 11,50 € ;
- 1 reblochon AOC de 450 g : 4,90 € la pièce ;
- le filet de 500 g d'oignons : 1 €.

INFORMATION N° 2

Les **frais de livraison** sont les suivants :
- le salaire du livreur : en moyenne, il lui faudrait 15 minutes pour livrer une tartiflette. Le salaire horaire brut est de 9,43 € ;
- les frais liés au scooter (location, assurance) sont estimés à 0,35 € auxquels s'ajoute 0,30 € pour l'essence (pour une livraison).

INFORMATION N° 3

Pour produire une tartiflette, il faut prendre en compte :
- le salaire de Sarah : elle met 10 minutes pour préparer une tartiflette. Son salaire horaire brut est de 12 € ;
- les charges diverses (électricité pour le fonctionnement du four, eau…) : estimées à 0,40 € pour une tartiflette.

Répondez aux questions 1 à 5 en vous aidant de la **FICHE OUTILS n° 2**.

1 Repérez, dans le **document 1**, les coûts liés à l'achat, à la production et à la distribution.

2 Déterminez le coût de revient d'une tartiflette.

DÉSIGNATION	CALCULS	MONTANT
Coût d'achat		
Coût de production		
Coût de revient		

1.2 La marge

Arnaud et Hélène Bourgeois souhaiteraient faire une première estimation du prix de vente de leur tartiflette. Idéalement, ils aimeraient appliquer un taux de marge de 25 % sur ce produit.

3 En utilisant vos connaissances de première en cours de Sciences de Gestion et Numérique, expliquez comment se détermine la marge pour un producteur et pour un distributeur.

4 Déterminez le prix de vente public d'une tartiflette, sachant que le taux de TVA applicable est de 10 %.

5 Calculez la marge que réaliseraient Arnaud et Hélène Bourgeois sur une tartiflette.

2 LA PRISE EN COMPTE DE LA DEMANDE

Arnaud et Hélène Bourgeois pensent effectuer des opérations de promotion de ventes pour soutenir le lancement de leur nouvelle activité. Cependant, ils se demandent comment réagiraient les consommateurs à une variation du prix.

Ils se rappellent avoir fait l'an dernier une promotion sur les tartiflettes pour fêter les 10 ans d'ouverture de leur restaurant. Habituellement, ils vendaient leur tartiflette au prix de 18 € l'unité et, pour l'occasion, ils avaient baissé leur prix de 10 %. L'opération avait duré une semaine.

Document 2 **Les résultats sur les ventes de l'opération de promotion sur les tartiflettes**

Ventes moyennes de tartiflettes pendant une semaine normale	Ventes de tartiflettes pendant la semaine promotionnelle
250	320

Répondez aux questions 6 à 10 en vous aidant de la **FICHE OUTILS n° 3**.

6 Déterminez le prix de vente d'une tartiflette pendant la semaine promotionnelle.

7 Calculez l'élasticité de la demande par rapport au prix pour une tartiflette.

8 Analysez votre résultat.

Pour leur service de vente à domicile, Arnaud et Hélène Bourgeois ont estimé pouvoir vendre 180 tartiflettes en une semaine. Ils considèrent que le coefficient d'élasticité calculé précédemment peut s'appliquer car il s'agit du même produit, même s'il est vendu différemment.

Afin d'inciter les personnes à essayer leur système de vente à domicile, ils ont décidé de réaliser une promotion. Exceptionnellement, ils diminueront le prix de leur tartiflette de 20 % la première semaine d'ouverture.

9 Déterminez le nombre de tartiflettes susceptibles d'être vendues pendant la semaine de promotion.

10 Concluez sur la sensibilité-prix des consommateurs dans ce cas.

3 LA PRISE EN COMPTE DE LA CONCURRENCE

Avant de fixer le prix de vente définitif de leur tartiflette, Arnaud et Hélène Bourgeois veulent étudier les prix pratiqués par les concurrents. À Grenoble, il y a déjà quatre entreprises qui vendent des tartiflettes à domicile :

- LE REFUGE et CHARIVARI : ce sont des restaurants savoyards qui, tout comme Arnaud et Hélène Bourgeois, ont décidé de rajouter à leur activité principale une activité de livraison à domicile. Ils ont une bonne réputation et proposent des produits de qualité ;
- PIZZA&CO : il s'agit d'une pizzeria qui ne livre qu'à domicile et a décidé d'élargir sa gamme en proposant à la vente des tartiflettes ;
- REPAS EXPRESS : c'est une chaîne de livraison à domicile plutôt bas de gamme, qui propose à la vente une très large carte de spécialités chinoises, savoyardes, italiennes, américaines...

Document 3 **Le relevé de prix des concurrents d'Arnaud et Hélène Bourgeois**

Concurrent	CHARIVARI	LE REFUGE	PIZZA&CO	REPAS EXPRESS
Prix de vente public d'une tartiflette en euros pour 4 personnes livrée à domicile.	19,00	19,90	17,50	15,50

11 **Calculez le prix moyen pratiqué par les concurrents pour une tartiflette de 4 personnes.**

12 **Concluez sur l'écart des prix pratiqués par les différents concurrents d'Arnaud et Hélène Bourgeois.**

Avec le prix de vente déterminé précédemment (**partie 1, question 4**), Arnaud et Hélène Bourgeois sont au-dessus des prix pratiqués par leurs concurrents. Ils doivent donc se repositionner.

Document 4 **Le prix cible**

En général, pour fixer un prix, l'entreprise part de son coût de revient ou de son prix d'achat, puis fixe une marge, ce qui lui donne son prix de vente. Mais il est possible de faire la démarche inverse.

En effet, après avoir étudié la concurrence, l'entreprise peut décider de fixer son prix de vente soit au prix moyen du marché, soit de s'aligner sur un de ses concurrents... Il s'agira alors de son **prix cible**.

L'entreprise devra donc partir de ce prix et adapter sa marge et son coût de revient pour atteindre son objectif. Il lui faudra sans doute faire des concessions, soit sur sa marge, soit sur son coût de revient...

Document 5 Le cadre juridique concernant la fixation du prix

En France, la législation a deux objectifs : protéger le consommateur et préserver l'équilibre entre les partenaires commerciaux (équilibrer les relations entre les producteurs et les distributeurs, protéger le petit commerce face à la grande distribution).
Ainsi, la loi Galland de 1996 avait pour objectif de renforcer la protection des fournisseurs et des petits commerçants face aux grands distributeurs moins nombreux et plus puissants. Par exemple, la pratique de « prix abusivement bas » dès lors qu'elle visait à éliminer un concurrent en usant de sa position de force a été interdite. De même, la vente à perte est interdite sauf au moment des soldes ou en période de liquidation.
La LME (Loi de Modernisation Économique) a été mise en place en 2008 pour créer des emplois et faire baisser les prix pour le bénéfice de tous les Français. Elle est à l'origine, par exemple, du remplacement du Conseil de la concurrence par l'Autorité de la concurrence qui possède des pouvoirs et des moyens plus importants pour mieux lutter contre les pratiques anticoncurrentielles.

Répondez aux questions 13 à 15 en vous aidant de la FICHE OUTILS n° 2.

13 **Sarah pense qu'il faudrait fixer le prix d'une tartiflette au même niveau que REPAS EXPRESS pour augmenter le nombre de clients. Ses parents lui expliquent que ce n'est pas possible, et ce, pour deux raisons. Selon vous, lesquelles ?**

14 **En reprenant tous les éléments précédents, fixez le prix cible le plus pertinent. Justifiez votre réponse.**

C'est décidé, ils vont fixer le prix de vente de leur tartiflette à 20 €. À ce prix, ils pensent pouvoir vendre 850 tartiflettes le premier mois.

15 **Calculez leur nouveau taux de marge. Commentez vos résultats.**

À retenir

CHAPITRE 6

Chapitre 6 - Les éléments à prendre en compte pour fixer le prix d'un produit

❶ LA PRISE EN COMPTE DES COÛTS ET DE LA MARGE

Pour fixer un prix de vente HT, une entreprise doit prendre en compte :

Son **coût de revient :** appelé aussi coût complet, il s'agit du coût total du produit une fois que celui-ci a été produit et distribué.

\+

Sa **marge** : c'est le supplément que l'entreprise va dégager sur la vente de son produit.

Elle se calcule ainsi :

Marge = PVHT – Coût de revient

Taux de marge = (marge/coût de revient) x 100

❷ LA PRISE EN COMPTE DE LA DEMANDE

Les consommateurs n'ont pas tous la même sensibilité au prix et la **sensibilité-prix** d'un consommateur donné varie selon les types de produit achetés. L'entreprise doit en tenir compte lorsqu'elle fixe le prix de son produit.

La sensibilité de la demande est mesurée par l'élasticité de la demande par rapport au prix :

$$Ed/p = \frac{\text{Variation relative de la demande}}{\text{Variation relative du prix}}$$

Analyse de l'élasticité →

- Si Ed/p > 0 alors la demande et le prix varient dans le même sens.
- Si Ed/p < 0 alors la demande varie en sens inverse du prix.
- Si Ed/p = 0 alors une variation du prix n'a aucune incidence sur la demande.

❸ LA PRISE EN COMPTE DE LA CONCURRENCE

L'entreprise n'est pas seule sur le marché. Elle doit étudier ses **concurrents pour mieux FIXER SES PRIX**.

Pour s'aligner sur le prix de leurs concurrents, les entreprises peuvent utiliser la méthode du prix cible qui est une méthode de fixation du prix par l'aval.

Ainsi, les entreprises se fixent un prix-cible à ne pas dépasser et adaptent leur coût de revient et/ ou leur marge pour atteindre ce prix.

La recherche d'un prix cible pourrait amener les entreprises à faire de mauvais choix pour la libre-concurrence. →

Mais les entreprises sont limitées dans leur stratégie prix par le cadre juridique qui vise à préserver l'équilibre entre les partenaires commerciaux et qui cherche à protéger le consommateur.

Ainsi, les entreprises ne peuvent pas :
- vendre à perte ;
- pratiquer de « prix abusivement bas » ;
- s'entendre sur les prix...

Se tester en ligne
http://opn.to/a/WIN7y

Préparation au Grand oral

» Dans quelles mesures le prix est-il un enjeu important pour les entreprises comme LE CHALET SAVOYARD ?

» Pour rencontrer le succès, doit-on toujours vendre un produit au prix désiré par les consommateurs ?

Appliquez

ACTIVITÉ 1 NUMÉRIQUE

http://opn.to/a/ZzhbB

Activité 1 Connaissez-vous votre cours ?

Activité 2 Savez-vous appliquer votre cours ?

(FICHES OUTILS n° 2 et 3)

Fontaine-de-Vaucluse est une commune française, située dans le département du Vaucluse en région Provence-Alpes-Côte d'Azur. Le village est dominé par une gigantesque falaise de 230 à 240 mètres où la fontaine a creusé sa résurgence. Le tourisme est la principale animation économique de la commune par le biais de la restauration ou de l'hôtellerie (de diverses catégories), gîtes, auberge de jeunesse, campings, chambres d'hôtes, des commerces de souvenirs et produits provençaux, des centres d'activités (canoë-kayak, pêche à la truite, parcours dans les arbres…), ainsi qu'un important artisanat : confiserie, verre et cristal filés, art du bois, poterie, bijoux, coutellerie, cuir, art du vitrail, papeterie.

M. Szézur vient d'acquérir un hôtel-restaurant dans ce village : L'AUBERGE FLEURIE. Il est relativement bien situé puisqu'il est sur la place principale.

Il se demande quelle stratégie de prix adopter pour son restaurant. Il vous sollicite afin de lui venir également en aide dans ce domaine.

Annexe 1 Le prix public d'une formule du midi à Fontaine-de-Vaucluse

Restaurant AU BORD DE L'O	Restaurant AU VERRE DE SORGUES	Restaurant AU MOULIN DE FONTAINE	Restaurant LE CANAL	Restaurant LE PETIT BISTROT	Restaurant UN APRÈS-MIDI EN ÉTÉ
21 euros	21 euros	28 euros	17 euros	15 euros	27 euros

https://qrcode.link/a/8pt13i

Annexe 2 Le coût d'une formule du midi pour M. Szézur

- **Matières premières :**
  Pour la fabrication de 100 formules : 1 410 euros.
- **Main-d'œuvre :**
  Pour servir 100 formules, M. Szézur doit employer 2 personnes pour le service du midi. Les employés sont rémunérés 35 euros de l'heure (charges patronales comprises). Le service dure 3 h.
- **Communication :**
  Afin de faire connaître la formule du midi proposée par l'Auberge fleurie, M. Szézur va lancer une campagne de spots radio qui passeront sur les ondes locales chaque jour à 11 h et dont le coût journalier sera de 250 euros.

1 Retrouvez le prix moyen d'une formule du midi dans le village.

2 Calculez le coût de revient d'une formule pour le restaurant de M. Szézur.

3 M. Szézur vous a communiqué le coût de revient d'une formule midi qui s'élève à 18,70 €. Sachant qu'il souhaite appliquer un taux de marge de 26 %, et que la TVA est de 10 % pour la restauration, retrouvez le prix de vente hors taxes et le prix de vente public de la formule du midi.

4 Si M. Szézur décide de pratiquer un prix égal au prix moyen, mais qu'il souhaite également garder son taux de marge inchangé, que devra-t-il faire ? Indiquez le nom de cette méthode de fixation du prix.

M. Szézur souhaite également participer à la semaine du goût. Durant cette semaine, il envisage de vendre sa formule du midi à un prix promotionnel de 21 euros afin de faire connaître son restaurant.

Annexe 3 La semaine du goût à L'AUBERGE FLEURIE

La semaine du goût débutera le 15 septembre pour s'achever le 21 septembre.

Durant cette période, le prix de la formule s'élèvera à 21 euros au lieu de 26 euros.

M. Szézur estime que la demande passerait durant cette semaine de 100 formules/jour à 150 formules/jour.

5 Calculez le coefficient d'élasticité et commentez votre résultat.

6 Déterminez la marge réalisée par M. Szézur avant la promotion.

7 Retrouvez la nouvelle marge réalisée par M. Szézur lors de cette semaine du goût et concluez sur la pertinence de cette opération de promotion.

CHAPITRE 7

Les différentes possibilités de distribution d'un produit

2.1 - Distribution de l'offre : peut-on se passer d'intermédiaires ?

CAPACITÉS
- Qualifier et apprécier les enjeux d'une stratégie de distribution.
- Caractériser les types de réseaux de distribution et montrer leur complémentarité.
- Identifier les relations de coopération ou de conflit entre producteur et distributeur.

NOTIONS
- Intermédiation. Désintermédiation. Réintermédiation.
- Canal, distribution directe, indirecte.
- Distribution intensive, sélective, exclusive.
- Unités commerciales physiques et virtuelles.
- Réponse optimale au client *(Efficient Consumer Response)*.

Contexte VENT DE BOHÈME

» MISE EN SITUATION

La marque VENT DE BOHÈME est une jeune marque française née de la rencontre de deux esprits créatifs et curieux. Réunis par une même vision de la vie, un goût partagé pour les voyages, les tissus, les idées nouvelles et une irrésistible envie de sortir des sentiers battus, Karine, montpelliéraine, responsable marketing et Patrick, toulousain et graphiste, se retrouvent dans l'expression d'un graphisme coloré aux influences multiples. VENT DE BOHÈME propose des accessoires de décoration fleuris et colorés aux matières délicates qui expriment l'envie de beauté, de joie et d'évasion : éventails, coussins d'intérieurs en coton, toiles de transats prêtes à poser, transats en bois d'acacia et plateaux en feuilles de bois de bouleau. VENT DE BOHÈME crée le design de l'ensemble de ses tissus bohèmes qui sont ensuite imprimés en France. Les produits de la marque sont disponibles notamment via la boutique en ligne VENT DE BOHÈME et dans les points de vente des revendeurs.

Chaque création de tissu est unique et originale.

« Je retiens de mes voyages à travers le monde toujours la même chose : de la beauté, des rires et du partage. L'inspiration peut venir d'une rencontre, d'un tissu ou d'un jardin. Nos créations sont nées de cet émerveillement pour toutes choses. Ils seront, je l'espère, quelques-unes de ces petites joies qui remplissent notre monde », Karine, Co-créatrice de VENT DE BOHÈME.

Les ressources et les matières premières utilisées font l'objet de la plus grande attention. Les encres d'impression sont à base d'eau (tenue parfaite au lavage), l'usine d'impression est labellisée Alter-Tex et le bois utilisé provient de forêts éco-gérées.

La création et la fabrication des produits VENT DE BOHÈME sont entièrement réalisées en France, et en Europe. Le bois est issu des forêts gérées durablement et labellisées FSC *(Forest Stewardship Council)*, dont les normes sont les plus exigeantes en matière de gestion forestière.

Découvrir

1 LE CHOIX D'UN CANAL DE DISTRIBUTION ET D'UNE FORME D'UNITÉ COMMERCIALE

1.1 Le canal de distribution et l'intermédiation

Par une lourde nuit d'été, Karine et Patrick ont l'idée d'utiliser un éventail qui devient leur premier outil d'expression. L'aventure débute... Karine et Patrick ont alors dû faire de multiples choix pour vendre leurs créations...

Document 1 **Qu'est-ce qu'un canal de distribution ?**

Le canal de distribution est présenté comme la succession d'intermédiaires physiques ou virtuels reliant le producteur au consommateur et permettant la distribution d'un produit.

On peut distinguer :

- **Le canal direct :** lorsqu'il n'y a **aucun intermédiaire** entre le producteur et le consommateur.

Producteur → Consommateur

- **Le canal court :** lorsqu'il n'y a qu'**un seul intermédiaire** entre le producteur et le consommateur.

Producteur → Détaillant → Consommateur

- **Le canal long :** lorsqu'il y a **plusieurs intermédiaires** entre le producteur et le consommateur.

Producteur → Grossiste[1] → Détaillant → Consommateur

[1] *Le grossiste peut être une centrale d'achat.*

https://qrcode.link/a/l7pGP0

Consultez la vidéo

Document 2 **Un extrait de la liste des revendeurs de la marque VENT DE BOHÈME**

Revendeurs Vent de Bohème en France

L'ESPRIT TIC
La Bergerie
01390 CIVRIEUX

LE MONDE DE LÉLÉ
17, Passage de L'amirauté
03200 VICHY

HISTOIRE D'AVANT
348, Av. des Mimosas
06220 GOLFE-JUAN

BETJEMAN AND BARTON
11 ter Rue Maréchal Joffre
06000 NICE

LA MAISON D'ÉDOUARD
10, Galerie Source de L'hôpital
03200 VICHY

LA FABRIQUE DES JOLIES CHOSES
2, Chemin des Chênes
06130 GRASSE

MON ŒIL
32, Rue Bonaparte
06300 NICE

LA CARAVANE PASSE
37, Rue Vauban
06600 ANTIBES

https://ventdeboheme.com

1 À partir du contexte et des **documents 1** et **2**, qualifiez les canaux de distribution utilisés par VENT DE BOHÈME et montrez leur complémentarité.

2 Cherchez les raisons qui expliquent pourquoi l'entreprise a laissé de côté un canal en particulier.

Travailler l'argumentation – Fiche méthode 1

Document 3 Les notions d'intermédiation, désintermédiation, réintermédiation

Certaines entreprises, qui vendaient plutôt de manière indirecte, utilisent désormais Internet pour vendre directement leurs produits aux consommateurs : c'est ce qu'on appelle la **désintermédiation**.
On raccourcit le chemin entre le fabriquant et le client, on retire les intermédiaires.

L'intermédiation décrit le phénomène inverse : on fait appel à de nombreux intermédiaires pour assurer la vente de son produit.

Attention toutefois à ne pas confondre la désintermédiation avec la **réintermédiation** ! C'est le fait que certains intermédiaires habituellement sollicités pour vendre, disparaissent ou voient leur activité fortement diminuer, tandis que d'autres apparaissent (notamment sous l'effet des nouvelles technologies et du développement d'Internet : souvent des plateformes).

3 **Indiquez dans quel cas de figure se trouverait VENT DE BOHÈME si l'entreprise décidait de faire d'autres choix en complétant le tableau ci-dessous.**

Hypothèses	Intermédiation	Désintermédiation	Réintermédiation
L'entreprise décide de ne plus passer par des revendeurs (en points de vente physiques) et ne vend plus que par le biais de son site web.			
L'entreprise arrête de passer par des revendeurs, et décide de commercialiser ses produits sur son site, ainsi que sur AMAZON, ALIBABA et JD.COM.			

1.2 Le choix d'une forme d'unité commerciale

Une fois leur entreprise créée et le site de vente en ligne opérationnel, Karine et Patrick se demandent s'ils ne devraient pas aussi investir dans des points de vente physiques. Cependant, au vu de leurs ressources financières au début de l'aventure, ils préfèrent ne pas prendre de risques… Après tout, ils ont le temps de changer d'avis plus tard si les affaires fonctionnent bien !

Document 4 Les unités commerciales physiques et virtuelles

Les **unités commerciales physiques** nécessitent le déplacement réel du client pour accéder à l'offre de produits ou de services.

Les **unités commerciales virtuelles** permettent aux consommateurs d'accéder à l'offre sans se déplacer physiquement.

4 **Qualifiez la forme d'unité commerciale choisie par VENT DE BOHÈME.**

....

....

....

5 **Retrouvez les raisons de ce choix.**

Travailler l'argumentation – Fiche méthode 1

....

....

....

2 LES STRATÉGIES DE DISTRIBUTION

Le chiffre d'affaires de VENT DE BOHÈME a progressé de 6 % encore cette année, les bénéfices d'environ autant. Fort de cette réussite, l'entreprise a souhaité une diffusion à plus grande échelle de ses produits… Toutefois, il lui paraît important d'être vigilante en ce qui concerne sa stratégie de distribution. Elle souhaite, autant que faire se peut, maîtriser ce paramètre afin de ne pas ternir l'image de ses produits. C'est la raison pour laquelle l'entreprise ne passe que par un seul intermédiaire pour commercialiser ses produits en Espagne.

Nous venons de voir quels étaient les choix de VENT DE BOHÈME en matière de canaux de distribution et de forme d'unités commerciales. Penchons-nous maintenant sur sa stratégie de distribution…

2.1 Le choix d'une stratégie

Afin de mieux répondre aux attentes des consommateurs et d'élargir leur couverture géographique et les cibles touchées, les entreprises utilisent désormais une **stratégie multicanale**, qui consiste à combiner plusieurs canaux de distribution.

Document 5 **Le choix de la stratégie de distribution**

La définition d'une stratégie de distribution résulte d'un double choix.

https://qrcode.link/a/uq1Mk6

Consultez la vidéo

- **Distribution directe ou indirecte ?**
  Le producteur doit décider s'il fait appel à des intermédiaires spécialisés dans la distribution de produits ou s'il distribue ses produits dans des unités commerciales détenues en propre. Ainsi, le choix ou non du recours à un intermédiaire permet de distinguer la distribution directe, qui implique l'absence d'intermédiaire, de la distribution indirecte. Le choix de l'une ou l'autre option n'est pas exclusif.
- **L'arbitrage entre distribution intensive, sélective et exclusive**
  La question de la diffusion de l'offre se pose également. Le producteur est alors amené à réaliser un arbitrage entre une diffusion du produit la plus large possible ou au contraire limitée à certains points de vente. Si le producteur fait le choix d'une distribution la plus large possible, on parle de distribution intensive. S'il se limite à quelques points de vente, on parle alors de distribution sélective. S'il accorde l'exclusivité de la commercialisation de son offre à certains distributeurs, on parle de distribution exclusive.

Document 6 **Le revendeur espagnol de VENT DE BOHÈME**

Revendeurs VENT DE BOHÈME en Espagne

Miguel Galvan Garcia
Viera Y Clavijo, 21 Bajo
SANTA CRUZ DE TENERIFE Espagne

6 À l'aide des **documents 5** et **6**, définissez les stratégies de distribution choisies par VENT DE BOHÈME en remplissant le tableau ci-dessous.

Stratégie de VENT DE BOHÈME en matière de distribution	Choix et justification
Distribution directe et/ou indirecte ?	
Distribution intensive, sélective ou exclusive ?	

7 Recherchez les raisons pour lesquelles VENT DE BOHÈME pratique de telles stratégies de distribution.

Travailler l'argumentation – Fiche méthode 1

2.2 Le cas de la franchise

Karine et Patrick souhaiteraient étendre la commercialisation des produits VENT DE BOHÈME, en essayant de contrôler le mieux possible cette dernière. Ils ont entendu parler de la franchise. Ils savent qu'il s'agit d'un accord commercial et juridique par lequel une entreprise appelée « franchiseur » s'engage à fournir à une seconde entreprise, dite « franchisée », une marque, un savoir-faire et une assistance permanente en contrepartie d'une rémunération. Ils décident de se renseigner davantage pour savoir s'il serait intéressant, pour eux, de créer un réseau de franchise de points de vente des produits VENT DE BOHÈME. Ils vous communiquent les informations suivantes.

La franchise : il s'agit d'un accord commercial et juridique (c'est-à-dire un contrat) par lequel une entreprise appelée « franchiseur » s'engage à fournir à une seconde entreprise, dite « franchisée », une marque, un savoir-faire et une assistance permanente en contrepartie d'une rémunération.

Document 7 Qu'est-ce qu'une franchise ?

La franchise est un mode de commercialisation de produits et de services qui repose sur un contrat de collaboration entre d'une part, une entreprise, le **franchiseur**, et d'autre part, une ou plusieurs autres entreprises, les **franchisés**.

Une entreprise, qui a développé un concept original, rentable et duplicable peut décider de se développer en créant un réseau de franchise avec d'autres entreprises (les **franchisés**) juridiquement indépendantes, qui souhaitent exploiter le concept développé par le franchiseur. Au lieu de grandir en finançant la création de nouveaux points de vente sur ses fonds propres, le franchiseur décide à un moment donné de déléguer à d'autres entreprises indépendantes l'exploitation de nouveaux points de vente.

https://qrcode.link/a/WueCdQ

Consultez la vidéo

Document 8 Les avantages et les inconvénients de la franchise

1. Développement rapide de l'implantation géographique et de la notoriété. ●
2. Nécessité d'un bon SIM. ●
3. Assistance commerciale, formation. ●
4. Augmentation rapide des ventes. ●
5. Coûts d'investissement réduits pour développer sa marque. ●
6. Gains importants. ●
7. Engage l'image de la marque (risque en termes d'image). ●
8. Manque de liberté. ●
9. Difficultés pour assurer le contrôle. ●
10. Aide à l'ouverture. ●
11. Garantie de vendre un produit déjà connu. ●
12. Coût élevé (droit d'entrée + redevances + apport personnel). ●
13. Pas de frais de communication au niveau national. ●

- ● **A.** Avantages **pour le franchisé.**
- ● **B.** Inconvénients **pour le franchisé.**
- ● **C.** Avantages **pour le franchiseur.**
- ● **D.** Inconvénients **pour le franchiseur.**

8 Retrouvez les avantages et les inconvénients de la franchise pour le franchisé et le franchiseur en reliant correctement les propositions du **document 8**.

3 UNE RÉPONSE OPTIMALE AU CONSOMMATEUR (ROC OU ECR)

Karine et Patrick ne sont pas convaincus par la franchise. Ils ont rendez-vous avec M. Didier, qui tient la chaîne de boutiques COOSY, implantée dans toute la France (45 au total) et qui souhaite devenir distributeur des produits VENT DE BOHÈME. Toutefois, M. Didier demande l'exclusivité de la distribution. Il va donc falloir essayer de s'entendre...

Document 9 Les relations producteurs/distributeurs, sur quoi porte le conflit ?

La naissance des conflits qui opposent producteurs et distributeurs est le résultat d'un déséquilibre dû à une position de force du distributeur (qui dispose d'une puissante centrale d'achat) ou du producteur (lorsque les marques de ses produits jouissent d'une grande notoriété).

Ils ont pourtant un objectif commun : satisfaire le consommateur ainsi que des intérêts communs et interdépendants. En effet, le volume des ventes des producteurs dépend de leur référencement par la grande distribution. Les enseignes, de leur côté, si elles veulent satisfaire leurs clients, doivent proposer un choix de produits suffisant.

Les grandes chaînes de distribution ont parfois un pouvoir considérable. En effet, elles ont la liberté d'agir à leur guise dans des domaines aussi importants que la détermination du prix de vente public, de la place occupée par le produit dans le linéaire et dans les opérations de promotions et l'argumentation qui décidera de la vente. Elles peuvent même, dans certains cas, assurer le service après-vente.

Le conflit peut donc porter sur les marges attendues par chacun des acteurs mais pas seulement...

Les distributeurs attendent également des producteurs des services supplémentaires. Ils peuvent aussi avoir des oppositions d'intérêts (par exemple au niveau du stockage : chacun voulant laisser à l'autre le soin de s'occuper de cette fonction). Des conflits peuvent également apparaître sur la définition des conditions de référencement (sur le montant des droits d'entrée, sur le désir d'exclusivité...) mais aussi en ce qui concerne la présentation du produit dans le point de vente ou lors de la fixation de son prix final aux consommateurs. Les distributeurs peuvent faire concurrence aux producteurs au travers des MDD (Marques De Distributeurs).

9 **Ici, le conflit porte sur l'exclusivité de la commercialisation. Retrouvez les autres points qui auraient pu être source de conflit entre M. Didier et VENT DE BOHÈME.**

....

....

....

....

....

Karine et Patrick ont réussi à négocier avec M. Didier. Il n'aura pas le monopole de la distribution physique mais en contrepartie, les trois acteurs se sont entendus pour mettre en place toute une série d'actions visant à mieux satisfaire les consommateurs...

Document 10 Les actions mises en place avec les magasins COOSY

Action n° 1 : mise en place d'une communication conjointe au sein des points de vente. L'affiche créée sera en partie payée par chacun des acteurs.

Action n° 2 : VENT DE BOHÈME va organiser des journées de formation au sein de son entreprise pour le personnel des magasins de M. Didier, afin que ces derniers connaissent mieux les produits de l'entreprise, de manière à pouvoir mieux les vendre.

Action n° 3 : mise en place d'une semaine d'animation sur le thème « Bohème » au sein des points de vente COOSY, animée par des personnels embauchés par VENT DE BOHÈME.

10 **Présentez les intérêts des acteurs à coopérer, en montrant les convergences d'intérêts entre M. Didier et VENT DE BOHÈME, lors de la mise en place des actions, comme celles présentées dans le document 10.**

....

....

....

....

....

....

Document 11 La Réponse Optimale au Consommateur ROC *(Efficient Costumer Response)*

ECR est l'acronyme anglais de « Efficient Consumer Response ».

L'ECR est un ensemble d'initiatives conjointes industrie-commerce destinées à apporter une réponse optimale au consommateur.

https://qrcode.link/a/XK6Vr0

Consultez la vidéo

L'ECR vise à mieux organiser l'ensemble de la chaîne de commercialisation et d'approvisionnement, en rendant les systèmes d'échange plus efficients, moins coûteux et plus réactifs aux attentes des consommateurs.

Selon l'ECR France, les axes de progrès de l'ECR peuvent être regroupés en deux domaines stratégiques : la gestion de la demande consommateur et l'optimisation de la chaîne d'approvisionnement.

www.definitions-marketing.com

Document 12 L'ECR et la mercatique associée

https://qrcode.link/a/9zLHDQ

Consultez la vidéo

L'ECR cherche à faire en sorte que les relations entre les distributeurs et les producteurs soient efficientes, mais son but premier est une meilleure satisfaction des consommateurs. Pour cela, les protagonistes utilisent différents outils comme le scanning et l'EDI (Échange de Données Informatisées). Ces outils vont permettre de limiter les délais et le volume des stocks afin d'améliorer la gestion des approvisionnements.

La mercatique associée *(Trade marketing)* se différencie de l'ECR par la place donnée au client dans la relation partenariale entre le fournisseur et le distributeur. Dans le cadre de l'ECR, les efforts d'amélioration des performances sont tournés vers le consommateur alors que la mercatique conjointe renvoie à une relation binaire entre le producteur et le distributeur où le consommateur n'a pas une place centrale.

11 **À partir des documents 11 et 12, identifiez les actions qui relèvent du *Trade marketing* ou de l'ECR, en complétant le tableau suivant.**

Actions mises en place par les partenaires	*Trade marketing* ou ECR ? (Justifiez votre réponse)
L'affiche	
Les demi-journées de formation	
La semaine sur le thème « Bohème »	

À retenir

Chapitre 7 - Les différentes possibilités de distribution d'un produit

❶ LE CHOIX D'UN CANAL DE DISTRIBUTION ET D'UNE FORME D'UNITÉ COMMERCIALE

1.1 - Le canal de distribution et intermédiation

1 - **Le canal direct : aucun intermédiaire** entre le producteur et le consommateur.

Producteur → **Consommateur**

2 - **Le canal court : un seul intermédiaire** entre le producteur et le consommateur.

Producteur → **Détaillant** → **Consommateur**

3 - **Le canal long : plusieurs intermédiaires** entre le producteur et le consommateur.

Producteur → **Grossiste** → **Détaillant** → **Consommateur**

Désintermédiation	On raccourcit le chemin entre le fabriquant et le client, on retire les intermédiaires.
Intermédiation	On fait appel à de nombreux intermédiaires pour assurer la vente de son produit.
Réintermédiation	Certains intermédiaires habituellement sollicités pour vendre, disparaissent, ou voient leur activité diminuer fortement tandis que d'autres apparaissent (notamment sous l'effet des nouvelles technologies et du développement d'Internet).

1.2 - Le choix d'une forme d'unité commerciale

Des unités commerciales physiques, qui nécessitent le déplacement réel du client pour accéder à l'offre de produits ou de services.

Et/ou →

des unités commerciales virtuelles qui permettent aux consommateurs d'accéder à l'offre sans se déplacer physiquement.

2 LES STRATÉGIES DE DISTRIBUTION

2.1 - Le choix d'une stratégie

Distribution directe et/ou indirecte

La distribution directe implique l'absence d'intermédiaire.

La distribution indirecte implique le recours à des intermédiaires.

Distribution intensive, sélective, exclusive ?

Une distribution intensive : consiste pour un producteur à s'implanter dans le plus grand nombre de points de vente possible pour assurer une couverture maximale du marché.

Une distribution exclusive : le fabricant accorde à un distributeur l'exclusivité de la vente de ses produits sur une zone géographique.

Une distribution sélective : le producteur choisit un nombre restreint de distributeurs en fonction de certains critères : taille du magasin, compétences des vendeurs, emplacement, agencement, image de marque...

2.2 - Le cas de la franchise

Pour le franchisé

- **Avantages :** aide à l'ouverture, garantie de vendre un produit déjà connu, pas de frais de communication au niveau national, assistance commerciale, formation.
- **Inconvénients :** coût élevé (droit d'entrée + redevances + apport personnel), manque de liberté...

Pour le franchiseur

- **Avantages :** développement rapide de l'implantation géographique et de la notoriété, augmentation rapide des ventes, coûts d'investissement réduits, gains importants.
- **Inconvénients :** engagement de l'image de la marque (risque en termes d'image), difficultés pour assurer le contrôle, nécessité d'un bon SIM.

3 UNE RÉPONSE OPTIMALE AU CONSOMMATEUR (ROC OU ECR)

La ROC (Réponse Optimale au Consommateur) ou ECR en anglais : est un ensemble d'initiatives conjointes industrie-commerce destinées à apporter une réponse optimale au consommateur.

L'ECR vise à mieux organiser l'ensemble de la chaîne de commercialisation et d'approvisionnement, en rendant les systèmes d'échange plus efficients, moins coûteux et plus réactifs aux attentes des consommateurs.

Trade marketing : ce sont des relations de coopération qui consistent, pour les producteurs qui veulent en prendre l'initiative, à intégrer dans leur propre stratégie, la stratégie spécifique de l'enseigne afin d'en tirer des avantages réciproques.

Se tester en ligne
http://opn.to/a/uNdzs

Préparation au Grand oral

» Faut-il toujours choisir entre point de vente physique et virtuel ?
» Quels sont les enjeux de la franchise pour VENT DE BOHÈME ?

Appliquez

ACTIVITÉ 1 NUMÉRIQUE

http://opn.to/a/11Kat

Activité 1 Connaissez-vous votre cours ?

Activité 2 Savez-vous appliquer votre cours ?

La SNCF est une entreprise publique ferroviaire française créée en 1937. Elle assure le transport de voyageurs, de marchandises et gère l'exploitation et la maintenance du réseau ferré national qui lui appartient. La SNCF a le statut d'EPIC (Établissement Public à Caractère Industriel et Commercial).

La SNCF transporte quotidiennement 5 millions de Français et 15 millions de personnes dans le monde.

Intéressons-nous à la commercialisation de son offre de transport…

Annexe Des billets de train en vente chez les buralistes

La SNCF a supprimé de nombreux guichets dans des petites gares. Résultat : des files de queue interminables allant jusqu'à plus de deux heures d'attente dans certaines gares. La vente par Internet ne suffit pas. En effet, pour échanger par exemple un billet, les consommateurs souhaitent des interlocuteurs physiques pour les conseiller, parce que la sécurisation des paiements n'est pas encore totale sur Internet… Autant de raisons qui font que l'entreprise cherche à compenser en multipliant les canaux de distribution.

Il y a encore quelques dizaines d'années, lorsque l'on souhaitait se déplacer en train, nous n'avions pas d'autres choix que de nous rendre en gare et d'acheter un billet au guichet. Un peu plus tard, la SNCF a créé des boutiques dans les centres des grandes villes. Aujourd'hui, il est possible d'acheter son billet de train par Internet, par téléphone, en gare sur des automates ou en guichet et enfin via des applications pour smartphone et tablette (SNCF Connect, Ouigo, SNCF).

Pour tester un nouveau mode de commercialisation, la SNCF a décidé de rendre son offre accessible en bureau de tabac d'abord dans 5 régions de France. Les buralistes auront accès à un nouvel outil de vente, constitué d'une application sur smartphone ou tablette et d'une imprimante, et pourront ainsi vendre des billets de TER et de TGV, qui sortiront sous forme de ticket de caisse avec un QR Code, et seront rémunérés à la commission. L'échange et le remboursement ne seront néanmoins pas pris en charge.

La SNCF expérimente également la vente de billets avec des tournées de guichets mobiles s'arrêtant dans les petites gares et sur les marchés…

http://opn.to/a/nHTbo

Plus d'infos

1 Repérez le(s) type(s) de canal (canaux) de distribution et d'unité(s) commerciale(s) utilisé(s) par la SNCF. Justifiez votre réponse.

2 Identifiez les freins à l'achat sur Internet.

3 Expliquez les raisons qui ont poussé la SNCF à se diriger vers la vente de billets chez les buralistes. (Travailler l'argumentation – Fiche méthode 1)

4 Qualifiez le type de stratégie de distribution choisie ici. Justifiez votre réponse.

5 Montrez que l'on peut parler de réintermédiation dans le cas de la SNCF. (Travailler l'argumentation – Fiche méthode 1)

CHAPITRE 8

L'influence du consommateur sur les choix de distribution

2.2 - Le consommateur dicte-t-il les choix de distribution ?

CAPACITÉS
- Qualifier et apprécier les enjeux d'une stratégie de distribution.
- Caractériser les types de réseaux de distribution et montrer ainsi leur complémentarité.
- Identifier les relations de coopération ou de conflit entre producteur et distributeur.
- Analyser les stratégies de numérisation et porter un regard critique sur l'apport des technologies numériques en matière de distribution.

NOTIONS
- ROPO (Research Online, Purchase Offline). Omnicanalité. Distribution en cross-canal. Distribution collaborative.

Contexte LA CHAMBRE D'AGRICULTURE DU GARD

» MISE EN SITUATION

LA CHAMBRE D'AGRICULTURE, basée à Nîmes dans le Gard, intervient sur le terrain auprès notamment des agriculteurs, ou bien encore des collectivités pour toutes les questions d'intérêt agricole. Ces services sont proposés, entre autres, dans le cadre de missions de service public, ou de prestations payantes de service individuel.

Elle propose des solutions en réponse aux situations très diverses que les agriculteurs peuvent rencontrer au quotidien dans différentes situations (nécessité de faire évoluer ses pratiques ; montage de dossier de subventions ; mise en relation avec des experts techniques...), visant à s'adapter aux métiers et aux évolutions techniques, économiques et réglementaires.

Elle a également vocation à accompagner les collectivités et à apporter des solutions concernant des enjeux tels que le foncier, l'urbanisme... et s'appuie pour cela sur ses ingénieurs-conseils.

Fort de l'engouement des Français pour une alimentation plus saine et pour les circuits courts, LA CHAMBRE D'AGRICULTURE DU GARD a multiplié les initiatives.

En 2012, LA CHAMBRE D'AGRICULTURE est à l'origine des 1res journées Méditerranéennes des Saveurs, sorte de Salon de l'Agriculture nîmois qui s'installe au pied des Arènes de Nîmes. Les producteurs et les éleveurs se mobilisent pour faire connaître le métier d'agriculteurs aux habitants du Gard et plus particulièrement aux citadins.

Tout d'abord, en 2015, un drive fermier voit le jour sur le site de LA CHAMBRE D'AGRICULTURE DU GARD. Ce drive (qui a évolué avec l'arrivée du MAS DES AGRICULTEURS) est 100 % produits locaux et siglé « Bienvenue à la ferme ». Il s'appuie sur 23 agriculteurs et 8 artisans de la chambre des métiers, et propose un vaste choix de près de 300 produits en ligne (fruits et légumes, viandes, poissons, fromages, desserts, boissons, pains, viennoiseries, épicerie...).

En juin 2019, c'est au tour du MAS DES AGRICULTEURS d'ouvrir ses portes, initié par LA CHAMBRE D'AGRICULTURE DU GARD, géré uniquement par des producteurs gardois. Le magasin en verre et pierre de la carrière de Vers du Gard (où les romains ont extrait les blocs de pierre dorée qui servirent à l'édification du Pont du Gard), surmonté de panneaux photovoltaïques, a été complété quelques mois plus tard par un restaurant et une boucherie. Un drive complète ce dispositif avec la possibilité de récupérer ses achats en fin d'après-midi, de 16 h 30 à 19 h 30.

Depuis le 22 février 2019, Magali Saumade préside aux destinées des quelques 4 900 agriculteurs du Gard.

https://gard.chambre-agriculture.fr

Découvrir

1 UN PARCOURS CLIENT DEVENU MULTIFORME

Le parcours client est devenu de plus en plus complexe car multiforme et omnicanal : tous les canaux de contact et de vente possibles entre l'entreprise, et ses clients sont utilisés et mobilisés.

https://qrcode.link/a/RIZd0m

Consultez la vidéo

LA CHAMBRE D'AGRICULTURE DU GARD, au même titre que de nombreuses organisations, est ainsi amenée à développer des stratégies mettant à profit plusieurs canaux.

1.1 Une évolution dans le temps du parcours client

Document 1 **L'évolution en 30 ans de commerce : d'une approche monocanale à une approche omnicanale**

En 30 ans, le commerce a évolué d'une approche monocanale à l'omnicanale, en passant par une série de variantes plus ou moins abouties. Retour sur un phénomène qui touche tous les secteurs et tente de répondre à l'évolution des attentes des consommateurs toujours plus connectés.
En marketing, un canal est l'interface (physique ou virtuelle) par laquelle le client passe à l'acte d'achat. On parle bien sûr de canal de distribution mais aussi des points de contacts entre marques et clients.
Avant Internet, les choses étaient plus simples pour les entreprises : elles utilisaient 3 canaux de communication : le téléphone, le courrier et le magasin. Mais depuis, les choses ont bien changé.

- **Monocanal**
  En un temps pas si lointain, les entreprises étaient actives via un seul canal, physique le plus souvent, mais parfois en ligne comme dans le cas des premiers « pure players » de l'e-commerce. […]

- **Multicanal**
  La banalisation de l'usage des smartphones et des tablettes a multiplié les canaux de communication avec les clients. Et c'est donc presque par la force des choses que le marketing est devenu multicanal. Car pour séduire des clients toujours plus connectés, les entreprises doivent investir plusieurs canaux et choisir les plus appropriés en fonction de leur clientèle : magasin, site web, courrier ou e-mail, réseaux sociaux, application mobile. […]

- **Crosscanal**
  C'est la suite logique du marketing multicanal. En effet, les entreprises se sont vite rendues compte qu'il fallait relier les différents canaux, passer du virtuel au réel et inversement ; bref, créer des passerelles pour optimiser l'impact des communications et favoriser les interactions transversales. […]

- **Omnicanal**
  C'est la réponse la plus aboutie au changement de comportement des consommateurs. Car, au-delà de l'harmonisation des messages et de la connexion des canaux, l'omnicanal permet surtout de créer une expérience unique où chaque canal soutient et renforce l'autre, où les barrières s'estompent tandis que les clients et les marques dialoguent d'un média à l'autre.

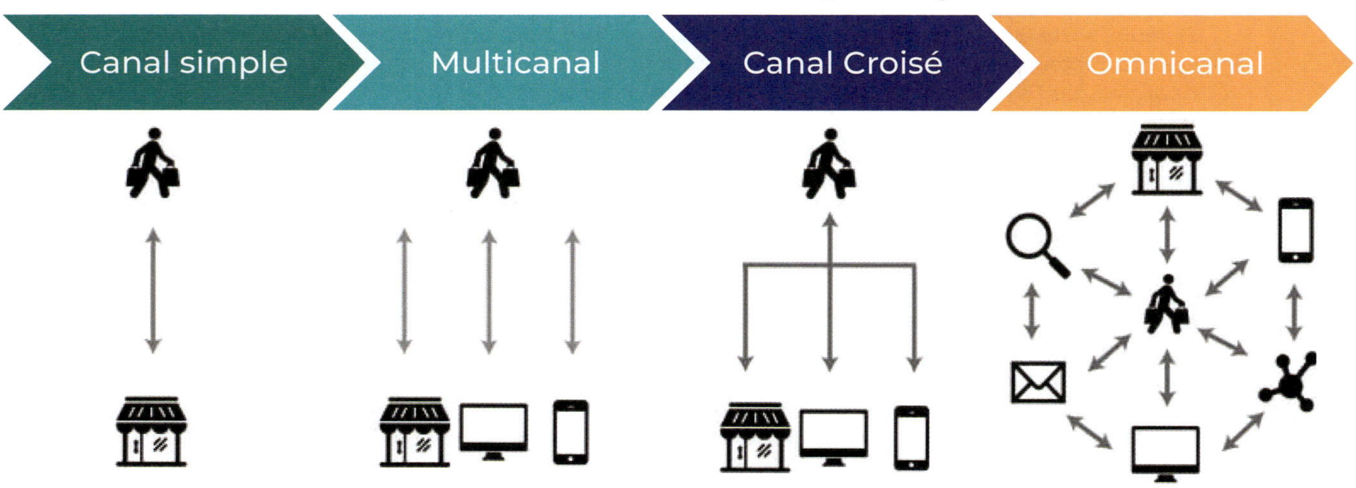

www.identic.be

Document 2 La définition du parcours client

Le parcours client désigne le chemin suivi et les étapes réalisées par le client entre le moment où il constate son besoin et celui où il passe à l'achat. Le parcours client comprend également des éléments post-achat (réception, utilisation, support, avis).

Document 3 Le schéma du parcours client

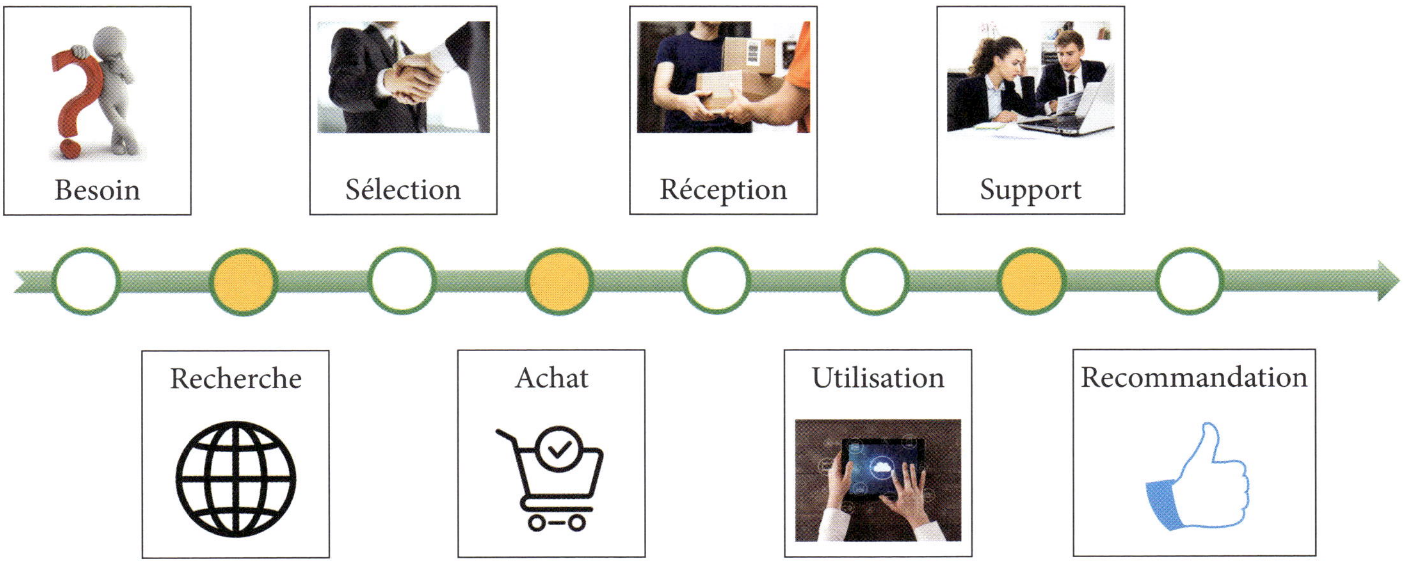

www.stratsat.fr

1 À partir de la présentation de LA CHAMBRE D'AGRICULTURE en début de chapitre et du **document 1**, montrez comment LA CHAMBRE D'AGRICULTURE a fait évoluer son approche monocanale vers une approche crosscanale.

2 Indiquez, à partir des **documents 1** à **3**, comment a évolué le parcours client entre le début des années 1990 et aujourd'hui.

Document 4 Le parcours client chez LE MAS DES AGRICULTEURS

Dès le lancement du magasin, LE MAS DES AGRICULTEURS a rencontré un vif succès. Ainsi, ce n'est pas moins de 400-500 clients/jour qui ont arpenté les rayons de l'établissement afin d'y acheter des produits locaux.
Outre l'aspect local et fraîcheur, les consommateurs se sont inscrits dans une démarche éthique en rémunérant directement les agriculteurs, sans recours à des intermédiaires comme en grande distribution.
La mise en place d'un drive, courant 2019, a permis au client de gagner du temps en lui offrant la possibilité de remplir son panier en ligne avant de venir en magasin récupérer ses produits. La crise sanitaire de la COVID-19 n'a fait que renforcer la recherche de circuits courts par les consommateurs et de solutions permettant d'éviter des magasins très fréquentés.

https://eqrco.de/a/NmFMQS

Consultez la vidéo

3 **Présentez le parcours type d'un client au MAS DES AGRICULTEURS de Nîmes.**

1.2 Des nouvelles pratiques dans le parcours client

Document 5 La définition ROPO

ROPO est l'acronyme de « Research Online, Purchase Offline ». La traduction littérale est la suivante : « Recherche en ligne, achat hors ligne ». Du côté des distributeurs (vendeurs), le ROPO implique la présence de pages Internet, de catalogues virtuels, ou bien encore de pages de réseaux sociaux pour inciter le client à venir sur le point de vente physique.

Le ROPO est, par nature, davantage pratiqué pour des produits d'équipement des ménages, type électroménager, que pour des produits de grande consommation.
Le comportement ROPO est également appelé ROBO (Research Online, Buy Offline) ou webrooming.

Document 6 La définition du showrooming

Le showrooming consiste à se rendre en magasin pour y regarder des produits, les comparer, et finaliser l'achat en ligne via son smartphone ou sur Internet.

4 **Déduisez à partir des documents 5 et 6, dans le tableau ci-après, les intérêts que peuvent avoir les consommateurs à adopter un comportement ROPO ou pratiquer le showrooming.**

ROPO	SHOWROOMING

5 Indiquez si LE MAS DES AGRICULTEURS incite à un comportement ROPO chez le consommateur.

6 Précisez si les consommateurs sont susceptibles de pratiquer le showrooming dans le cadre de leur parcours d'achat au MAS DES AGRICULTEURS.

2 LA RÉACTION DES CONSOMMATEURS ET DES PRODUCTEURS FACE AUX PRATIQUES ABUSIVES EN MATIÈRE DE DISTRIBUTION

Des pratiques abusives en matière de distribution ont provoqué des réactions de consommateurs et de producteurs qui ne se reconnaissaient plus dans les circuits de distribution traditionnels. Le commerce s'en est trouvé transformé avec l'apparition de nouvelles formes de distribution et de consommation.

2.1 Des pratiques abusives dénoncées par des consommateurs et des producteurs

Document 7 Le conflit entre agriculteurs et distributeurs

Les années 2000 ont été marquées par de nombreux conflits entre agriculteurs et distributeurs, les premiers reprochant aux seconds de tirer les prix vers le bas et réduire comme peau de chagrin leurs marges. Depuis, un véritable arsenal législatif a été mis en place pour rééquilibrer le rapport de force entre ces 2 parties. La loi du 30 mars 2023 tend à renforcer l'équilibre dans les relations commerciales entre fournisseurs et distributeurs : l'encadrement des promotions sur les produits alimentaires (– 34 % maximum, jusqu'au 15 avril 2026) et le seuil de revente à perte (obligation pour les distributeurs de vendre les produits agricoles au minimum au prix où ils les ont achetés, majoré de 10 %).

Document 8 Glyphosate : feu vert pour la réautorisation de l'herbicide

Le glyphosate, un désherbant controversé, ne présente pas de « domaine critique de préoccupation » chez les humains, les animaux et l'environnement, empêchant le renouvellement de son autorisation dans l'Union européenne, a conclu l'Autorité européenne de sécurité des aliments (EFSA). Cette dernière note cependant « un risque élevé à long terme chez les mammifères » pour la moitié des usages proposés du glyphosate. [...]
Emmanuel Macron s'était personnellement engagé à un arrêt en 2020. Une promesse restée lettre morte, même si 36 produits à base de cette molécule ont été retirés du marché, soit une petite moitié.

www.liberation.fr, 06/07/2023

7 À partir de la lecture des **documents 7** et **8**, indiquez la pratique abusive dénoncée par les consommateurs, d'une part, et les producteurs, d'autre part.

2.2 Les réponses des consommateurs et des producteurs face à ces pratiques

Document 9 La santé et le plaisir : les 2 dimensions principales du bien-manger pour les Français

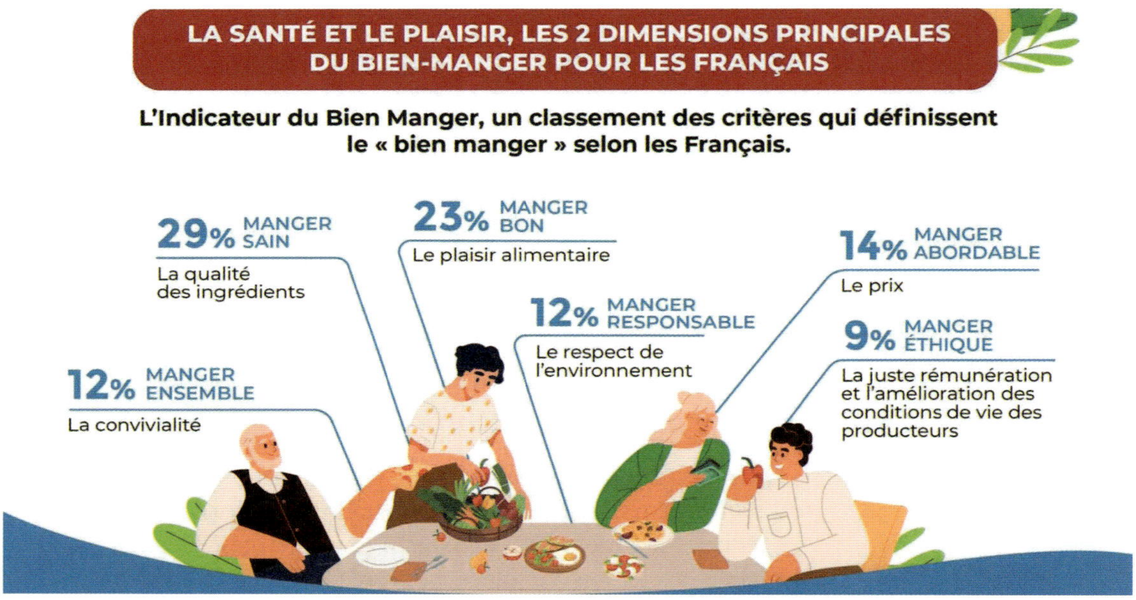

https://monde-epicerie-fine.fr/manger-equilibre/

Document 10 Quel est l'impact du Nutri-Score sur les achats des Français ?

Le Nutri-Score influence les achats des Français. Selon les données de NielsenIQ relayées par LSA, les consommateurs sont de plus en plus sensibles à cette note apposée sur certains emballages pour informer sur la qualité nutritionnelle d'un produit.

D'après le panéliste, les produits les mieux notés sont généralement ceux qui performent mieux en rayons, du moins dans certaines catégories. Par exemple, les ventes de jambons cuits et rôtis notés B (deuxième meilleure note) ont progressé de 12 % en mai sur un an, alors que ceux notés C ont vu leurs ventes baisser de 3 % et ceux sans Nutri-Score de 13 %.

Même chose pour les pizzas, quiches et tartes fraîches avec la note B dont les ventes ont augmenté de 8 %, tandis que celles notées C (- 2 %) ou D (+ 1 %) performent moins. Le constat est encore pire pour les pizzas et quiches sans Nutri-Score avec une chute des achats de 13 %.

➪ **Suite du Document 10**

Les ventes de salades notées A et B dégringolent, elles, de 11 % mais c'est un peu moins que l'évolution des achats de salades sans Nutri-Score (– 12 %). De la même manière, les vente des sandwichs sans Nutri-Score ont baissé de 12 % en mai. Le recul est en revanche bien moins prononcé pour les sandwichs avec un Nutri-Score B (– 4 %) ou C (– 2 %).

www.bfmtv.com, 04/07/2023

8 **D'après les documents 9 et 10, montrez comment les consommateurs amènent les producteurs et distributeurs à abandonner certaines pratiques qualifiées d'abusives.**

Travailler l'argumentation – Fiche méthode 1

De nouvelles formes de distribution et de consommation voient le jour, notamment en circuit court (supermarchés paysans, associations pour le maintien d'une agriculture paysanne - AMAP -, etc.).

Document 11 Des exemples de nouvelles formes de distribution

LE SUPERMARCHÉ PAYSAN

- **Concept :** proposer des produits locaux et en direct des producteurs, de saison et de qualité, issus d'une agriculture raisonnée ou biologique.
- **Objectif:** vendre sa production maraîchère directement aux consommateurs, sans avoir recours aux réseaux de distribution traditionnels, qui alourdissent la facture des consommateurs et réduisent fortement les marges des petits producteurs.

LA RUCHE QUI DIT OUI

- **Concept:** LA RUCHE QUI DIT OUI est une start-up créée en 2011 qui est en pleine expansion. À l'heure actuelle, plus de 1 500 ruches distribuent des produits locaux en Europe. Chaque responsable de ruche contacte des producteurs et recrute des membres, les consommateurs. Via une plateforme internet, les membres commandent des produits et viennent les chercher le jour de la distribution.
- **Objectif:** mettre en relation les 10 000 producteurs du réseau et les 210 000 gourmands qui achètent régulièrement dans les ruches.

AMAP (Association pour le Maintien de l'Agriculture Paysanne)

- **Concept:** vente de paniers de produits frais en provenance directe de la ferme vendus dans des points relais au milieu des centres villes. Un groupe de consommateurs et le producteur établissent un contrat pour une période donnée, par exemple, automne/hiver.
  Durant cette période, le producteur livre aux consommateurs des produits frais (œufs, légumes, fruits…) dans des paniers. Le contenu de celui-ci est différent d'une livraison à l'autre puisque les produits qui le constituent sont constitués des produits arrivés à maturité.
- **Objectif:** préserver une agriculture paysanne socialement équitable et écologiquement saine, vendre aux consommateurs des produits de leur choix, de qualité, à un prix juste, tout en étant informés de leur origine, garantir aux consommateurs un mode de production raisonnée des produits livrés, contribuer au développement de l'activité agricole locale dans le respect du développement durable.

Document 12 L'interview de responsables de la CHAMBRE D'AGRICULTURE DU GARD

Entretiens entre Magali Saumade, présidente de LA CHAMBRE D'AGRICULTURE DU GARD et éleveuse de taureaux camarguais, de vaches domestiques (ANGUS) et Jérôme Papaix (chargé de promotion à LA CHAMBRE D'AGRICULTURE DU GARD).

En quoi LE MAS DES AGRICULTEURS consiste-t-il ?

Jérôme Papaix : C'est une structure unique en France. On a voulu faire un lieu pour la famille, un lieu pédagogique où, à terme, on ferait venir toute la famille avec des espaces d'animation (par exemple la présence d'un apiculteur avec ses ruches), un lieu où l'on projetterait des films, un espace producteur où il serait possible d'échanger directement… On est sur le principe de l'authenticité, la traçabilité et la proximité.

En quoi ce concept répond-il aux attentes des consommateurs ?

Jérôme Papaix : Ce projet est porté depuis une dizaine d'années. Il est complètement novateur. LE MAS DES AGRICULTEURS permet de vendre au juste prix aux consommateurs et d'offrir une rémunération supérieure aux agriculteurs. La marge est dès lors restreinte. Le schéma économique n'a rien à voir avec la grande distribution : ici, pas de frais de personnel et de structure, tous les matins ce sont les producteurs qui livrent.
On a tout fait pour répondre aux demandes de consommateurs et on est en capacité de répondre à l'offre de la restauration collective. Les cantines nîmoises sont livrées en produits frais dans cette logique de circuit court qui pour nous prend en compte la distance entre le champ et le magasin.
Dans le magasin, une phrase trône sur l'un des murs : « Bienvenue aux artisans de la terre, ici vous trouverez des produits sains, de qualité et au juste prix ». Il traduit bien la philosophie du MAS DE L'AGRICULTURE.

Dans une interview récente sur les ondes de France Bleu, Magali Saumade indiquait au sujet du MAS DES AGRICULTEURS que « le bilan est plus que satisfaisant, tant du point de vue des producteurs que de la clientèle, si on en croit la fréquentation et aux volumes des produits gardois qui sont vendus grâce à cet outil. L'objectif, c'est de rémunérer au mieux l'agriculteur et que le client trouve un juste prix. Le magasin est en effet une structure composée uniquement d'agriculteurs. On n'a pas le même objectif de rentabilité que certains. »

Jérôme Papaix, Chargé de promotion à LA CHAMBRE D'AGRICULTURE DU GARD
Magali Saumade, Présidente de LA CHAMBRE D'AGRICULTURE DU GARD

9 Après avoir pris connaissance des **documents 11** et **12**, précisez à quelles nouvelles formes de distribution peut être rattaché LE MAS DES AGRICULTEURS. Justifiez votre réponse.

Document 13 Les engagements des producteurs, partenaire du MAS DES AGRICULTEURS

Le MAS des agriculteurs

ACCUEIL | NOS PRODUITS | NOS PRODUCTEURS | COMMENT ÇA MARCHE ? | CONTACT

NOS ENGAGEMENTS

Le MAS DES AGRICULTEURS, c'est aussi une charte stricte qui engage les producteurs vis-à-vis de vous.

Trois points essentiels constituent cette charte :

- PRIORITÉ AU BIO : les agriculteurs s'engagent à produire en bio, ou à défaut à mettre en place une réelle démarche environnementale. Ces éléments sont contrôlés par le MAS DES AGRICULTEURS.
- LE GOÛT D'ABORD : priorité est donnée à la qualité gustative. La proximité avec le magasin permet de proposer des produits mûrs. Des contrôles qualitatifs (taux de sucre...) sont effectués par un laboratoire indépendant.
- LA TRANSPARENCE : derrière les produits il y a des femmes et des hommes que l'on connaît.

www.lemasdesagriculteurs.fr

10 À la lecture des **documents 12** et **13**, précisez en quoi LE MAS DES AGRICULTEURS est en rupture avec certains abus relevés dans la distribution (circuits longs, piètre qualité des produits, utilisation de produits phytosanitaires, rémunération non adaptée des fournisseurs).

À retenir

Chapitre 8 - L'influence du consommateur sur les choix de distribution

1 UN PARCOURS CLIENT DEVENU MULTIFORME

1.1 - Une évolution dans le temps du parcours client

LE PARCOURS CLIENT désigne le chemin suivi et les étapes réalisées par le client entre le moment où il constate son besoin et celui où il passe à l'achat. Le parcours client comprend également des éléments post-achat (réception, utilisation, support, avis).

- **Monocanal** : Les entreprises sont actives via un seul canal, physique le plus souvent, mais parfois en ligne comme dans le cas des premiers pure players de l'e-commerce.
- **Multicanal** : Pour séduire des clients toujours plus connectés, les entreprises doivent investir plusieurs canaux et choisir les plus appropriés en fonction de leur clientèle : magasin, site web, courrier ou e-mail, réseaux sociaux, application mobile.
- **Crosscanal** : Les entreprises se sont vite rendues compte qu'il fallait relier les différents canaux, passer du virtuel au réel et inversement, en créant des passerelles.
- **Omnicanal** : L'omnicanal permet surtout de créer une expérience unique où chaque canal soutient et renforce l'autre, où les barrières s'estompent tandis que les clients et les marques dialoguent d'un média à l'autre.

1.2 - Des nouvelles pratiques dans le parcours client

- ROPO : acronyme de Research Online, Purchase Offline = Recherche en ligne, achat hors ligne.
- Showrooming : se rendre en magasin pour y regarder des produits, les comparer et finaliser l'achat en ligne.

2 LA RÉACTION DES CONSOMMATEURS ET DES PRODUCTEURS FACE AUX PRATIQUES ABUSIVES EN MATIÈRE DE DISTRIBUTION

2.1 - Des pratiques abusives dénoncées par des consommateurs et des producteurs

- Malbouffe.
- Pression excessive des distributeurs sur les prix.
- Utilisation de substances nocives pour la santé dans la composition de produits de consommation.

2.2 - Les réponses des consommateurs et des producteurs face à ces pratiques

- Le retour à un « mieux manger » avec l'élimination progressive de substances nocives.
- Un meilleur partage des marges entre grande distribution, industriels et agriculteurs.
- Des initiatives (AMAP, magasins paysans…) pour des produits de meilleure qualité.

Se tester en ligne
http://opn.to/a/HGzJp

Préparation au Grand oral

» Dans quelle mesure le consommateur influence-t-il le parcours client et inversement ?

» Dans quelle mesure le consommateur influence-t-il les pratiques des distributeurs ?

Appliquez

Se tester en ligne
https://qrcode.link/a/92whwK

Activité 1 Connaissez-vous votre cours ?

Vrai ou faux ?

Affirmations	Vrai	Faux
1. Le parcours client correspond au parcours effectué par un client dans une boutique.		
2. Le crosscanal permet de créer des passerelles entre les différents canaux de distribution.		
3. L'omnicanalité optimise l'utilisation simultanée des canaux disponibles d'une entreprise.		
4. Le monocanal ne touche pas le e-commerce.		
5. Le showrooming consiste à repérer les produits en magasin pour les comparer et ensuite finaliser l'achat en ligne.		
6. L'acronyme ROPO signifie Replay off line Play on line.		
7. Le supermarché paysan est une nouvelle forme de circuit long.		

Activité 2 Savez-vous appliquer votre cours ?

GRAND FRAIS se revendique comme les magasins spécialistes de la vente de produit frais en France et en Belgique au meilleur prix. L'enseigne dispose d'un réseau de 297 magasins pour la vente de fruits et légumes frais, les produits exotiques, la boucherie, l'espace « épiceries d'ici et d'ailleurs », la fromagerie et la poissonnerie.

Annexe 1 L'évolution de GRAND FRAIS

L'histoire de GRAND FRAIS est partie de l'idée de Denis Dumont, grossiste à l'époque en primeurs sur la région lyonnaise (à Givors précisément), d'inventer un marché où l'on naviguerait à l'intérieur comme on le ferait dans un marché couvert, Grand Frais venait de naître. Nous sommes en 1990.

20 ans plus tard, l'enseigne est devenue l'une des préférées des Français et ne cesse de remporter des trophées et d'occuper le haut du classement. L'idée de GRAND FRAIS était de proposer des produits frais… évidemment, mais en fait, il s'agit de produits extra-frais, puisque les légumes, les fruits, les fromages, les poissons et même les viandes proviennent de chez les producteurs locaux. […]

GRAND FRAIS est une très belle réussite, avec chaque année, une augmentation très sensible de parts de marché. Entre mai et juin de cette année, l'enseigne a conquis plus de 160 000 nouveaux foyers, là où toutes les enseignes leaders en France perdent des parts de marché.

Depuis le début de l'aventure, l'enseigne s'est diversifiée avec la création notamment de *Mon-marche.fr*, un service de livraison à domicile, un nouveau concept entre le magasin traditionnel et le drive, un peu à la manière des dark stores (NB. Entrepôts fermés au public où s'effectue la préparation des commandes passées par Internet), mais totalement transparent où l'on peut voir les préparateurs des commandes à travers la vitrine, un drive anti-dark stores en fait. Il s'agit du premier magasin de ce type, mais on peut penser que l'enseigne devrait rapidement développer le concept, comme elle l'a fait avec ses 278 magasins actuels GRAND FRAIS.

En 2020, l'entreprise a réalisé 2,5 milliards de chiffre d'affaires, soit une croissance de 15 % par an, et ce depuis 5 ans maintenant, et ce n'est qu'un début.

Angelina Hubner, www.entreprendre.fr, 05/10/2022

Annexe 2 GRAND FRAIS, une enseigne alimentaire aussi discrète que performante

[...] GRAND FRAIS gère ses stocks au cordeau et travaille avec une myriade de producteurs. Rien que pour les fruits et légumes, il y en a environ 700. L'idée, c'est de proposer les meilleurs produits du moment à bon prix. Si la production est locale, tant mieux, mais si les tomates doivent être importées d'Espagne parce qu'elles sont meilleures, GRAND FRAIS ne s'en privera pas.

L'enseigne est un peu à contre-courant de la tendance actuelle. Prenez le bio : pourquoi pas, mais c'est souvent cher. Pour les primeurs par exemple, elle privilégie le label HVE, haute valeur environnementale, qui permet de pratiquer des tarifs beaucoup plus raisonnables.

Bref, ça marche parce que les produits ont du goût, parce que le rapport qualité/prix est très bon notamment sur les entrées de gamme et aussi parce que c'est beau. Les vendeurs prennent un soin particulier dans la présentation des étals, ils font la chasse aux produits abîmés, ce qui est justement le point faible de la grande distribution.

www.radiofrance.fr, 02/10/2021

Annexe 3 Les propos de Vanessa Beauche, responsable marketing et communication chez GRAND FRAIS

Nous nous retrouvons dans une période où les Français sont pris entre leurs désirs de manger mieux (bio, local, de saison) et le contexte inflationniste qui les incite à opérer des arbitrages. Où vous situez-vous ?

V.B. : GRAND FRAIS s'est toujours adressé au plus grand nombre : proposer de bons produits pour une alimentation plaisir et décomplexée. Notre leitmotiv reste le goût. On ne s'appelle pas « Le meilleur marché » pour rien : on source, on propose le meilleur de la qualité au prix le plus juste. On conseille nos clients en tant que vrais spécialistes. On propose des produits qu'ils ne trouvent nulle part ailleurs. Et c'est ce que continuent d'animer l'ensemble des équipes.

Notre relation de proximité avec le monde agricole nous permet d'éviter, autant que possible, les intermédiaires et donc de pouvoir parler qualité, goût, méthodes culturales avec nos partenaires. Nous proposons des prix qui valorisent le travail de nos producteurs et qui permettent à nos clients de manger au juste prix : chaque jour, plus d'une dizaine de promotions sont notamment proposées sur les produits du quotidien et/ou de saison.

https://lareclame.fr, 30/03/2023

1 **Présentez l'évolution du parcours client dans le temps chez GRAND FRAIS (annexe 1).**

2 **Indiquez à quel type de comportement (ROPO ou showrooming) répond le drive ou la livraison à domicile chez GRAND FRAIS.**

3 **Explicitez la politique en matière de qualité alimentaire initiée par l'enseigne (annexe 2).**

4 **Montrez en quoi la politique en matière de qualité alimentaire de GRAND FRAIS est une réponse aux attentes des consommateurs.**

5 **Identifiez les pratiques controversées contre lesquelles GRAND FRAIS est censé agir.**

CHAPITRE 9

L'appropriation des technologies numériques dans la distribution

2.3 - Les technologies numériques, une autre manière de penser la distribution ?

CAPACITÉS
- Qualifier et apprécier les enjeux d'une stratégie de distribution.
- Caractériser les types de réseaux de distribution et montrer ainsi leur complémentarité.
- Identifier les relations de coopération entre producteur et distributeur.
- Analyser les stratégies de numérisation et porter un regard critique sur l'apport des technologies numériques en matière de distribution.

NOTIONS
- E-commerce, m-commerce.
- Place de marché (market place).
- Digitalisation des unités commerciales.

Contexte FNAC DARTY

» MISE EN SITUATION

En 2021, le groupe FNAC DARTY dévoilait son nouveau plan stratégique Everyday, avec pour ambition d'incarner une nouvelle manière de faire du commerce, avec toujours la même exigence vis-à-vis de ses clients et de l'ensemble de ses parties prenantes. Il doit permettre au groupe d'être au quotidien et dans la durée, l'allié incontournable des consommateurs pour les accompagner dans une consommation durable.

FNAC DARTY est un leader européen de la distribution de biens culturels, de loisirs, de produits techniques, d'électroménager et de services

24
millions de visiteurs uniques cumulés par mois sur nos sites marchands en France.

987
magasins dans le monde.

25 000
collaborateurs.

Objectif pour 2025 :
50 %.
Maintenir 1 vente sur 2 réalisée en omnicanal.

Bonne résistance des ventes en 2022 à 7 949 M€ et solide performance de la marge brute en croissance de + 36 M€ sur un an

Enrique Martinez, Directeur général de FNAC DARTY, a déclaré : « La performance 2022 démontre que le groupe FNAC DARTY a fait preuve d'une bonne résilience, dans un contexte particulièrement difficile pour le secteur de la distribution. Notre positionnement unique tourné vers la création de valeur, les services et la relation client nous permet aujourd'hui de surperformer nos marchés et de préserver notre modèle de rentabilité. La résistance de FNAC DARTY est le fruit d'une très bonne exécution de notre projet stratégique Everyday et de l'engagement de tous nos collaborateurs, mobilisés pour une consommation plus engagée et responsable. Aussi, grâce à notre accord de partenariat avec Paris 2024, le groupe aura l'opportunité unique de mettre en avant son savoir-faire de distributeur de produits et de services, de spécialiste de la billetterie et de contribuer au rayonnement des prochains Jeux Olympiques et Paralympiques au travers de son positionnement d'acteur culturel incontournable. Le groupe reste totalement mobilisé face aux multiples défis de 2023, notamment liés à la hausse des coûts et l'inflation, et confiant dans la réussite de son projet stratégique. »

https://www.fnacdarty.com/le-groupe/

Découvrir

1 L'APPROPRIATION DES TECHNOLOGIES NUMÉRIQUES PAR LES CONSOMMATEURS

1.1 Au cours des achats en ligne

Françoise, 70 ans, souhaite acheter le CD posthume de Johnny Hallyday. Hugo, 18 ans, a quant à lui, littéralement « flashé » sur le dernier album de Taylor Swift et souhaite compléter sa collection en se procurant le CD de l'artiste. Pris par le temps, Françoise et Hugo souhaitent faire cet achat à distance.

Document 1 **Le commerce à distance**

Le commerce à distance englobe de nombreuses notions parmi lesquelles on retrouve :

- **l'e-commerce**, qui désigne le commerce électronique (achat, vente et échange de biens et de services) par le biais d'outils et d'interfaces électroniques et numériques, tels qu'un PC, un smartphone, une TV connectée, une console ou une tablette. La principale forme de vente à distance est le commerce en ligne (Internet) ;
- le mobile commerce, autrement nommé **m-commerce**, désigne tout particulièrement l'achat, la vente et l'échange de biens et de services par le biais des terminaux mobiles, tels que les smartphones ou les tablettes ;
- des formes hybrides de commerce existent avec le développement du **drive**. Invention française (en 2000 par AUCHAN), le drive est un établissement fournissant un service permettant aux consommateurs d'être servis tout en restant dans leur voiture. Son succès ne se dément pas, le drive représente en 2019, 7,1 % de part de marché du commerce en ligne sur le total des produits de grande consommation ;
- le drive est une des émanations du **Click & Collect**, mode d'achat par lequel un consommateur commande son produit en ligne sur Internet et effectue le retrait de son achat en point de vente (à pied, en voiture…).

Document 2 **Le m-commerce toujours en forte croissance en France**

Selon la FEVAD (Fédération E-commerce et Vente À Distance), le m-commerce continue d'avoir le vent en poupe en 2020.

La crise sanitaire a entraîné la hausse la plus importante du nombre d'acheteurs en ligne depuis 2015 : plus de 1,5 million de nouveaux acheteurs !

Aujourd'hui : 41,6 millions de Français achètent sur Internet. L'achat en ligne a permis de continuer à consommer.

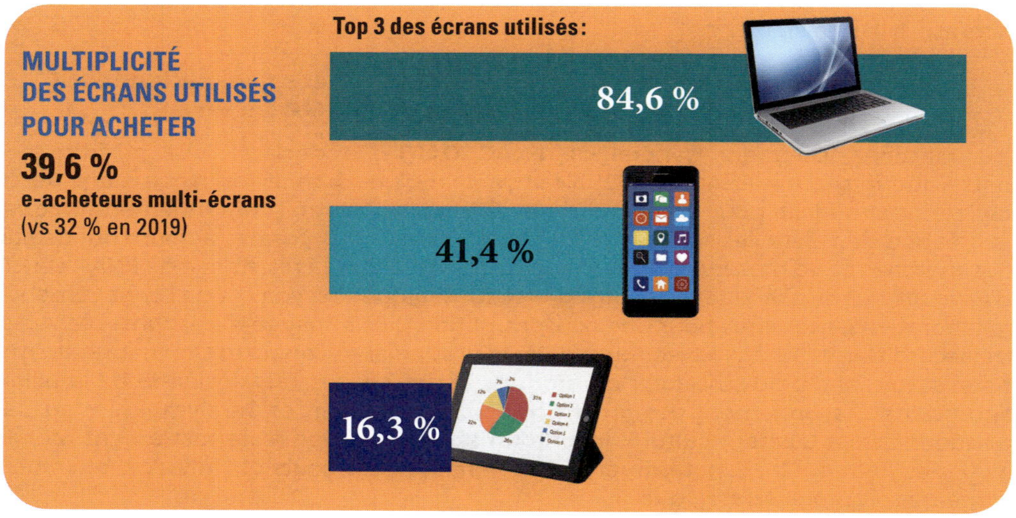

Baromètre Fevad/Médiamétrie, 01/2021

Document 3 Le site web et l'application mobile FNAC

Rayons **fnac** cd taylor swift — Me connecter — Mon panier

SUPPORT AUDIO
- ☐ CD
- ☐ Vinyle

ÉDITION
- ☐ Deluxe
- ☐ Exclusivité Fnac
- ☐ Limitée
- ☐ Picture Disc
- ☐ Standard
- ☐ Vinyle Coloré

SUPPORT
- ☐ (donnée non sp...
- ☐ CD album
- ☐ Vinyl album

DATE DE PARUTION
- ☐ +12 mois
- ☐ 3 – 6 mois
- ☐ 6 – 12 mois
- ☐ Nouveautés – de...

INTERPRÈTE
- ☐ Rockabye Baby !
- ☐ Taylor Swift

cd taylor swift (70) — Résultats triés par — Pertinence — Mosaïque

Mes listes

Speak Now (Taylor's Version)
Taylor Swift (Interprète) (CD album). 2 volumes ★★★★★ (24)

En 17 ans de carrière, Taylor Swift s'est imposée comme l'une des popstars les plus influentes, récompensée 12 fois aux Grammy Awards. Initialement connue pour ses titres aux sonorités icône de la country, l'artiste s'est par la suite essayée à la... Lire la suite

-30€ SUR BEATS STUDIO 3 — Voir le produit

CD album – Island – juillet 2023 — En stock en ligne — En stock en magasin (Fnac Paris - Saint-Lazare)

18€99 — Ajouter au panier

Plus d'offres à partir de 20.27€

Mes listes

Speak Now (Taylor's Version) Édition Limitée Vinyle Orchidée Marbré
Taylor Swift (Interprète) (Vinyle album). 3 volumes ★★★★★ (16)

En 17 ans de carrière, Taylor Swift s'est imposée comme l'une des popstars les plus influentes, récompensée 12 fois aux Grammy Awards. Initialement connue pour ses titres aux sonorités icône de la country, l'artiste s'est par la suite essayée à la... Lire la suite

-30€ SUR BEATS STUDIO 3 / deezer 4 MOIS OFFERTS — Voir le produit

Vinyle album – Island – juillet 2023 — En stock en ligne — En stock en magasin (Fnac Paris – Forum des Halles)

39€99 — Ajouter au panier

Plus d'offres à partir de 49.25€

www.fnac.com

1 À partir du contexte et des **documents 1** à **3**, repérez le type de vente susceptible d'être utilisé prioritairement par Françoise, d'une part, et Hugo, d'autre part. Justifiez votre réponse.

2 À partir de votre réflexion et des **documents 1** à **3**, identifiez les raisons à l'origine du choix de Françoise et d'Hugo d'acheter en ligne.

3 Indiquez les complémentarités recherchées par DARTY-FNAC à travers le développement du site web et de l'application mobile.

4 À partir des différentes situations présentées, cochez les formes de commerce associées. Justifiez votre réponse.

Situation	E-commerce	M-commerce	Click & Collect	Justification
Emma achète un album sur une plateforme numérique via son smartphone.				
Lucas commande un livre sur Fnac.com, qu'il va récupérer le lendemain en magasin.				
Adam se connecte sur son ordinateur portable pour se procurer un manuel scolaire et le reçoit chez lui 48 heures après.				

1.2 Dans les points de vente

Hugo se rend maintenant, avec ses parents, dans un magasin DARTY, désireux d'acquérir une nouvelle télévision.

Document 4 **Les utilisations du mobile en magasin**

Plus besoin de présenter l'impact des smartphones avec nos usages du web […]
- 83 % des clients utilisent leur mobile pendant leur achat ;
- 62 % sont prêts à scanner un produit avec leur smartphone pour voir les avis ;
- 50 % des utilisateurs « mobile » en magasin passent plus de 15 minutes dessus.

Arnaud Verchere, https://siecledigital.fr

Document 5 L'Application FNAC sur tablette

Fnac

Fnac.com

Contient des annonces

3,4 ★	1 M+	
20,2k avis	Téléchargements	Adolescents

Partager Ajouter à la liste de souhaits

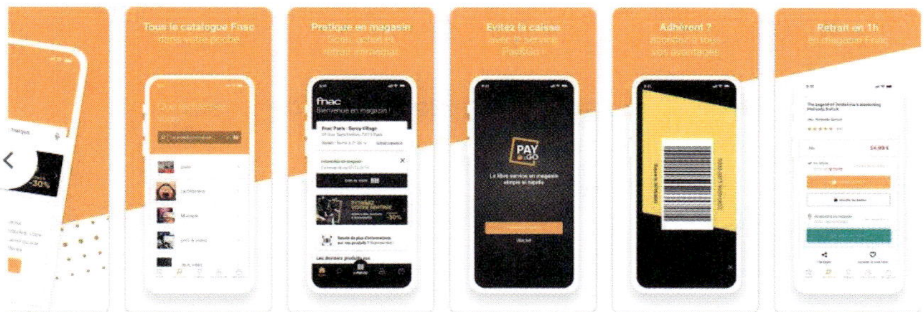

À propos de l'application →

Entièrement pensée pour vous et d'après vos retours, l'appli Fnac a été conçue pour vous fournir une expérience d'achat simple, pratique, agréable et comme toujours 100 % sécurisée.
Que vous soyez chez vous, au bureau, dans le bus ou dans nos magasins Fnac, recherchez et trouvez facilement tous nos produits depuis votre mobile :
Multimédia : PC portables (Apple, Microsoft Surface, Ultra Portable HP, Asus, etc.).

https://play.google.com/store/apps

5 À partir des **documents 4** et **5** et de votre réflexion, listez les possibilités offertes par l'utilisation en magasin de l'application FNAC, dans le cadre de l'achat de la nouvelle télévision par les parents d'Hugo.

2 LA MISE EN PLACE ET L'UTILISATION DE MARKET PLACE PAR LES ORGANISATIONS

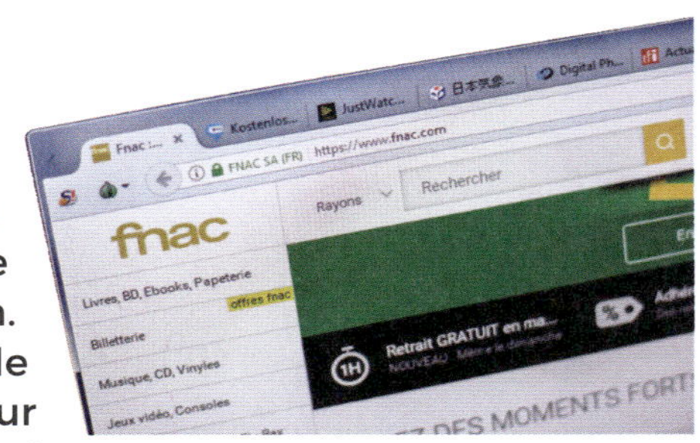

Les technologies numériques ont permis également aux organisations de trouver de nouveaux espaces de croissance remettant en cause les modèles traditionnels de distribution. Les pratiques numériques ont favorisé les phénomènes de désintermédiation/réintermédiation modifiant la chaîne de valeur des organisations. Dans ce contexte, à partir de 2016, on assiste à l'introduction d'un espace DARTY sur la market place de Fnac.com.

Document 6 Les marketplaces FNAC DARTY

6 Déduisez, à partir du **document 6**, une définition possible de la market place.

Document 7 Les chiffres clés de la market place FNAC

36M
Clients actifs

2e
Destination e-commerce français

Leader
High-tech électroménager maison

1er
Libraire disquaire

https://fnacdartymarketplace.com

Document 8 Comment reconnaître un vendeur partenaire sur la market place de la FNAC ?

Identifiez les produits Marketplace grâce à la mention « **Vendu et expédié par** ».

Retrouvez aussi un large choix de produits d'occasion.
Les différents états sont expliqués dans la section « **État** ».

Smartphone **ONEPLUS 8 PRO 12/256GO VERT 5G**
★★★★★ 5/5 (1 avis) | 24 conseils utilisateurs

BON PLAN -15%
~~699€~~
587,68 €
Vous économisez : 111,32 €

État : **Neuf**
Vendu et expédié par **Goodeal** ★ 4,08

Pays d'expédition : **Hungary**

Livraison gratuite
Livré à partir du 01/07

Découvrez toutes les informations du vendeur en cliquant dessus.

Évaluations : ★ 3,92
Nombre de ventes : **339 ventes**
Inscrit depuis le : **07 février 2022**
Délai d'acceptation : **6 h 10 min 33 s**
Taux d'acceptation : **99,71 %**
Pays d'expédition : **Hungary**

www.darty.com

Document 9 Les commissions par market place

Chaque market place possède un système de frais spécifique. Généralement, l'adhésion pour le vendeur partenaire à une market place nécessite la souscription à un abonnement mensuel et le versement d'une commission.
La FNAC et DARTY (alignement des tarifs des deux enseignes) retiennent deux frais liés aux ventes : l'abonnement et la commission.
L'abonnement est de 39 €/mois tandis que les commissions vont généralement de 6 à 15 % pour les produits neufs.

7 **À partir des documents 7 à 9 et de votre réflexion, listez dans le tableau ci-après, les avantages de la market place pour la FNAC, d'une part, et ceux pour le vendeur partenaire, d'autre part.**

Les avantages pour la FNAC	Les avantages pour le vendeur partenaire

3 LA DIGITALISATION DES POINTS DE VENTE PAR LES DISTRIBUTEURS

Les distributeurs ont réinventé les lieux de vente en proposant de nouveaux formats et services : Click & Collect (vu précédemment), supérettes autonomes, réalité augmentée et virtuelle, etc. FNAC DARTY n'a pas échappé à cette tendance.

Document 10 La septième révolution de la grande distribution

Les acteurs de la grande distribution ont entrepris une démarche de « triple accessibilité ». L'accessibilité des magasins : les grandes enseignes ont développé des dizaines de formats de magasins visibles et accessibles partout. L'accessibilité des produits : les enseignes conçoivent des magasins de plus en plus attractifs de type « smart store ». Elles individualisent le parcours client autour de ses attentes (trouver vite les produits, reconnaître ses marques préférées, passer moins de temps en caisse). Et l'accessibilité des prix : critère par lequel les enseignes tentent de redynamiser la consommation jusqu'à mener depuis peu une guerre des prix, malheureusement souvent destructrice de valeur pour elles.

Tout cela ne suffit plus. La grande distribution est aujourd'hui en train de se réinventer autour de trois axes stratégiques. Premièrement, l'expérientiel : il faut faire vivre au consommateur une expérience nouvelle en magasin, avec l'utilisation de technologies (réalité augmentée pour le maquillage ; showroom virtuel sur écran digital ; guidage en magasin par smartphone…) ou avec des concepts comme les magasins très éphémères. Deuxièmement, l'innovation : elle peut permettre de se différencier et de sortir par le haut de la guerre des prix en proposant de nouveaux produits et services permettant de créer une offre premium. Troisièmement, l'omnicanal qui a explosé de 150 % en trois ans aux États-Unis. Il permet de rejoindre le consommateur partout où il achète. En magasin évidemment, mais aussi sur son trajet travail-domicile (le drive), sur son ordinateur (e-commerce), sur son smartphone (m-commerce), et sur les réseaux sociaux (s-commerce)

Les stratégies gagnantes de la grande distribution seront celles qui parviendront à combiner tous ces axes, inaugurant la septième révolution de la distribution : les grands magasins (1829), les supermarchés (1931), les hypermarchés (1963), le hard-discount (1988), l'e-commerce (2000) et le drive (2004). Cette septième révolution pourrait être baptisée *What Else*, en référence à la marque NESPRESSO, révolution qui dissipe les frontières entre fabricants, marques, distributeurs, enseignes et consommateurs pour tout rassembler en un seul monde « digital ».

Opinion par J.-M. Liduena, senior partner du cabinet Monitor Deloitte, 18/01/2023, www.lejdd.fr

8 Justifiez le titre du **document 10**.

Dans le cadre de ses opérations, l'entreprise FNAC DARTY est amenée à optimiser la Gestion de sa Chaîne Logistique (GCL). Cette dernière, également appelée Supply chain management (SCM) en anglais, désigne la gestion de l'ensemble des opérations liées à la Supply chain, c'est-à-dire la gestion des flux circulant dans l'entreprise et entre l'entreprise et son environnement (approvisionnement, livraison, stockage, information, paiement…).

9 Expliquez en quoi la gestion de la chaîne logistique est concernée par cette (r)évolution.

Document 11 La digitalisation des points de vente

Commençons par bien définir ce dont nous allons parler dans cet article. Un point de vente digitalisé, c'est un point de vente… qui utilise les technologies digitales pour attirer de nouveaux clients, fidéliser les anciens, promouvoir de manière originale ses produits, etc. Une définition on ne peut plus évidente !

Allons plus loin : un point de vente digitalisé va chercher à unifier l'expérience d'achat. Entre les smartphones, les tablettes, les points de vente physiques, les ordinateurs et autres, les points de contact avec les marques se sont multipliés ces dernières années. Une convergence s'impose donc, grâce :

- aux écrans tactiles ;
- aux QR Codes ;
- aux bornes *iBeacons*[1] ;
- à la réalité virtuelle ;
- aux applications…

www.visiativ-retail.com

[1] *Les iBeacons sont des petites balises de quelques centimètres qui émettent un signal relativement simple en bluetooth. Elles permettent d'identifier la présence d'un client à proximité du point de vente ou dans certaines parties du magasin et proposent notamment des offres adaptées au profil du client.*

Document 12 Qu'est-ce que la réalité virtuelle augmentée et la réalité virtuelle ?

La **réalité virtuelle** (ou multimédia immersif ou réalité simulée par ordinateur) est une expression qui désigne les dispositifs permettant de simuler la présence physique d'un utilisateur dans un environnement artificiellement généré par la machine (ordinateurs, logiciels). Selon les technologies employées, la réalité virtuelle crée un environnement avec lequel l'utilisateur peut interagir par le biais de ses différents sens, en particulier la vue.

La **réalité augmentée** est une technologie qui vient enrichir la réalité en intégrant des éléments virtuels en 2D ou en 3D (ex. : application POKÉMON GO en 2016).

Document 13 Des exemples de nouveaux formats dans le secteur de la distribution

Fin 2018, CASINO ouvre un nouveau concept de magasin de 400 m² près des Champs-Élysées, sans caissière, doté de grands écrans tactiles, à reconnaissance vocale ou faciale ainsi que des services et caisses digitales. Le magasin ainsi équipé permet aux clients de faire leurs courses 24 heures sur 24 munis de leur smartphone et de l'application du magasin, et de payer en ligne. CASINO vise, à travers ce concept, une clientèle urbaine et connectée.

http://opn.to/a/qDSzh

Consultez la vidéo

Courant 2017, DECATHLON déploie dans 14 de ses magasins un dispositif de réalité virtuelle. L'objectif de ce dispositif est de vendre davantage de tentes de la marque propre de l'enseigne de sport en proposant à ses clients de découvrir la gamme complète, dans une surface de vente réduite, à travers une expérience immersive.

Équipé d'un casque HTC Vive sur la tête, le client se retrouve plongé dans un univers virtuel dans lequel il va pouvoir déployer la tente de son choix afin de tester en condition « réelle » le produit.

Autre exemple : réouverture en août 2023 du magasin expérienciel de SAMSUMG à NY : il s'agit de permettre aux gens de découvrir le meilleur de la marque.

10 **À partir des documents 11 à 13, déduisez l'intérêt pour les distributeurs de réinventer leur(s) point(s) de vente.**

Travailler l'argumentation – Fiche méthode 1

Document 14 — Darty inaugure un nouveau magasin de... 80 m²

DARTY inaugure un nouveau magasin dans le 14e arrondissement de Paris de 80 mètres carrés dans lequel le client peut consulter l'ensemble du catalogue de l'enseigne à partir de tablettes mises à disposition par l'équipe de vente. Avantage pour l'enseigne? Proposer dans un espace restreint, avec 10 conseillers qui se relaient, l'ensemble de la gamme DARTY.

Document 15 — La FNAC propose de visualiser des produits high-tech depuis son propre salon

Via ses applications mobiles, la FNAC propose de visualiser des produits high-tech depuis son propre salon. Ainsi, il devient possible de visualiser sur l'écran de son téléphone ou tablette des produits électroménagers et informatiques en dimensions réelles, comme s'ils étaient dans son habitation.

11 À partir des **documents 14** et **15**, retrouvez pour chacune des deux situations, la technologie employée en complétant le tableau ci-dessous et justifiez vos choix.

	Réalité augmentée	Réalité virtuelle	Phygitalisation[2]
Concept DARTY			
Concept FNAC			

[2] *Phygitalisation : processus par lequel une entreprise ou un point de vente va combiner les avantages d'une présence physique avec des applications ou fonctionnalités digitales.*

À retenir

Chapitre 9 - L'appropriation des technologies numériques dans la distribution

1 L'APPROPRIATION DES TECHNOLOGIES NUMÉRIQUES PAR LES CONSOMMATEURS

1.1 - Au cours des achats en ligne

Recours au e-commerce par le biais d'outils et interfaces électroniques et numériques tels qu'un PC, un smartphone, une TV connectée, une console ou une tablette, pour se procurer des produits.

Forme spécifique d'e-commerce

- M-commerce : achat, vente et échange de biens et de services par le biais des terminaux mobiles tels que smartphones ou tablettes.
- Click & Collect : mode d'achat par lequel un consommateur commande son produit en ligne sur Internet et effectue le retrait de son achat en point de vente (à pied, voiture...).
- Drive : même principe que le Click & Collect, le client récupérant sa marchandise avec sa voiture dans une zone dédiée.

1.2 - Dans les points de vente

- Comparaison des prix et des produits
- Recherche d'information sur les produits
- Consultation d'avis formulés par d'autres consommateurs

2 LA MISE EN PLACE ET L'UTILISATION DE MARKET PLACE PAR LES ORGANISATIONS

La market place, ou place de marché désigne une plateforme sur Internet mettant en relation des acheteurs et des vendeurs.

MARKET PLACE

- **Propriétaire** : Touche des commissions + tarifs des abonnements
- **Vendeur** : Propose ses produits sur la plateforme
- **Client** : Achète des produits sur la plateforme

3 LA DIGITALISATION DES POINTS DE VENTE PAR LES DISTRIBUTEURS

Un point de vente digitalisé, c'est un point de vente qui utilise les technologies digitales pour attirer de nouveaux clients, fidéliser les anciens, promouvoir de manière originale ses produits, etc.
Elle peut prendre des formes telles que la réalité augmentée, la réalité virtuelle, les supérettes autonomes...

Se tester en ligne
http://opn.to/a/pXSIG

Préparation au Grand oral

» En quoi la digitalisation est-elle source de création de valeur à la fois pour le consommateur et pour une organisation comme la FNAC ?

» Dans quelle mesure peut-on dire que la digitalisation a contribué au maintien de l'activité économique durant la crise sanitaire ?

Appliquez

Activité 1 Connaissez-vous votre cours ?

ACTIVITÉ 1 NUMÉRIQUE

http://opn.to/a/Lpg0f

Activité 2 Savez-vous appliquer votre cours ?

En 1990, François et Françoise Lemarchand importent un concept découvert l'année précédente aux États-Unis : un magasin basé sur le respect de l'homme et de la nature.

L'entreprise « NATURE & DÉCOUVERTES » est née. L'enseigne se veut un lieu alliant détente, réflexion et découverte de la nature. Le magasin développe ainsi une approche de marketing sensoriel qui vise à charmer un des 5 sens (ouïe, goût, toucher, odorat, vue), seul ou simultanément.

NATURE & DÉCOUVERTES en bref...

- 109 magasins en France, Belgique, Suisse et Allemagne.
- Plus de 1 000 salariés.
- 10 000 références sur la market place NATURE & DÉCOUVERTES.
- En 2019, NATURE & DÉCOUVERTES devient filiale du groupe FNAC DARTY.
- En 2019, création de son siège social : « La canopée ». Ce lieu abrite notamment l'école de formation.

Annexe 1 Des extraits du site web de NATURE & DÉCOUVERTES

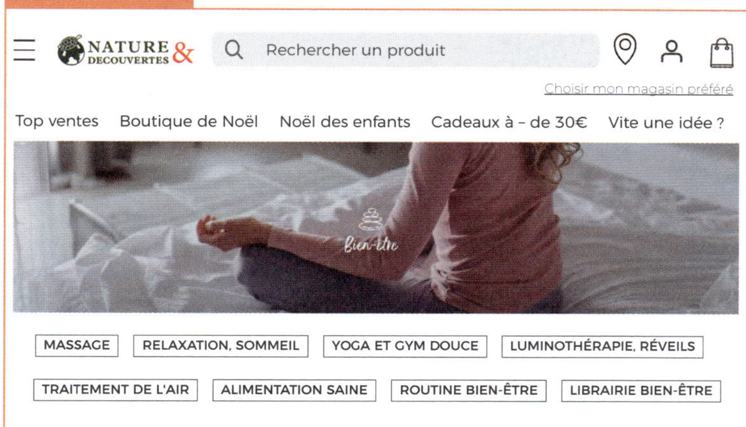

https://www.natureetdecouvertes.com

https://www.natureetdecouvertes.com

Annexe 2 L'irrésistible ascension de la market place de NATURE & DÉCOUVERTES

« C'est aujourd'hui le projet qui rencontre le plus grand succès et la plus forte rentabilité chez NATURE & DÉCOUVERTES ». Hugo Perpere, directeur du digital chez NATURE & DÉCOUVERTES, a réussi son pari en soutenant bec et ongles la mise en place d'une place de marché au sein de l'entreprise familiale. Au départ pourtant, ça n'était pas gagné. Lancée en 2014, la market place en tant que modèle de développement viable dans l'e-commerce, ne jouissait pas encore de la même popularité qu'aujourd'hui. […]

Le directeur Internet de l'époque, Stephen Demange est notamment chargé de faire passer avant la fin de l'année, le nombre de références sur le site e-commerce de l'enseigne de 4 500 à 10 000. Dans cet objectif, la place de marché s'avère un levier pour le moins pertinent. […]

Fidèle à sa réputation de discrétion, NATURE & DÉCOUVERTES ne dévoile ni le chiffre d'affaires de sa place de marché ni ce qu'elle représente dans le montant total de son chiffre d'affaires généré par le web, ce dernier représentant une part de 10 % dans le CA global de l'entreprise qui flirte avec les 200 millions d'euros (196 millions d'euros en 2016). Seule certitude selon Hugo Perpere, « la place de marché représente une part à deux chiffres de notre e-commerce et enregistre une croissance à trois chiffres ».

François Deschamps, LSA

https://qrcode.link/a/SZkcle

Consultez la vidéo

Annexe 3 L'interview du Président de NATURE & DÉCOUVERTES

« Frustrés de ne pas pouvoir proposer dans nos magasins tous les coups de cœur issus de nos rencontres, nous avons pensé à profiter de la puissance d'une place de marché pour ce faire. Les équipes et la solution de Mirakl nous ont convaincus par leur capacité à nous aider pour mener pragmatiquement ce projet, leur bonne connaissance de notre environnement de produits et par une solution déjà éprouvée auprès de e-business exigeants. » Antoine Lemarchand (Président - NATURE & DÉCOUVERTES).

Annexe 4 NATURE & DÉCOUVERTES à fond sur le digital

NATURE & DÉCOUVERTES DIFFUSE SON PREMIER FILM SUR LES RÉSEAUX SOCIAUX !

À la suite d'un appel d'offres, NATURE & DÉCOUVERTES sélectionne WOÔ pour l'accompagner sur l'influence. Dans le cadre de cette mission, la marque, qui n'a jamais fait de pub, propose à l'agence de travailler sur **un film destiné aux réseaux sociaux**. C'est dans le magasin NATURE & DÉCOUVERTES du Marais à Paris, en pleine nuit, que la scène a lieu. L'objectif: **booster l'acquisition en faisant rayonner l'ADN de Nature & Découvertes.**

« La Nuit des Découvertes » : une création signée WOÔ

À découvrir à partir du 17 octobre sur Youtube, Instagram et Facebook, le film met ainsi en avant un grand-père et sa petite fille qui restent enfermés volontairement dans un magasin après sa fermeture.

E. Vive, https://jai-un-pote-dans-la-com, 17/10/2022

Les chantiers numériques

- L'entrée sur de nouvelles market places comme celle de LA FNAC.
- Le site adapté pour les marchés britanniques et allemands d'ici à la fin de l'année.
- La livraison en une journée par coursier ou sous une heure en magasin développée.
- Les équipes liées au digital ont été musclées.

Julie Delvallée, www.lsa-conso.fr

https://eqrco.de/a/UAT7hG

Consultez la vidéo

Annexe 5 NATURE & DÉCOUVERTES réduit l'attente en caisse en équipant ses vendeurs de tablettes

« Ces dernières années, nous avons beaucoup revu notre site et travaillé sur de multiples chantiers. Nous pourrions retracer cette évolution en deux phases :

- Tout d'abord la digitalisation de nos magasins, avec la mise en place du Click & Collect 1 h mais aussi du Store to Web : 2 mécaniques animées par les référents digitaux présents en magasins et par notre responsable omnicanal.
- Le projet de remettre le magasin au cœur du digital, sur lequel nous concentrons nos efforts aujourd'hui. Cela passe par la mise en place d'un filtre « magasin préféré » sur le site, pour faciliter le repérage, ou encore par l'intégration (en mode POC) d'un chat conversationnel avec un guide conseil NATURE & DÉCOUVERTES pour assister nos clients dans le choix d'un télescope, d'un diffuseur ou encore d'un jeu pour enfant.

Nous avons également d'autres développements en cours pour répondre au mieux aux attentes, notamment pour un usage mobile, qui reste majoritaire. »

S. Marsaux, Directrice digitale @ NATURE & DÉCOUVERTES, www.keyade.com/fr, 18/05/2021

NATURE & DÉCOUVERTES réduit l'attente en caisse grâce aux tablettes vendeurs

« Généralement un client passe un bon moment dans nos magasins, grâce à la musique, la sensorialité, les échanges conviviaux avec nos vendeurs, appelés « guides conseil ». Le charme est rompu lorsqu'il commence à attendre pour régler ses achats.

Nous souhaitions un outil qui aide nos vendeurs dans l'accompagnement du client, depuis le conseil jusqu'à l'encaissement, et qui offre du même coup une meilleure expérience client ».

C. Etterlen, DSI NATURE & DÉCOUVERTES, www.adyen.com

1 **Repérez, à travers l'annexe 1, le(s) type(s) d'achat susceptible(s) d'être utilisé(s) par les clients de NATURE & DÉCOUVERTES, dans le cadre d'achat à distance.**

2 **Après avoir rappelé ce qu'est une market place, vous préciserez les intérêts de l'enseigne à développer une telle plateforme.**

3 **Explicitez les propos, soulignés dans l'annexe 3, d'Antoine Lemarchand, Président de NATURE & DÉCOUVERTES.**

4 **Montrez l'apport de la digitalisation pour l'enseigne NATURE & DÉCOUVERTES.**

CHAPITRE 10

Les façons d'atteindre sa cible

3.1 - Communiquer : quelle visibilité et quels médias pour valoriser l'offre ?

CAPACITÉS
- Identifier l'objet, la cible et les objectifs d'une action de communication.
- Analyser la pertinence et la complémentarité des moyens utilisables en fonction de la cible et des objectifs visés.
- Analyser la construction de messages publicitaires en termes d'argumentation commerciale afin d'en apprécier la cohérence vis-à-vis de la cible visée.

NOTIONS
- Objets, objectifs et cibles de la communication commerciale.
- Publicité, média, support, copie stratégie, marketing direct, promotion des ventes, parrainage, mécénat, événement.

Contexte

DECATHLON

» MISE EN SITUATION

DECATHLON, entreprise leader sur le marché du sport, regroupe deux activités : la création de produits sportifs et de services innovants, et leur distribution en ligne et en magasins.

Avec 325 points de vente en France et 1 751 dans le monde, DECATHLON et ses 105 000 collaborateurs œuvrent depuis 1976 à la réalisation d'une ambition permanente : innover dans tous les domaines pour rester le principal partenaire de jeu de tous les sportifs.
En 2022, le chiffre d'affaires à l'international de l'entreprise s'élevait à 15,4 milliards d'euros dont 4,7 milliards en France.
L'enseigne fait travailler en France pas moins de 24 700 collaborateurs.
DECATHLON mise beaucoup sur l'innovation et crée environ 3 600 produits chaque année.
Restée durant longtemps l'enseigne préférée des Français, la voilà qui passe en 2e position derrière les magasins ACTION, selon une enquête du cabinet EY PARTHENON publiée en avril 2023.
Rien n'est jamais acquis, c'est d'ailleurs une des raisons qui a poussé DECATHLON à renforcer sa communication.

Découvrir

1 LES OBJECTIFS, LES OBJETS ET LES CIBLES DE LA COMMUNICATION

DECATHLON s'associe à BETC pour une nouvelle campagne de communication, destinée à rendre le sport accessible à tous.

Document 1 La nouvelle campagne « faire bouger le sport »

84 % des Français se sentent encore limités quant à leur envie de pratiquer un sport. Face à ce constat, DECATHLON ne cesse d'imaginer des produits et services sportifs innovants, malins et pratiques. Son ambition ? Démocratiser toujours plus l'activité physique pour tous. Un défi passionnant qui reste le même depuis plus de 45 ans et qui est mis en avant par l'agence BETC, dans une nouvelle campagne publicitaire. Celle-ci dessine, au passage, LE nouveau territoire de communication de DECATHLON : « Faire bouger le sport ».

https://jai-un-pote-dans-la.com

Document 2 La campagne d'affichage de DECATHLON

https://eqrco.de/a/Llhpgl

Consultez l'affiche

https://eqrco.de/a/3QSQok

Consultez l'affiche

Document 3 La campagne TV

https://eqrco.de/a/ffM6eg

Consultez la vidéo

Document 4 « Faire bouger le sport », la mission nouvelle signature de marque de DECATHLON accompagné par l'agence BETC

La campagne lauréate du « Challenge REPRESENTe » dans la catégorie « Inclusion et Diversité » met en lumière la diversité des sports et des corps avec un message central : bousculons les codes pour que la pratique du sport, quelle que soit sa forme, soit accessible à tous.

Pouvez-vous nous décrire la campagne ?
L'innovation est au cœur de la campagne, elle se révèle être un état d'esprit qui anime l'entreprise depuis 1976 et questionne l'ordre établi dans notre société pour lever les multiples barrières qui nous éloignent chaque jour du sport et de ses bienfaits. Des barrières liées au physique, au genre, au lieu de vie, aux origines sociales, aux moyens financiers, etc. [...]

Quels étaient les enjeux ?
Le business model de l'entreprise est en train de changer : la grande enseigne de sport s'est donnée comme ambition de devenir « le fournisseur de services et solutions de sport », en France puis dans le monde. L'enjeu en communication était clair : passer d'une image de retailer[1] pour tous, à LA marque de sport capable de répondre aux problématiques liées à la pratique de chacun ; mais aussi aux problématiques sociétales et environnementales de demain.
Le tout en capitalisant ce sur quoi son succès s'est fondé : l'accessibilité (prix, géographique, diversité de l'offre). Il fallait redéfinir le rôle de la marque et l'exprimer clairement auprès du grand public et de l'interne.

1 *Retailer : détaillant.*

➪ **Suite du Document 4**

Le manque d'argent ou de temps, un physique inadapté car handicapé, ou que nous préférons cacher à 13 ans ; une météo capricieuse, un environnement bétonné, la cour d'école préemptée par les garçons qui jouent au foot, des sports encore trop genrés… Tout semble vouloir nous éloigner du sport.
Faire bouger le sport, c'est rendre la pratique du sport toujours plus inclusive et plus respectueuse de l'environnement. C'est un rôle utile clarifié pour les consommateurs, c'est une fierté qui anime au quotidien les 26 000 collaborateurs.

Comment a-t-elle été déployée ?
La campagne est composée de 3 films diffusés en TV et digital.
Le film Marque « Faire bouger le sport » (90, 60, 40 secondes) révèle le nouveau rôle de la marque et sa philosophie. DECATHLON remet chaque jour en question l'ordre établi par notre société en inventant de nouvelles façons de pratiquer, de rendre le sport accessible à tous, peu importe le niveau ou la pratique.
Le film « Innovation » (30 secondes) illustre par la preuve cette philosophie : c'est le matériel qui doit s'adapter à nous, nos physiques, nos pratiques, et non l'inverse. Les derniers modèles de tentes de toit ou de lunettes de piscine réglables facilitent la pratique et augmentent ses bienfaits.
Le troisième film met en lumière le programme de fidélité *Decat'Club*, programme unique en son genre en ce sens qu'il récompense les achats des consommateurs bien sûr, leurs avis sur les produits et services, mais aussi et surtout : les initiatives menées en faveur de la préservation de l'environnement. […]

https://uniondesmarques.fr

1 **En utilisant vos connaissances de première acquises en cours de Sciences de Gestion et Numérique, repérez les trois composantes de l'attitude que DECATHLON cherche à modifier avec sa nouvelle campagne de communication.**

2 **Identifiez quelle(s) est (sont) la (les) cible(s) de communication et l'objet de la communication de DECATHLON.**

2 LA PUBLICITÉ

DECATHLON a décidé de passer par les médias pour faire connaître sa volonté de rendre le sport accessible à tous.

2.1 Les médias

Document 5 **DECATHLON part en campagne pour « faire bouger le sport » !**

Dans la continuité de la vision dévoilée en 2021, « Le sport rend le monde meilleur », DECATHLON passe un cap et invite à une phase d'action : **faire tomber toutes les barrières qui limitent l'accès au sport en s'appuyant sur sa force d'innovation produit, service et humaine. « Faire bouger le sport » pour rendre ses plaisirs et ses bienfaits durablement accessibles au plus grand nombre** : c'est cette mission qui s'exprime aujourd'hui dans une nouvelle campagne de communication lancée par une campagne TV et digitale selon un plan média construit par Havas Media. Trois versions de spots de 30 secondes, 40 secondes et 60 secondes seront diffusées à partir du 29 avril jusqu'au 15 mai sur plusieurs chaînes (France 2, France 3, France 5, M6, TF1 et des chaînes de la TNT). En parallèle, un film de 90 secondes sera dévoilé sur les réseaux sociaux de l'enseigne et de l'agence.

https://jai-un-pote-dans-la.com

Document 6 — Les coulisses de la campagne DECATHLON, Interview de Sonya Mahcine – Directrice Communication Externe chez DECATHLON

Quels sont les enjeux d'une nouvelle prise de parole TV pour votre marque ?

L'enjeu était d'introduire un nouveau territoire de création, dans le prolongement de celui dévoilé en 2021 autour de la vision « *Le sport rend le monde meilleur* ». Cette fois-ci, nous souhaitions passer un cap et inviter à une phase d'action : « *Faire bouger le sport* », c'est-à-dire mettre toute la force d'innovation produit, service et humaine de DECATHLON pour faire tomber toutes les barrières qui limitent l'accès au sport.

Quel dispositif de communication avez-vous mis en place ?

La première phase de cette nouvelle campagne de communication a été lancée par un dispositif TV et digital s'appuyant sur trois versions de spots de 30 secondes, 40 secondes et 60 secondes. Dans un second temps, c'est à travers tous nos leviers de communication que nous allons continuer à exprimer cette posture : radio, PLV, VOL, *display*[2], etc.

Quelles spécificités du média TV avez-vous exploité pour cette campagne ?

Accompagnés par l'agence HAVAS MEDIA, nous avons orchestré notre lancement en commençant par la diffusion de notre film en format 60 secondes, le premier soir en *road block*[3] sur toutes les chaînes les plus puissantes de notre plan, suivi par la diffusion pendant 3 jours d'un format 100 % 40 secondes puis le reste de la campagne en 30 secondes. Notre lancement en 60' a été porté par les émissions phares du vendredi soir. Ce dispositif nous a permis de toucher 12 millions de téléspectateurs sur une seule soirée.

En quoi la télévision vous a-t-elle semblé incontournable dans votre stratégie ?

La télévision reste le média socle pour toucher le plus grand nombre de personnes pour un lancement, et ainsi atteindre nos objectifs d'image et de préférence de marque. D'ailleurs nous projetons de toucher 85 % des 25–49 ans en télévision sur cette campagne.

www.snptv.org

[2] PLV, VOL, display : Publicité sur Lieu de Vente, Vidéo Online, le terme de publicité display désigne les formes de publicité digitale utilisant des éléments graphiques, audios ou vidéos. La publicité display ou le display est ce qu'on appelait simplement avant « publicité sur Internet » ou « publicité online ».

[3] Le road block consiste à accaparer l'ensemble des espaces publicitaires disponibles et accessibles et d'y placer le même message pendant un certain laps de temps.

Document 7 — Les médias et les supports

- **Les médias :** il s'agit d'un **ensemble de supports homogènes**. Il existe six médias : radio, télévision, affichage, presse, cinéma, Internet.
- **Des supports : c'est ce qui véhicule le message**. Pour le média radio, un des supports est NRJ.

Ex. 1 : Pour le média presse, il existe différents supports :
→ L'Équipe, Midi libre, Paris Match, Femme actuelle etc.
Le choix s'effectuera en fonction de la cible à toucher ainsi que des objectifs à atteindre et du budget.

Ex. 2 : Pour faire connaître aux petits garçons les nouveaux jouets Lego :
→ Choix du média : la TV.
→ Choix du support : la chaîne Gulli.

3 **Retrouvez les médias et les supports utilisés par DECATHLON pour cette nouvelle campagne.**

4 **Indiquez quel est l'intérêt de passer par le média TV pour DECATHLON.**

5 Repérez quel a été le résultat de la mise en œuvre de la première phase de cette campagne en utilisant le média TV et quels sont les objectifs que souhaite atteindre l'enseigne.

DECATHLON a décidé d'utiliser dans un second temps le média radio. Voici quelques propositions de supports qui sont envisagés : NRJ, RTL2, Skyrock.

Document 8 Les supports médias radio[4]

Supports	Audience en nombre d'auditeurs	Pourcentage de personnes appartenant à la cible	Prix d'une insertion publicitaire pour une semaine
NRJ	4 600 000	71 %	6 500 €
RTL2	2 200 000	75 %	2 500 €
SKYROCK	3 423 000	70 %	5 000 €

[4] Données fictives.

6 En utilisant la FICHE OUTILS n° 4, vous effectuerez les calculs nécessaires pour aider DECATHLON à choisir le support radio le plus pertinent. Justifiez ce choix.

Support	Audience utile	Coût aux mille contacts utiles
NRJ		
RTL2		
SKYROCK		

Document 9 L'approche POEM

POEM est l'acronyme utilisé pour désigner les termes Paid media, Earned media et Owned media conçu par le célèbre institut de recherche américain Forrester en 2009. C'est une manière de classer et d'étudier les différents types d'expositions à une communication.

- **Paid media (média payant) :** désigne l'espace publicitaire acheté sur les médias digitaux et traditionnels (c'est la visibilité achetée).
- **Owned media (média privé) :** désigne les points et supports d'exposition possédés et contrôlés par la marque ou l'entreprise. Ex. : le site web d'une marque, les comptes sur les réseaux sociaux, les points de vente physiques… (c'est la visibilité détenue par l'organisation).
- **Earned media (média publique) :** désigne l'exposition dont bénéficie gratuitement la marque ou l'entreprise sur des supports personnels ou professionnels qu'elle ne contrôle pas, via des utilisateurs (ambassadeurs, fans, mais aussi critiques, etc. ; c'est la visibilité gratuite acquise grâce à l'influence).

7 **Identifiez les moyens utilisés par DECATHLON selon la typologie POEM.**

2.2 La copy stratégie

DECATHLON a choisi plusieurs médias et plusieurs supports pour sa nouvelle campagne. Intéressons-nous plus particulièrement au contenu du message que l'enseigne souhaite faire passer.

Document 10 La *copy stratégie*

La *copy stratégie* est un document détaillant ce qu'une agence de communication se propose de faire en faveur du produit et/ou de l'annonceur.
On la définit généralement en six éléments principaux :
- **la cible de la communication ;**
- **le(s) objectif(s)** à atteindre à l'aide de la communication ;
- **la promesse** faite à la cible (c'est le bénéfice concret suggéré aux consommateurs ou aux usagers par la publicité) ;
- **les caractéristiques du produit qui vont supporter/justifier cette promesse ;**
- **le ton** (explicatif, démonstratif, informatif, imaginaire, humoristique, symbolique…) de la communication employé ;
- **les contraintes** (d'ordre technique, légal, économique, écologique ou professionnel).

8 **Retrouvez la promesse et les éléments justifiant la promesse qui apparaissent dans la campagne de communication de DECATHLON.**

9 **Afin que sa communication soit efficace, DECATHLON prend en compte plusieurs éléments qui doivent être cohérents entre eux. Retrouvez-les.**

Travailler l'argumentation – Fiche méthode 1

3 LA COMMUNICATION SANS LES MÉDIAS

DECATHLON ne se contente pas de communiquer via les médias pour toucher sa cible. L'enseigne utilise également d'autres moyens comme la mercatique directe, la promotion des ventes ou l'événementiel par exemple.

3.1 La mercatique directe

Document 11 La communication de DECATHLON

Que ce soit pour profiter de la nature et du plein air, entretenir leur forme, perdre du poids ou pour toute autre raison, 57 % des Français envisagent davantage d'activités physiques / sportives pendant la période estivale d'après un sondage Ifop/Upsa. De bonnes intentions à même de réjouir les 300 magasins DECATHLON, qui en profitent pour intensifier leur communication locale. Yannick Remaud, Responsable de la communication locale de DECATHLON, nous en dit plus.

Il faut avant tout s'assurer que le **magasin** représente effectivement le premier média relayant chaque opération commerciale. C'est le rôle de la PLV et de tous les supports permettant de théâtraliser le magasin en fonction de l'opération suivie. Dès l'entrée, le client doit comprendre qu'on parle de tel ou tel sport. Ensuite, il s'agit de s'adresser aux sportifs pratiquants, par **courrier ou e-mailing**, grâce au CRM. Ce sont là nos deux priorités. Le **catalogue** distribué en boîtes aux lettres vient parfois renforcer la **communication locale** sur les grosses opérations commerciales, aux thématiques un peu plus généralistes. Il permet non seulement de toucher un plus large public, mais aussi de donner envie à certains non pratiquants de s'intéresser à des sports que nous considérons comme plutôt accessibles : le cyclisme, le running ou encore la randonnée.

https://magazine.cospirit.com

Document 12 Les différentes techniques utilisées en mercatique directe

La **mercatique directe** est l'ensemble des techniques qui permettent d'établir un contact personnalisé et mesurable entre l'entreprise et ses cibles. Elle se différencie de la publicité dans le sens où elle permet d'établir un contact personnalisé avec le client en fonction de son profil.

Les techniques traditionnelles	Les techniques moins connues	Les techniques développées grâce aux TIC
 **Le publipostage ou mailing** est un courrier personnalisé contenant une offre commerciale qui est adressée au client.	 **L'asile-colis** consiste, pour un annonceur, à insérer ses ISA dans des colis expédiés par d'autres entreprises.	 **Le publipostage par internet ou e-mailing** est en forte expansion car peut être lu sur différents supports (PC, tablette, smartphone…).
 **Les imprimés sans adresse (ISA)**, assimilables aux prospectus, flyers, sont utilisés notamment par les distributeurs.	**L'utilisation des grands médias :** les entreprises utilisent les médias pour inciter les individus à agir par le biais de numéros verts ou en donnant l'adresse d'un site web à la fin d'un spot publicitaire à la radio ou à la télévision.	 **Le SMS (Short Message Service)** qui ne peut contenir que du texte.
 **Le marketing téléphonique ou phoning** permet un contact direct par téléphone avec le client.		 **Le MMS (Multimédia Message Service)** qui peut contenir des images ou des vidéos.

10 Retrouvez les techniques de mercatique directe utilisée par DECATHLON présentées dans le document 11.

11 Choisissez la technique de mercatique directe la plus pertinente à utiliser pour DECATHLON dans les cas de figure suivants.

1. Faire connaître les promotions sur les articles de bains juste avant la saison estivale.

2. Relancer un client qui n'est pas venu faire d'achats depuis longtemps dans le magasin en lui proposant une offre promotionnelle sur des équipements pour son sport préféré.

3. Proposer aux clientes fidèles (celles disposant de la carte de fidélité) de moins de 25 ans de venir assister à un défilé de maillots de bain dans leur magasin de Montpellier.

3.2 La promotion des ventes

Document 13 L'explication de la notion de promotion des ventes

ExpertinBox.com
Votre Expert Marketing à la demande

Émilie Moronvalle est la directrice marketing de la société « ExpertinBox.com » qui est une entreprise à taille humaine constituée de personnes toutes expertes et passionnées de marketing et qui accompagne au quotidien les TPE/PME de la réflexion marketing à la mise en pratique rapide.
Émilie Moronvalle détermine les orientations stratégiques de l'entreprise, les objectifs à atteindre et les moyens à mettre en place, après analyse et évaluation des différents segments de marché. Elle met régulièrement en ligne des vidéos intitulées « les jeudi d'Émilie » qui ont pour objectif premier d'expliquer aux entreprises ainsi qu'aux étudiants, des notions marketing souvent mal comprises de manière simple et ludique. L'objectif second est de promouvoir et d'asseoir l'expertise en marketing de son entreprise tout en rassurant les clients et prospects sur leurs compétences.

http://opn.to/a/7NGSC

Consultez la vidéo

Document 14 Le vélo électrique chez DECATHLON

NOEMOUV

Vélo ville électrique – NEOMOUV Sinapia Hydraulique - Turquoise

999€ ~~1849€~~ – 850€

Payez 4x 249,75€ sans frais par CB

4.5/5 Voir les 35 avis

Ref. : 8779221

Gagnez en confort et roulez sans effort grâce au coup de pouce de l'électrique ! Moteur à capteur de pédalage, autonomie jusqu'à 100 km, fourche suspendue, freins hydrauliques, pour un confort garanti.

Notre partenaire NEOMOUV a conçu ce vélo à assistance électrique (VAE) pour faciliter vos trajets en ville et vos balades à vélo.

Couleur : bleu clair

Taille : Guide des tailles

Sélectionnez une taille

Ajouter au panier

www.decathlon.fr

12 Qualifiez le type de promotion utilisé par DECATHLON dans le **document 14**.

13 Identifiez les objectifs de cette promotion.

3.3 La communication événementielle

Document 15 La communication événementielle, qu'est-ce que c'est ?

Mécénat	Soutien financier et matériel apporté par une entreprise à un individu ou un événement sans attente de contrepartie directe.	Parrainage	Soutien financier et matériel apporté par une entreprise à un individu ou une manifestation en contrepartie de retombées commerciales pour l'entreprise.

➪ **Suite du Document 15**

Participation à un événement	Par exemple les salons, les foires…	Création de son propre événement	Par exemple une inauguration, une soirée, un événement original…

https://qrcode.link/a/WbD4x3

Consultez la vidéo

Document 16 Deux exemples de moyens de communication utilisés par DECATHLON

Exemple n° 1 :

À l'occasion de la Journée Olympique, vendredi 23 juin 2023 DECATHLON, Partenaire Officiel des Jeux Olympiques et Paralympiques de Paris 2024, se mobilise pour un week-end consacré à 100 % au sport avec la volonté d'accompagner tous les pratiquants. DECATHLON, s'engage pour faire rayonner le sport au cœur des territoires et ainsi, être un acteur fort de l'expérience sportive. Au programme, des activités sportives gratuites à découvrir en magasins mais également avec des villages sportifs au cœur de 3 villes : Marseille, Lille et Reims.

C'est tout naturellement que DECATHLON, dont la raison d'être est la pratique du sport pour tous, du plus grand champion à l'amateur, a voulu prendre part à la plus belle fête du sport : les Jeux Olympiques et Paralympiques de Paris 2024. Par le biais de ce partenariat, DECATHLON souhaite partager avec le plus grand nombre ses valeurs, qui sont aussi celles du sport, de la vitalité, du respect, et du dépassement de soi, et les transmettre aux jeunes générations.

La marque française met son savoir-faire au service de ce rendez-vous tant attendu via 4 axes :

L'ACCOMPAGNEMENT COMPLET DES VOLONTAIRES

Les quelque 45 000 volontaires des Jeux Olympiques et Paralympiques de Paris 2024 seront équipés avec un ensemble de produits conçus dans une démarche responsable, créés pour les besoins des volontaires par les équipes de conception de DECATHLON. […]

www.decathlon.media

Exemple n° 2 :

Un exemple de projet auquel a pris part la Fondation DECATHLON : Le voilier solidaire

L'association *Ocean Peak*, ce sont des sportifs passionnés qui œuvrent pour la réinsertion de jeunes en grande difficulté. À travers des séjours de rupture en mer et en montagne et des week-ends découverte, l'association accompagne les jeunes de l'aide sociale à l'enfance et de quartiers prioritaires de la ville autour de La Rochelle. Seulement, depuis la création de l'association il y a 4 ans « le non-accès à un bateau constituait un frein au développement de nos actions » pour Marta, fondatrice de l'association. Le projet « Le Voilier Solidaire » voit alors le jour pour relever ce challenge. Le projet émerge grâce à Nicolas Chanteloup qui fait don de son bateau « Sainte Anne » à l'association et qui est aujourd'hui responsable du chantier de rénovation. « J'ai vécu sur ce bateau pendant 10 ans avec mes propres enfants et ça me tenait à cœur de voir ce bateau poursuivre son histoire. » Débute alors la rénovation de ce bateau avec le soutien financier de la Fondation DECATHLON et le soutien humain des équipes de DECATHLON Tribord. Pour ce faire, des chantiers participatifs ouverts à tous sont organisés chaque mois. La mise en mer du bateau est prévue pour le printemps 2023. « Nos jeunes, ils vont vivre une expérience de dingue sur le bateau. Il faut être en équipe pour le faire marcher et le travail en équipe, c'est une des clés de la réussite de nos projets ! » Marta, *Ocean Peak*.

www.fondationdecathlon.com

14 **Retrouvez à quelle forme appartienne chacune des actions de communication présentées dans le document 16. Vous justifierez votre réponse.**

À retenir

Chapitre 10 - Les façons d'atteindre sa cible

1 LES OBJECTIFS, LES OBJETS ET LES CIBLES DE LA COMMUNICATION

COMMUNICATION COMMERCIALE : ensemble des signaux émis par une organisation vers ses publics.

- **Cibles de la communication :** consommateurs, acheteurs, B to B, B to C, etc.
- **Moyens financiers de l'organisation :** le choix des médias, de la stratégie suivie...
- **Objet de la communication :** produit, marque, organisation...
- **Objectifs de la communication :** cognitifs, conatifs, affectifs...

2 LA PUBLICITÉ

La publicité : forme de communication impersonnelle qui s'adresse à un vaste public.

- Nécessite des médias et des supports.
- La *copy stratégie* : document qui contient les informations suivantes sur la campagne publicitaire : la cible, l'objectif de communication, la promesse, les éléments justifiant la promesse, le ton, les contraintes (techniques, légales, économiques...).

→ **Une communication commerciale est efficace s'il y a une cohérence entre les objectifs, les supports publicitaires, l'argumentation et la cible visée.**

L'approche POEM : c'est la manière de classer et d'étudier les différents types d'expositions à une communication.

PAID MEDIA : visibilité achetée par l'organisation (ex. : spot publicitaire).

à une action sur :

OWNED MEDIA : visibilité détenue par l'organisation (ex. : site web de l'organisation).

⇄

EARNED MEDIA : visibilité gratuite acquise par l'organisation dans les médias grâce à son influence (ex. : avis de consommateurs).

3 LA COMMUNICATION SANS LES MÉDIAS

3.1 - La mercatique directe

Ensemble des techniques qui permettent d'établir un contact personnalisé et mesurable entre l'organisation et ses cibles. Ses techniques sont par exemple le publipostage, l'e-mailing, etc.

La promotion des ventes

Modification temporaire de l'offre, utilisée de manière exceptionnelle, qui offre un avantage supplémentaire aux personnes visées pour développer les ventes.

3.2 - La communication événementielle

Le parrainage

Soutien financier et matériel apporté par une entreprise à un individu ou une manifestation en contrepartie de retombées commerciales pour l'entreprise.

Le mécénat

Soutien financier et matériel apporté par une entreprise à un individu ou un événement sans attente de contrepartie directe.

Les autres événementiels

Participer à un événement existant : salon, foire...

Créer son propre événement : inauguration, soirée, événement original...

OBJECTIFS :
- communiquer différemment ;
- s'adresser à des cibles différentes ;
- améliorer son image de marque ;
- augmenter sa visibilité ;
- se différencier de ses concurrents ;
- développer le bouche-à-oreille.

→ **Les moyens de communication utilisés par l'entreprise doivent être complémentaires.**

Se tester en ligne
http://opn.to/a/k9kza

Préparation au Grand oral

» Quels sont les enjeux de la communication pour une entreprise comme DECATHLON ?

» Est-il toujours facile de communiquer ?

Appliquez

Activité 1 Connaissez-vous votre cours ?

ACTIVITÉ 1 NUMÉRIQUE

http://opn.to/a/W4jKq

Activité 2 Savez-vous appliquer votre cours ?

Face à la concurrence accrue, l'atout des grandes marques est leur capacité à communiquer.
En 1930, EVIAN devient l'eau des biberons insistant sur la pureté bactérienne. Des campagnes à destination des sages-femmes et des médecins sont menées.
C'est en 1998 qu'EVIAN, en collaboration avec l'agence BETC, lance sa fameuse campagne de communication qui met en avant les bébés...

Annexe 1 EVIAN recycle ses bébés pour les 10 ans de la campagne « Baby & Me »

https://eqrco.de/a/W6gaOr

Consultez le visuel

Il y a 10 ans, vous en aviez 10 de moins. Ça va le coup de vieux ?
EVIAN, plus belle marque d'eau minérale naturelle en France ? C'est probable d'un point de vue publicitaire, et c'est aussi la deuxième marque d'eau minérale préférée des Français, distancée seulement par CRISTALLINE. En effet, alors que celle-ci séduit par son rapport qualité-prix, EVIAN se place en si haute position grâce à sa communication mémorable, dont notamment la signature *Live Young* (2009) ou encore la campagne *Baby & Me*, lancée en 2013 en collaboration avec BETC Paris.
Nous sommes maintenant en 2023, l'été approche et nous fêtons les 10 ans de cette campagne mémorable. Impossible pour la marque de ne pas commémorer cet anniversaire.... et surtout, de ne pas le faire en compagnie de BETC, à qui on doit les bébés d'EVIAN depuis 1998. Pour l'occasion, la marque lance deux campagnes pour le prix d'une : d'abord un remix de la campagne de 2013 *Baby & Me* en vidéo et musique, ensuite, un remix de la campagne *Oversize* de 2017.

https://lareclame.fr

Annexe 2 EVIAN et SNOOPY collaborent cet été pour une hydratation inspirante !

Pour insister sur l'importance de l'hydratation durant l'été, **EVIAN s'associe à SNOOPY** afin de prôner les bienfaits de son eau minérale. À l'aide d'illustrations et de textes inspirants, cette collaboration conduit à un jeu concours qui permet aux plus chanceux de remporter des lots. […]

Une expérience digitale avec EVIAN et SNOOPY

Cette collaboration se prolonge par une **expérience digitale**. Chaque bouteille se dote ainsi d'un QR Code qui, une fois scanné, conduit les consommateurs vers l'un des 30 mantras de SNOOPY. Cela leur permet de participer au **jeu concours**. Ces phrases engageantes et philosophiques sont une réelle invitation à avoir un impact positif pour et autour de soi. À partager avec son entourage ou à conserver précieusement, ces mini messages-mantras sont la voix bienveillante pour réaliser de bonnes actions et passer une journée positive !

Les plus chanceux peuvent également gagner l'une des belles dotations prévues dans le cadre de cette collaboration inédite. Parmi elles, un séjour à l'hôtel ROYAL 5* à Évian-les-Bains, un week-end ski entre amis au cœur des Alpes françaises ou encore l'un des deux vélos électriques de la marque danoise MATE BIKES. […]

https://jai-un-pote-dans-la.com

Annexe 3 Wimbledon 2023 - EVIAN installe des fontaines à eau sur les courts et met à disposition des bouteilles réutilisables

Partenaire de Wimbledon depuis 2008, EVIAN sera bien visible pour cette édition 2023 avec l'installation d'une fontaine à eau sur le court et la fourniture de gourdes.

Eau officielle du tournoi londonien, la marque EVIAN souhaite ainsi hydrater les joueurs et les joueuses en encourageant le développement durable et limiter les déchets de bouteilles. Les joueurs et les joueuses auront ainsi à disposition des **gourdes / bouteilles réutilisables à remplir directement sur le court**. Des distributeurs d'eaux plus grands seront également mis à disposition des joueurs et joueuses dans certaines zones du site.

https://www.sportbuzzbusiness.fr

1. Identifiez le(s) type(s) d'actions de communication utilisé(s) ici par EVIAN.
2. Selon la classification POEM, indiquez de quel(s) type(s) d'exposition fait (font) partie ces trois actions.
3. Repérez l'objet de l'affiche publicitaire (annexe 1).
4. Analysez le message publicitaire de cette affiche.

Activité 3 La soirée de fin d'année de SHEIN

En décembre dernier, SHEIN a organisé sa soirée « rétrospective de l'année 2022 ».

L'occasion pour la marque de célébrer la fin de l'année et de se remémorer les moments forts de l'année écoulée. La soirée avait pour thème le bleu et l'argent, avec une décoration élégante et festive qui a transporté les invités dans l'ambiance de Noël.

Rendez-vous sur le site de l'agence de communication MOON EVENT via le lien suivant.

https://eqrco.de/a/Y2wgoZ

Plus d'infos

Lisez attentivement la page et répondez aux questions suivantes.

1. Identifiez le type de communication mis en place par l'agence MOON EVENT pour l'entreprise SHEIN.
2. Selon la classification POEM, indiquez de quel type d'exposition fait partie cette action de communication.
3. Listez les cibles de cette action de communication.
4. Dressez également la liste des objectifs de communication que l'entreprise a cherché à atteindre lors de cette manifestation.

CHAPITRE 11

Les fondements de la fidélité des clients

3.2 - Comment enrichir la relation client grâce au numérique ?

CAPACITÉS » Analyser les politiques de fidélisation et en décrire les outils.

NOTIONS » Facteurs de fidélité.
» Stratégie de fidélisation, programmes de fidélisation, valeur à vie client **(Life Time Value)**.
» Gestion de la relation client **(Customer Relationship Management)**.

Contexte SEPHORA

» MISE EN SITUATION

SEPHORA est une chaîne qui distribue des produits cosmétiques et des parfums. Elle a été fondée en France par Dominique Mandonnaud en 1969. Son concept de parfumerie en libre accès séduit immédiatement. À la différence des autres enseignes qui vendent des produits cosmétiques, SEPHORA offre en plus des conseils de beauté et dispense gratuitement des leçons de maquillage et de soin.
L'entreprise appartient depuis 1997 au groupe LVMH. L'enseigne est présente aujourd'hui dans plus de trente pays et possède plus de 2 000 boutiques.
L'offre de SEPHORA est composée de plus de 250 marques et 16 000 produits. SEPHORA est aussi disponible en ligne avec un portail de 17 sites de vente en ligne accessibles en 10 langues différentes.
SEPHORA propose à sa clientèle 3 types de cartes de fidélité : la carte Sephora White, Black et Gold.

La carte Sephora White permet à son titulaire de cumuler des journées d'achats et des points dans les magasins SEPHORA, sur le site web Sephora.fr et sur l'application mobile SEPHORA France, ainsi que d'avoir accès aux offres du programme Sephora White.
À chaque achat, le client cumule des « journées achats » et des points (1 € d'achat = 1 point sur le compteur).
La carte Sephora Black est mise gratuitement à la disposition du titulaire d'une carte Sephora White ayant :
- cumulé 4 journées d'achats avec la carte Sephora White (1 journée d'achat = 1 journée présentant un solde d'achat positif) ;
- ou obtenu un minimum de 150 points (1 € d'achat = 1 point) depuis l'activation de sa carte Sephora White, dans les magasins SEPHORA sur le site web Sephora.fr ou sur l'application mobile SEPHORA.

Elle permet l'accès aux offres du programme Sephora Black (en prime un bon de réduction de 10 € sur le prochain achat comme à chaque cumul de 150 points ou 4 journées d'achat).

Autres avantages :
- 20 % de réduction sur les **ventes privées** ;
- un **cadeau** le jour de l'anniversaire du client ;
- création d'une **playlist** : une sélection de produits personnalisés à consulter dans l'espace client.

La carte Sephora Gold est mise gratuitement à la disposition du titulaire d'une carte Sephora Black ayant obtenu 1 500 points (1 € d'achat = 1 point) avec sa carte Sephora Black sur les 12 derniers mois.
Elle offre l'accès aux offres du programme Sephora Gold :
- un **cadeau** au choix tous les 1 000 points parmi la sélection de cadeaux édition limitée Sephora Gold ;
- **30 €** offerts pour l'anniversaire du client ;
- la **livraison gratuite** sous 5 jours ouvrables et sans minimum d'achat ;
- **10 % de réduction** tous les 150 points ou dès 4 passages en caisse ;
- un accès gratuit par mois à l'un des services du **bar à Beauté** sur rendez-vous en magasin ;
- des **soirées shopping** 2 fois par an dans le magasin du client.

Découvrir

1 LES FACTEURS DE FIDÉLITÉ

Pour fidéliser ses clients, l'enseigne a besoin de connaître les facteurs qui permettent la fidélisation…

Document 1 La fidélisation et la satisfaction

Ce n'est qu'une fois que le consommateur a vécu son expérience de consommation qu'il pourra devenir ou non fidèle à l'entreprise. Au cours de cette expérience, un seul mot d'ordre : la satisfaction ! Il est donc important pour l'entreprise de tout faire pour satisfaire son client en lui proposant une offre qui va répondre à ses attentes.

Mais une question se pose : un client satisfait est-il toujours fidèle ? Malheureusement non, 100 % des clients satisfaits ne sont pas toujours fidèles. En effet, si un client fidèle est forcément satisfait, l'inverse n'est pas toujours le cas. D'autres facteurs sont à prendre en considération…

Document 2 Les résultats d'une enquête sur la fidélité par un institut de sondage

Dans la dernière enquête sur la fidélité accordée aux marques, l'institut de sondage ClickFox a cherché à savoir comment un consommateur devenait fidèle à une marque.

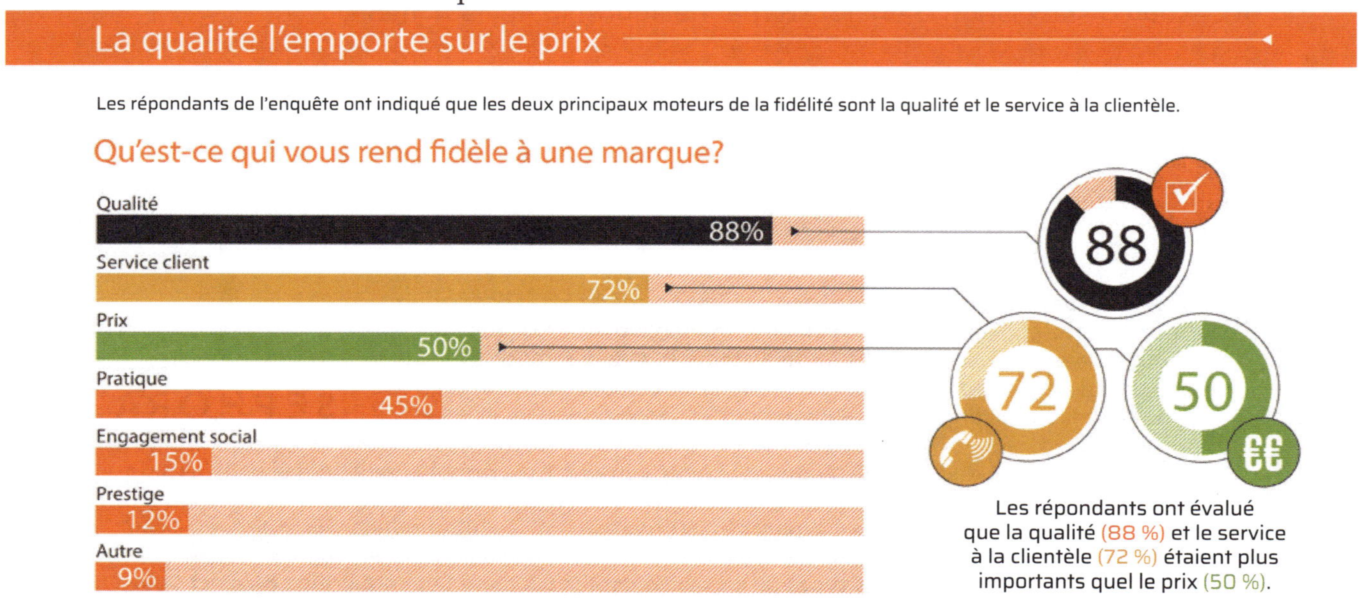

http://www.zendesk.fr/ressources/levier-fidelite-client

Document 3 Les facteurs de fidélisation d'un magasin SEPHORA

Un groupe d'étudiants en BTS MCO[1] a posé la question suivante à 10 clients sortant d'un magasin SEPHORA : **« Pourquoi êtes-vous fidèle à ce magasin ? »**. Voici leurs réponses.

Client	Réponse	Client	Réponse
1	La qualité des produits et des prix très compétitifs sont des raisons importantes.	6	Le très large choix des produits et le système de carte de fidélité sont très intéressants.
2	J'adore l'aménagement du magasin ; quand je rentre, j'ai l'impression d'être dans un monde dédié à l'univers de la beauté.	7	Je peux essayer le produit avant de l'acheter et les conseillères donnent toujours des informations sur les nouveautés.
3	L'enseigne pratique des prix très intéressants et grâce à la carte de fidélité, j'ai de nombreux avantages.	8	J'aime l'image de marque de l'enseigne entretenue avec les super soirées shopping et le bar à beauté !
4	La qualité des produits que l'enseigne propose est excellente ! Le magasin est facile d'accès.	9	J'adore ce point de vente, je m'y sens belle. Je suis satisfaite par le service, notamment du bar à beauté.
5	Si j'ai un doute avec un produit, je sais que je peux me tourner vers les conseillères qui vont tout de suite m'aider.	10	Je suis satisfait par la variété des produits et les conseils des vendeuses. Je ne suis pas toujours très doué pour choisir un cadeau à ma femme. Mais là, je sais que je peux me laisser guider sans me tromper.

[1] *Management Commercial Opérationnel.*

1 Expliquez pourquoi la satisfaction est un facteur primordial de la fidélisation. Ce facteur est-il suffisant pour fidéliser la clientèle ?

Travailler l'argumentation – Fiche méthode 1

2 À partir de l'enquête menée par les étudiants de BTS MCO, repérez les facteurs qui participent à la fidélisation de la clientèle de SEPHORA.

2 LES MOYENS UTILISÉS POUR FIDÉLISER LA CLIENTÈLE

2.1 Les stratégies de fidélisation

Les stratégies mises en œuvre par SEPHORA concernant la fidélisation peuvent être différentes.

Document 4 Les stratégies de fidélisation

Aujourd'hui, fidéliser les clients est devenu nécessaire pour les entreprises dans l'optique d'assurer leur pérennité. Elles peuvent utiliser deux stratégies :

- **la stratégie de fidélisation recherchée :** les entreprises cherchent à fidéliser le consommateur de façon volontaire. Pour cela, elles mettent en place différentes actions mercatiques comme un service de qualité, un service après-vente efficace…
- **la stratégie de fidélisation induite :** le client n'est pas fidèle par choix, il l'est parce que l'entreprise le retient avec, par exemple, un contrat indiquant une durée d'engagement ou des coûts de changement considérés comme dissuasifs.

https://qrcode.link/a/R7wgnN

Consultez la vidéo

3 Caractérisez le type de stratégie mis en place par SEPHORA avec ses cartes de fidélité. Justifiez votre réponse.

4 Retrouvez les limites d'une stratégie de fidélisation induite. Donnez des exemples d'entreprises qui pratiquent cette stratégie.

5 Identifiez au moins deux enjeux, pour une entreprise comme SEPHORA, de mettre en place une stratégie de fidélisation recherchée.

Travailler l'argumentation – Fiche méthode 1

2.2 Les outils utilisables pour fidéliser les clients

SEPHORA utilise actuellement des moyens pour fidéliser ses clients. Mais est-ce suffisant ?

Document 5 Les nouveaux leviers de la fidélisation

Générer de l'engagement grâce aux réseaux sociaux

[…] L'idée étant de générer plus d'engagement chez les clients fidèles, et d'en faire des ambassadeurs. […] Ces programmes d'un nouveau genre ne donnent pas uniquement des points quand on achète un produit, mais aussi lorsque l'on prouve sur Internet son engagement vis-à-vis de la marque. C'est l'exemple en France de la marque de vêtements URBAN OUTFITTERS. Elle permet à ses clients de cumuler des points de fidélité grâce aux réseaux sociaux : ils obtiennent des points lorsqu'ils mentionnent la marque sur Facebook ou Twitter, lorsqu'ils mettent sur Instagram des photos où ils portent des vêtements URBAN OUTFITTERS. […]

Dématérialiser la carte au profit d'une application mobile

Le phénomène n'en est encore qu'à ses débuts : plus de 80 % des enseignes délivrent encore une carte de fidélité « physique ». Mais les projets fleurissent pour dématérialiser la carte de fidélité. […] Le plus souvent, les enseignes cherchent à remplacer la carte par une application mobile à télécharger sur smartphone. […] Pour les enseignes, un des intérêts de cette dématérialisation vers les mobiles serait de pouvoir envoyer des offres géolocalisées, par exemple une promotion quand le consommateur se trouve en magasin. Une application mobile, c'est aussi pour le consommateur la possibilité de partager ses bons plans sur Internet et les réseaux sociaux. […]

Proposer des services exclusifs qui font vraiment la différence

https://qrcode.link/a/JIxkpn

Consultez la vidéo

Vouloir fidéliser en proposant sans cesse de nouvelles remises finit par être destructeur de valeur, sans créer d'attachement : la fidélité s'éteint avec les promotions. De plus en plus d'enseignes jouent donc la carte des services exclusifs pour générer de la fidélité. Le nouveau centre commercial Beaugrenelle, réserve ainsi des avantages aux porteurs de sa carte Premium : durant les soldes, ils avaient droit à un voiturier gratuit, ainsi qu'à une heure d'atelier enfant offerte. […]

Interagir au bon moment temps, via le bon canal, sur le bon produit grâce au Big Data

L'un des intérêts des programmes de fidélité est de pouvoir récupérer des données sur les clients. […] « *La connaissance client est essentielle, car elle permet d'interagir avec un client en temps réel, via le bon canal, sur le bon produit. Les entreprises qui n'ont pas pris ce virage sont amenées à connaître de grandes difficultés* », estime le directeur général d'Aprimo-eCircle, spécialiste de la gestion des data. […]

https://lehub.laposte.fr

6 **Repérez les outils utilisés dans le programme de fidélisation mis en place par SEPHORA.**

7 **Proposez des actions supplémentaires que pourrait mettre en place SEPHORA afin d'être encore plus performante dans sa stratégie de fidélisation.**

Travailler l'argumentation – Fiche méthode 1

3 LA VALEUR À VIE D'UN CLIENT

On peut se demander pourquoi SEPHORA n'a pas proposé une seule et même carte de fidélité à l'ensemble de sa clientèle. En effet, la valeur des clients peut être variée ou différente.

Florence est directrice d'un point de vente SEPHORA. Elle vous communique les informations suivantes.

L'entreprise calcule la valeur à vie de ses clients pour déterminer la rentabilité de ces derniers sur une période donnée et ainsi prendre les meilleures décisions concernant sa stratégie de fidélisation. Pour calculer la valeur à vie du client, il faudra prendre en compte les liquidités générées par celui-ci, ainsi que les dépenses qu'il aura occasionnées et actualiser cette valeur en fonction du nombre d'années de fidélisation du client.

Document 6 Le nombre d'adhérents au programme de fidélité White

Florence vous communique les chiffres suivants.

Informations clients	Année 0	Année 1	Année 2	Année 3	Année 4
Nombre de clients en début d'année	58	75	105	108	95
Nombre de clients partis	3	5	13	26	25
Nombre de clients ayant renouvelé leur abonnement dans l'année	55	70	92	82	70

https://qrcode.link/a/dn3ioe

8 À l'aide de la FICHE OUTILS n° 5 réalisez les calculs du taux de rétention et du taux d'attrition du point de vente, en remplissant le tableau suivant.

	Année 0	Année 1	Année 2	Année 3	Année 4
Taux de rétention					
Taux d'attrition					

9 Commentez vos résultats, sachant que le taux de rétention sur ce marché s'élève à 88 % en année 4.

Document 7 Les informations sur les clients du point de vente dirigé par Florence

https://qrcode.link/a/R470kF

Florence a réalisé les calculs suivants, malheureusement certains se sont effacés.

Client disposant de la carte Gold

	Année 0	Année 1	Année 2	Année 3	Année 4
CA	460	464,60	469,25	473,94	478,68
Marge	230	232,30	234,62	236,97	239,34
Coût de recrutement	75	0	0	0	0
Coût de fidélisation	0	80	70		50
Marge nette	155	152,30	164,62	176,97	189,34
Marge nette actualisée (t = 5 %)	155	145,05		152,87	155,77
Marge nette actualisée cumulée	155		449,37	602,24	

Client disposant de la carte White

	Année 0	Année 1	Année 2	Année 3	Année 4
CA	260	267,80	275,83	284,11	292,63
Marge	143	147,29	151,71	156,26	160,95
Coût de recrutement	25	0	0	0	0
Coût de fidélisation	0	30	20	10	0
Marge nette	118	117,29	131,71		160,95
Marge nette actualisée (t = 5 %)	118	111,70			132,41
Marge nette actualisée cumulée	118		349,16		

10 En vous appuyant sur la **FICHE OUTILS n° 5**, aidez Florence à compléter les chiffres manquants dans les tableaux du **document 7**.

11 Concluez sur l'efficacité de la mise en place de la carte Gold dans ce point de vente.

Travailler l'argumentation – Fiche méthode 1

4 LA GESTION DE LA RELATION CLIENT (GRC) : UNE AIDE À LA FIDÉLISATION

Afin de fidéliser sa clientèle, il est primordial que SEPHORA soigne sa relation client.

Document 8 Pourquoi le CRM est-il indispensable aujourd'hui ?

• Qu'est-ce que le CRM ?

Le CRM (Customer Relationship Management) ou encore la Gestion de la Relation Client (GRC) est une stratégie qui repose sur la connaissance du client pour pouvoir au mieux les acquérir et/ou les fidéliser. […] Le consommateur a le choix et nous sommes donc aujourd'hui de plus en plus dans le marketing de la demande, où les entreprises ne doivent pas uniquement proposer des offres mais, s'adapter aux exigences des consommateurs en les personnalisant au maximum. Procéder à du marketing one-to-one revient alors à individualiser les actions de promotions et les personnaliser pour chaque « typologie » de consommateur. […] Le CRM va aujourd'hui beaucoup plus loin avec les réseaux sociaux. […] Cela permet à l'entreprise de collecter les informations de l'internaute inscrit sur Facebook mais également d'avoir des informations sur les « amis » de l'internaute. […]

Pourquoi adopter une stratégie de gestion de la relation client ?

- Démontrer la valeur ajoutée de votre entreprise avec un meilleur service client, […] un meilleur accompagnement du consommateur (conseil) et une personnalisation de l'offre.
- Renforcer la fidélisation qui coûte moins cher que l'acquisition client grâce à la proposition de services et/ou produits personnalisés qui sont en adéquation avec les attentes clients. […]
- Engendrer une augmentation des ventes à long terme grâce à l'accompagnement des consommateurs qui sont satisfaits.

Comment adopter une stratégie CRM ?

Pour pouvoir cibler les offres en fonction d'une typologie de consommateur, il faut tout d'abord récolter une base de données qui nous intéresse (définie au préalable par l'entreprise dans les objectifs d'une gestion de projet CRM).

• Quelques leviers pour récupérer des données :

- mise en place d'un programme de fidélisation ;
- formulaire de questionnaire de satisfaction ;
- newsletters, mailing ;
- jeux concours […] ;
- optimisation de votre présence sur les réseaux sociaux pour transformer vos clients et vos prospects en communauté autour de votre marque (ex. : Facebook). […]

www.semaweb.fr

12 Repérez comment SEPHORA récupère des informations sur ses clients.

13 Donnez un exemple concret de l'utilisation que SEPHORA fait des données collectées sur ses clients pour les fidéliser.

14 En vous référant aux documents précédents et notamment au **document 8**, expliquez pourquoi il est possible de conclure que SEPHORA pratique la GRC.

Travailler l'argumentation – Fiche méthode 1

À retenir

Chapitre 11 - Les fondements de la fidélité des clients

1 LES FACTEURS DE FIDÉLITÉ

L'entreprise peut mettre en place plusieurs facteurs pour fidéliser ses clients

Facteur n° 1
La satisfaction du client ; mais si ce facteur est nécessaire, il n'est pas suffisant.

Autres facteurs à prendre en considération
La qualité perçue de l'offre, son prix, les services associés, l'aménagement du point de vente, les certifications et labels...

2 LES MOYENS UTILISÉS POUR FIDÉLISER LA CLIENTÈLE

Deux formes de stratégie de fidélisation utilisables par les entreprises

Induite : l'entreprise contraint le consommateur à lui rester fidèle en raison, par exemple, de la durée du contrat ou de coûts de changement considérés comme dissuasifs.

Recherchée : l'entreprise met en place des actions de fidélisation visant à séduire le consommateur en toute liberté.

Les principaux enjeux de la fidélisation
- rechercher la maximisation du chiffre d'affaires de l'entreprise ;
- diminuer les coûts de gestion de la clientèle ;
- avoir un bouche-à-oreille positif.

Ces actions sont regroupées dans le **programme de fidélisation** de l'entreprise.
L'entreprise peut utiliser une carte de fidélité matérialisée ou non (propre à l'entreprise ou mutualisée), des lettres d'information, des cadeaux, du couponnage électronique, des SMS, des ventes privées, les réseaux sociaux...

3 LA GESTION DE LA RELATION CLIENT (GRC) : UNE AIDE À LA FIDÉLISATION

La **GRC** permet à l'entreprise de rassembler des informations détaillées et individualisées sur les clients, pour mettre en place des actions visant à mieux les satisfaire et à les fidéliser.

La GRC nécessite que l'entreprise dispose d'une base de données mise à jour, afin de mieux connaître ses clients et les fidéliser.

Se tester en ligne
http://opn.to/a/BhUlJ

Préparation au Grand oral

» Pour SEPHORA, est-il plus important de conquérir de nouveaux clients que de fidéliser ?
» La GRC est-elle indispensable aujourd'hui ?

Appliquez

ACTIVITÉ 1 NUMÉRIQUE

http://opn.to/a/7Lq1q

Activité 1 Connaissez-vous votre cours ?

Activité 2 Savez-vous appliquer votre cours ?

Le « bento » est un terme japonais désignant le repas rapide ou casse-croûte contenu dans un coffret pris hors de la maison. C'est aujourd'hui le nom qu'on donne aux boîtes (parfois à étages) qui contiennent le déjeuner et qu'on emporte avec soi.

Masseuse kinésithérapeute de métier, Émilie découvre le bento grâce à un projet de Fabien, designer produit. Alternative aux restaurants et solution diététique, la petite boîte nippone trouve rapidement son utilité dans le train de vie de la jeune femme. Mais le produit est difficile à trouver en Europe, contraignant ainsi Émilie à commander ses premiers bentos sur un site japonais.

Face à ce constat et à l'engouement de ses proches pour cette boîte sympathique, en mars 2009, à tout juste 26 ans, elle s'entoure de Fabien et d'Arnaud, chef de projet web, pour créer la société monbento®.

Basée à Clermont-Ferrand, monbento® s'installe sur le marché en revendant des produits importés du monde entier et lance, dès le mois de juin 2009, sa boutique en ligne.

Dès 2010, monbento® lance sa propre gamme de produits avec pour mots d'ordre la praticité et le style. Depuis le MB Original, premier né de la marque, de nombreuses créations sont venues enrichir l'univers urbain de la marque, accompagnant ainsi les mangeurs nomades dans toutes leurs aventures quotidiennes.

Annexe 1 Un nouveau programme récompense la fidélité chez monbento®

monbento® a lancé un nouveau programme de fidélisation

Le visiteur qui surfe sur le site est nommé « Goûteur ». Ce statut signifie qu'il n'est pas inscrit au Clubento (inscription possible, simple et rapide dès la page d'accueil). À ce titre, il ne bénéficie pas de réduction sur le site, ni sur l'application mobile. De plus, il ne peut pas parrainer ses amis et n'a pas accès aux offres privilèges. Cependant, il peut visionner les photos et les recettes postées par les autres membres du club, il peut lire les commentaires, mais il ne peut pas ajouter de commentaires ou aimer les photos ou encore les recettes qu'il visionne.

Le Gourmet (membre qui, lui, s'est inscrit au Clubento), peut avoir 3 statuts différents : Apprenti Gourmet, Second Gourmet ou Chef Gourmet.

Pour devenir Apprenti Gourmet, le « goûteur » (visiteur du site), doit s'inscrire au Clubento. Son inscription lui permet d'obtenir automatiquement 10 pépites (points de fidélité). Avec ce statut, il peut parrainer ses amis, visionner et ajouter des recettes et des photos ainsi que les commenter et les aimer.

Pour devenir Second Gourmet, l'Apprenti Gourmet doit atteindre 400 pépites. Il peut alors profiter de 5 % de réduction sur ses commandes sur le site monbento.com et l'application mobile monbento® (hors soldes, promotions, offres privilèges et utilisations de bons de réduction). De plus, il a désormais accès aux offres privilèges et peut parrainer ses amis. Enfin, il a toujours la possibilité de visionner et d'ajouter des recettes et des photos ainsi que de les commenter et de les aimer.

Le statut de Chef Gourmet est obtenu à partir de 5 000 pépites. Lorsque ce chiffre est atteint, il bénéficie de 10 % de réduction sur toutes ses commandes sur le site monbento.com ainsi que sur l'application mobile monbento® (hors soldes, promotions, offres privilèges et utilisations de bons de réduction). Il a accès aux offres privilèges et peut parrainer ses amis. Enfin, il a toujours la possibilité de visionner et d'ajouter des recettes et des photos ainsi que de les commenter et de les aimer.

www.monbento.com

Annexe 2 Le tableau récapitulatif du programme

Comment gagner des pépites ?

	Membre
Commander	1 € dépensé chez monbento® = 1 pépite
Ajouter une recette	10 pépites
Parrainer (avec validation de la commande)	10 pépites (le filleul reçoit le même nombre de points. Points validés si le filleul publie une recette ou achète sur la boutique)
Ajouter 10 photos	1 pépite

Que valent mes pépites ?

Pépites	200
Chèque fidélité (non cumulable avec les soldes, promotions et offres privilèges)	8 € valable 2 mois

À quel moment je peux utiliser mon chèque fidélité ?
Dès que tu atteins les 200 pépites, tu reçois un e-mail t'informant de la transformation de tes pépites en chèque fidélité de 8 €.
Attention, tu auras 2 mois à compter de la transformation pour utiliser ton chèque fidélité.

Qu'est-ce que je gagne pour mon anniGourmet ?
À chaque anniversaire tu reçois un cadeau ! 50 pépites sont créditées sur ton compte !

https://www.monbento.com

Annexe 3 Le tableau de bord du programme de fidélisation

Nombre de clients	Année 0	Année 1
En début d'année	263 000	270 000
Fidélisés sur l'année	135 000	195 000

Annexe 4 La valeur à vie d'un client

Valeur à vie d'un « Apprenti Gourmet » sur 4 ans	132 €
Valeur à vie d'un « Chef Gourmet » sur 4 ans	145 €

1 Résumez le fonctionnement du programme de monbento®.

2 Appréciez la pertinence de celui-ci. (Travailler l'argumentation – Fiche méthode 1)

3 Identifiez les enjeux pour monbento® de nommer « Goûteur », « Apprenti Gourmet », « Second Gourmet » et « Chef Gourmet » les clients ou futurs clients.

4 Indiquez quel(s) indicateur(s) pourrait(ent) évaluer l'efficacité de cette politique de fidélisation. Calculez cet (ces) indicateur(s) et commentez vos résultats (FICHE OUTILS n° 5).

5 Interprétez les résultats issus de l'annexe 4 et conseillez l'entreprise sur les actions qu'elle devrait privilégier. (Travailler l'argumentation – Fiche méthode 1)

CHAPITRE 12

Les enjeux de la communication numérique

3.2 - Comment enrichir la relation client grâce au numérique ?

CAPACITÉS » Mesurer l'influence de la communication numérique.
» Évaluer les actions de communication.

NOTIONS » Communication numérique, marketing d'influence, community management, management de l'expérience client, ad-blocker, bouche-à-oreille (buzz), marketing viral, e-réputation, communication de crise.

Contexte MICHEL ET AUGUSTIN

» MISE EN SITUATION

Michel et Augustin sont deux amis d'enfance. Fans de pâtisseries et d'entrepreneuriat, ils se rendent compte en se baladant dans les rayons des supermarchés que :

1. Les prix des gâteaux sont faibles car les ingrédients utilisés ne sont pas de qualité.
2. La liste des ingrédients est très compliquée à comprendre, car il y a de nombreux conservateurs et autres additifs ajoutés (E588 et autres colorants…).
3. En lisant un emballage des produits en rayon, on ne connaît rien de la marque, et souvent on dirait presque qu'on nous raconte des mensonges (« vous allez maigrir en mangeant ce produit »).

En 2004, ils décident de redonner des couleurs aux courses alimentaires et s'associent pour créer des produits gourmands (biscuits sucrés, salés, yaourts, boissons…) composés uniquement d'ingrédients simples et de qualité. L'aventure débute alors…

Ils commencent par distribuer leurs produits chez les petits commerçants de leur quartier. Ils misent sur un emballage décalé pour vendre leurs biscuits. Puis ils s'agrandissent, et aujourd'hui, il est possible de trouver leurs produits dans la grande distribution (MONOPRIX, LECLERC…). Ils ont établi leur quartier général dans un endroit qu'ils ont nommé « la Bananeraie », et dans ce lieu ils imaginent leurs nouveaux produits, mettent en place leur stratégie marketing, organisent des événements…

Tous les premiers jeudis du mois, ils ouvrent d'ailleurs leurs portes aux petits curieux voulant visiter l'entreprise, goûter les derniers produits de l'entreprise et bien sûr rencontrer les fameux Michel et Augustin.

Ils n'ont utilisé la communication média que depuis peu, leur entreprise ayant pris de l'ampleur, ils ont pu investir dans ce type de communication. À leur début, cela leur était impossible car il n'avait pas un budget de communication suffisamment important. Les sept premières années, ils ont dépensé l'équivalent de 5 voitures Kangoo toutes équipées, soit à peu près 100 000 € : c'est le prix d'un passage à la télévision sur une grande chaîne nationale avant le film du dimanche soir.

Leur envie au quotidien : « agiter leur imagination avant leur porte-monnaie ».

La marque est présente sur les réseaux sociaux Facebook, X (ex Twitter), Instagram, YouTube, Snapchat, LinkedIn.

Découvrir

1 LA COMMUNICATION NUMÉRIQUE

La marque est aujourd'hui présente sur les réseaux sociaux et tente de fédérer les consommateurs autour de ses produits au sein d'une communauté.

Document 1 Quelques actions de communication de la marque

MICHEL ET AUGUSTIN utilise Snapchat et les stories Instagram tous les jours pour relayer tout type d'informations : annonces de recrutement, vie de la tribu, événements, tests de recettes en cuisine, partenariat, concours…

Passer son CAP pâtissier :
La marque a choisi de créer sa chaîne YouTube sur laquelle elle propose des vidéos permettant de se former au CAP pâtissier sous forme d'une « saga toquée » ainsi que de nombreuses recettes.

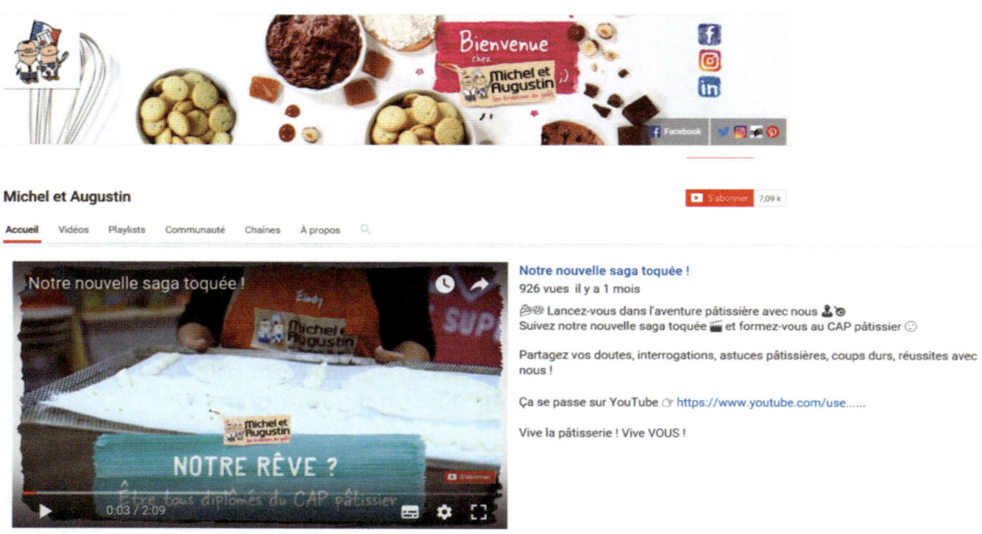

http://opn.to/a/SqROO

Consultez la vidéo

Un filtre supersonique sur Snapchat
La marque a créé un filtre sur Snapchat. Elle se sert de ce réseau social pour montrer ce qui se passe dans ses coulisses, en publiant au moins un contenu tous les jours. Elle raconte ainsi son histoire, ses projets, sa façon de travailler, etc. Tous les premiers jeudis du mois, le contenu est consacré à leurs journées Portes ouvertes. Snapchat permet à la marque d'augmenter sa proximité avec les consommateurs.

La marque demande l'avis des consommateurs sur FB
MICHEL ET AUGUSTIN utilise aussi Facebook pour, par exemple, demander des avis à ses consommateurs. Ainsi, pour le lancement de son nouveau petit-beurre au Maroilles, l'entreprise a voulu savoir si les consommateurs souhaitaient trouver dans la recette une pointe de houblon ou plutôt des cristaux de sel.

Document 2 La communication numérique, qu'est-ce que c'est ?

On peut la définir comme une forme de communication qui utilise des supports numériques. Elle comprend la stratégie et les actions à mener sur le web, les médias sociaux, les terminaux mobiles (smartphone, tablette…) et les objets connectés.

Les actions entreprises par ce type de communication sont : l'animation de communauté, la production de contenus et les programmes ambassadeurs.

L'animation de communauté (community management)	La production de contenus (brand content)	Les programmes ambassadeurs (employee advocacy)
Il s'agit, pour l'organisation, de créer une communauté et de faire en sorte de l'animer afin de la faire durer dans le temps (c'est le travail du community manager). Ex. : LE GAULOIS autour de « Cocotte ». https://qrcode.link/a/oLlcLT *Consultez la vidéo*	Il s'agit de développer du contenu (de la communication, des messages…) grâce : - au storytelling (c'est le fait de raconter une histoire, d'utiliser le récit à des fins de communication) ; - à la création de contenus d'expertise (devenir un guide pour les consommateurs) ; - à la création de contenus ludiques (jeux, interactions…) ; - et à des formats variés (vidéos, lives, photos, clips…). https://qrcode.link/a/92Axa2 *Consultez la vidéo*	Il s'agit de la communication provenant du personnel et diffusée sur les réseaux. Chaque collaborateur communique avec d'autres personnes (de son entourage) et il peut avoir une influence de poids, digne parfois d'un véritable média. https://qrcode.link/a/Tw1lw8 *Consultez la vidéo*

1 Démontrez que l'entreprise MICHEL ET AUGUSTIN met en place des actions de communication numérique en complétant le tableau suivant.

Actions de communication numérique mises en place :	
Animation de communauté (community management)	
Production de contenus (brand content)	

2 Illustrez la manière dont la marque utilise le storytelling.

Travailler l'argumentation – Fiche méthode 1

2 UNE COMMUNICATION D'INFLUENCE

2.1 Le marketing d'influence

MICHEL ET AUGUSTIN s'appuie également sur l'influence de personnalités pour améliorer et conserver une forte notoriété.

Document 3 MICHEL ET AUGUSTIN et l'épidémie de sourires

MICHEL ET AUGUSTIN a réalisé, il y a quelque temps, une opération de communication qui a marqué les esprits des habitants de la ville de Lyon. Une mousse au chocolat de la marque était offerte à tous les clients de tous les Monoprix de la ville. L'information est restée secrète jusqu'au jour J. Elle a ensuite créé un film retraçant l'histoire de cette opération au sein duquel se sont glissés des influenceurs célèbres comme le pâtissier Sébastien Bouillet ou Jhon Rachid, le Youtubeur lyonnais aux millions de vues.

Document 4 Le marketing d'influence

Il s'agit de l'ensemble des pratiques qui visent à utiliser le potentiel de recommandation des influenceurs. Les influenceurs sont ces personnes qui influencent l'opinion ou la consommation, par leurs audiences sur les réseaux sociaux.

L'ARPP (Autorité de régulation professionnelle de la publicité) a créé une vidéo dans laquelle elle explique ce qu'est le marketing d'influence et les règles qu'il est souhaitable d'appliquer lors de la collaboration entre une organisation et un influenceur.

En effet, cette institution crée des règles éthiques que les acteurs s'engagent ensuite à respecter et que l'on nomme « code de déontologie ». Selon ces règles, le partenariat commercial doit être explicite : cette collaboration doit être citée comme étant clairement une relation commerciale (ex. : « en partenariat avec »). L'ARPP incite donc à être sincère et honnête.

http://opn.to/a/IfRs3

Consultez la vidéo

3 **Identifiez les intérêts pour MICHEL ET AUGUSTIN d'utiliser le marketing d'influence, notamment dans le film qui retrace l'opération menée dans la ville de Lyon.**

Travailler l'argumentation – Fiche méthode 1

....

....

....

....

4 **Repérez les dangers pour une marque comme MICHEL ET AUGUSTIN de ne pas suivre les recommandations émises par l'ARPP en ce qui concerne l'utilisation d'influenceurs dans sa stratégie de communication numérique.**

....

....

....

....

....

2.2 Le management de l'expérience client

Pour rester pérenne, la marque MICHEL ET AUGUSTIN doit fidéliser sa clientèle. Pour cela, elle doit être attentive à l'expérience client, c'est-à-dire au ressenti de ses clients lors de l'achat de son produit durant toutes les interactions entre l'acheteur et le vendeur (acte d'achat, usage du produit, après-vente…).

Document 5 — Le management de l'expérience client, qu'est-ce que c'est ?

Pour qu'un client soit fidèle, il faut en premier lieu qu'il soit satisfait. Or, pour cela, les entreprises doivent soigner l'expérience que va vivre le client.
Le management de l'expérience client est l'activité qui consiste à étudier et prendre en charge le parcours du client en tentant de l'optimiser. Elle influe également naturellement la recommandation directe (bouche-à-oreille, avis, parrainage, etc.).
Le management de l'expérience client vise donc à favoriser la fidélisation et est une des composantes de la Gestion de la Relation Client (GRC). Il s'agit également d'un facteur de développement du portefeuille clients à travers le recrutement de nouveaux clients par la recommandation.

5 En vous appuyant sur les **documents précédents** et en utilisant les étapes de l'expérience de consommation, montrez comment l'entreprise MICHEL ET AUGUSTIN met en place une expérience client.

Travailler l'argumentation — Fiche méthode 1

3 LA MESURE DE L'EFFICACITÉ DES ACTIONS DE COMMUNICATION NUMÉRIQUE

MICHEL ET AUGUSTIN met en place un grand nombre d'actions dans le cadre de sa communication numérique. Mais comment procède-t-elle pour en mesurer l'efficacité ?

Document 6 — Les fans de MICHEL ET AUGUSTIN

Sur Facebook, la marque est suivie par 208 000 abonnés à sa page et elle a obtenu 213 000 mentions « J'aime ».

Les résultats sur Snapchat : 4 200 personnes suivent le compte de la marque dont 1 200 personnes qui regardent chaque jour les stories.

La chaîne YouTube de la marque :

6 En vous basant sur le **document 6**, ainsi que sur vos connaissances de classe de première en Sciences de Gestion et Numérique, identifiez les indicateurs qui permettent à la marque de connaître l'efficacité des actions de communication numérique mises en place.

7 Proposez d'autres indicateurs qu'il serait possible d'utiliser pour mesurer l'efficacité de la communication numérique d'une organisation comme MICHEL ET AUGUSTIN.

4 LES LIMITES DE LA COMMUNICATION NUMÉRIQUE

La marque MICHEL ET AUGUSTIN pourrait également acheter des bandeaux publicitaires qu'elle pourrait diffuser sur le web. Pourtant, elle ne le fait pas. Pourquoi un tel choix ?

Document 7 Les Ad-blockers

Qu'est-ce que c'est ?

C'est un dispositif qui prend la forme d'un logiciel offrant la possibilité aux internautes de bloquer l'affichage des publicités sur les sites web qu'ils visitent, que ce soit des bandeaux ou des liens sponsorisés.

On estime aujourd'hui la part des internautes qui utilise des bloqueurs de pub à 25 %.

Toutefois, ce système met en péril les contenus ou les sites gratuits qui ne fonctionnent que grâce aux revenus de la publicité qu'ils hébergent.

Même Google (qui vit lui aussi grâce aux revenus de la publicité) a mis en place un bloqueur de publicité intégré à son navigateur Google Chrome.

8 **Repérez une des raisons possibles expliquant que la marque n'achète pas de bandeaux publicitaires.**

MICHEL ET AUGUSTIN est une marque à forte notoriété. C'est la raison pour laquelle chacune de ses actions entraîne un bouche-à-oreille qui prend une grande ampleur. C'est ce qu'on appelle « faire le buzz ».

Document 8 Les différences entre bouche-à-oreille et mercatique virale

Le bouche-à-oreille a toujours existé. C'est la transmission d'un individu à un autre d'un avis, d'une opinion. Cette communication peut porter sur l'entreprise, ses marques et ses produits.

Il peut être positif et devenir une recommandation ou négatif et, dans ce cas, faire beaucoup de tort à l'entreprise. Par ailleurs, un individu non satisfait en parlera plus facilement à son entourage qu'un individu satisfait.

Avec l'arrivée d'Internet (blogs, réseaux sociaux, plateformes de vidéos...), le bouche-à-oreille ne se limite plus à l'entourage proche d'une personne, il s'est amplifié. Les individus peuvent facilement faire passer leur message à n'importe quel individu, le bouche-à-oreille prend ainsi de l'ampleur et se propage très rapidement.

Le marketing viral se fait à l'initiative de l'entreprise. Le principe consiste à créer un événement (tourner une vidéo, lancer un jeu original, créer un site web...) dans le but de faire parler de celui-ci. L'entreprise doit pouvoir cibler les individus (leaders d'opinion) qui seront capables de transmettre facilement l'information. L'objectif est ainsi, tout comme un virus, de « contaminer » un maximum de personnes et, pour cette raison, le message créé doit donner envie aux individus de le diffuser. En général, la communication virale est rapide, mais sa durée de vie est courte (quelques semaines). Pendant cette période, l'entreprise ne doit pas hésiter à utiliser plusieurs canaux de communication pour diffuser son message. À la fin de la campagne, l'entreprise va pouvoir effectuer un bilan de la campagne de communication.

Document 9 La communication de MICHEL ET AUGUSTIN

Situation 1

Margaux est fan de MICHEL ET AUGUSTIN, elle a donc créé un blog dans lequel elle donne toutes les actualités de l'entreprise et de ses produits.

Dans son dernier post, elle évoque la mousse au chocolat noir et au lait de la marque. Elle la compare à celle réalisée par sa maman, avec une texture très aérée et pas du tout écœurante, ce produit gourmand lui rappelle son enfance.

D'après ses dires, c'est à consommer sans modération !

⇨ Suite du document 9

Situation 2

MICHEL ET AUGUSTIN organisent régulièrement un jeu concours pour gagner un voyage. Cette année la destination est l'île de la Réunion. Ils communiquent sur ce jeu uniquement via leurs packagings, les réseaux sociaux et leur site web, ils n'ont pas utilisé les médias.

L'objectif : trouver une des quatre vaches en or cachée dans différents endroits (site web, paquet de cookies, une de leurs recettes, dans une ville de France…).

Un jeu que les internautes devaient suivre de près pour obtenir des informations et espérer gagner le voyage.

De nombreux sites web ont parlé de cet événement qui a créé un buzz très important.

Situation 3

http://opn.to/a/N17xE

Consultez la vidéo

MICHEL ET AUGUSTIN souhaite recruter des individus ayant le « power » pour travailler avec eux. La directrice des ressources humaines s'est rendue dans le métro parisien pour proposer des offres d'emploi. Une vidéo a été tournée puis postée sur YouTube. Cette vidéo a été vue plus d'un million de fois, le buzz a été considérable.

Situation 4

Sur Internet, il est possible de trouver plusieurs avis d'individus sur les produits MICHEL ET AUGUSTIN. Chacun est ainsi libre de mettre une note et de s'exprimer, en bien ou en moins bien, sur la marque. Ces avis sont pris en compte par l'entreprise qui peut ainsi améliorer son offre.

Situation 5

Si 2 000 habitants d'une ville signent une pétition, alors MICHEL ET AUGUSTIN viendra dans la ville avec sa VACHE GÉANTE. Cette venue est relayée dans les médias mais également sur Internet via les blogs notamment.

Situation 6

Franck a acheté pour la première fois un yaourt à boire de la marque MICHEL ET AUGUSTIN. Il a beaucoup aimé, il en parle à ses collègues de travail.

9 **Déterminez si les situations du document 9 s'assimilent à du bouche-à-oreille (buzz) ou à de la mercatique virale, en complétant le tableau suivant.**

Situation	Bouche-à-oreille	Mercatique virale	Justification
1			
2			
3			
4			
5			
6			

Comme vu précédemment, le buzz peut être positif mais parfois aussi négatif pour une marque, et l'organisation peut alors perdre le contrôle de sa communication.

Document 10 Un exemple de gestion d'une petite crise par MICHEL ET AUGUSTIN

L'association « éthique & animaux L214 » a demandé à MICHEL ET AUGUSTIN d'utiliser des œufs issus de poules élevées en plein air dans leurs recettes. MICHEL ET AUGUSTIN, trouvant cette initiative intéressante, a donc essayé de répondre à cette demande d'utiliser des œufs 100 % plein air, mais a eu du mal à trouver un fournisseur d'œufs plein air sans coquille (indispensable pour les fabrications à grande échelle). Ce qui a nécessité plus de temps que MICHEL ET AUGUSTIN n'aurait imaginé.

Cela n'a pas satisfait l'association qui a bousculé l'entreprise MICHEL ET AUGUSTIN sur la provenance des œufs utilisés dans ses recettes en utilisant les réseaux sociaux et même en se rendant aux Portes ouvertes des Bananeraies, ou en allant dans les magasins pendant les animations de la marque, pour manifester son mécontentement.

L'association L214 va plus loin, puisqu'elle a réalisé une vidéo sur YouTube dénigrant MICHEL ET AUGUSTIN et l'utilisation d'œufs non « plein air » dans ses recettes. Elle a également détourné le logo de l'entreprise et lancé une pétition contre celle-ci. Tout cela a généré un bad buzz pour la marque MICHEL ET AUGUSTIN.

Heureusement, MICHEL ET AUGUSTIN a bien réagi, ce qui a calmé et satisfait l'association qui a diffusé sur son site la volonté de l'entreprise de s'investir dans la cause des œufs plein air. MICHEL ET AUGUSTIN a tenu ses promesses puisque sa nouvelle mousse aux deux chocolats et café est fabriquée avec des œufs « plein air ».

10 **Montrez comment l'entreprise a perdu le contrôle de sa communication à un moment donné.**

Document 11 La mise en place d'une communication en cas de crise

FINDUS, BUFFALO GRILL, SAMSUNG… toutes ces entreprises ont traversé des crises plus ou moins graves. Et de nos jours, les crises peuvent affecter fortement les entreprises concernées car l'information se diffuse très rapidement par le biais des médias et d'Internet. Pour limiter voire résoudre ces crises, la communication va jouer un rôle primordial.

https://qrcode.link/a/3YSBoG

Consultez la vidéo

Quelle que soit l'ampleur de la crise, l'entreprise doit agir rapidement mais également réfléchir avant de mettre en place toute action pour ne pas aggraver la crise et voir son image de marque se détériorer davantage.

L'entreprise doit également, si c'est le cas, avouer sa responsabilité en donnant les informations nécessaires expliquant la crise et s'excuser : elle doit jouer la carte de la transparence. Elle peut pour cela utiliser les réseaux sociaux, son site web et évidemment les relations publiques via une conférence de presse par exemple. Ensuite, il faut : mettre en place des mesures correctrices permettant de stopper la crise et communiquer sur ces mesures.

Document 12 L'extrait de la réponse de la marque MICHEL ET AUGUSTIN à l'association L214

On vous dit TOUT sur nos œufs !

Aujourd'hui, 100% de nos biscuits sucrés ET salés sont concoctés avec des œufs issus de poules élevées en plein air (ou au sol, pour nos petites baguettes).
Comme promis, le schmilblick a aussi avancé depuis 2016 pour nos incroyables desserts frais.
Nos cookies frais, notre incroyable fondant au chocolat et nos toutes dernières mousses, au chocolat au lait, et aux 2 chocolats et café sont 100% œufs plein air.
La tribu est RAVIE de ces avancées.

Et notre mousse au chocolat noir ? Toute l'équipe est mobilisée sur le sujet.
Depuis février 2016, nous avons réalisé beaucoup, BEAUCOUP d'essais avec notre partenaire fabricant. 53 précisément. FOU !
Le petit couac ? La texture. 119 gourmands ont dégusté de manière très TRèS officielle ET à l'aveugle ces essais.
Le verdict est unanime. Pour le moment, nous n'arrivons pas à retrouver une mousse aussi aérienne et onctueuse à la fois.
Pas de panique. Nous restons convaincus qu'à force de ramer, la barque avance ;)
Prochaine étape ? Réaliser de nouveaux essais avec notre partenaire ET une dégustation à l'aveugle avec les gourmands volontaires.
Croisons les doigts pour pouvoir déguster cette chouette mousse très bientôt. Nous visons fin mars.

Entre temps, on a mené l'enquête et sorti notre calculette supersonique... Notez bien sur votre main gauche :

1
VISITE IN-SO-LITE
dans un élevage de poules avec toute l'équipe

90
TRUBLIONS
qui sonnent la cloche pour cette CHOUETTE nouvelle !

1 TROPHÉE
« ŒUF D'OR »
remis à toute la tribu par la **CIWF FRANCE**

7 667 003
ŒUFS PLEIN AIR PAR AN
battus ou montés en neige avec AMOUR pour nos recettes.

25 557
POULES QUI GAMBADENT
et voient la vie en rose grâce à notre engagement ;)

A Paris, le 7 février 2016

Bonjour !

Les prochaines étapes ? Priorité absolue pour nos mousses au chocolat !

Pour nos mousses au chocolat noir et au lait ? Nous avons déjà franchi une petite étape.
La poudre de blancs d'œufs est maintenant « plein air ».
Et nous allons TOUT faire pour que nos deux mousses soient 100% plein air avant la fin de cette année. Nous visons octobre.
Et promis, si par une incroyable chance, une 3ème mousse pointe le bout de son nez, elle sera 100% plein air.

Il y a beaucoup d'autres sujets qui nous tiennent à cœur. La virulence ne fait pas avancer les choses plus vite.
En tout cas, ce n'est pas notre manière de voir la vie ;)

Dorothée, Sixtine, Augustin, Michel et toute la tribu
La Bananeraie, le 7 février 2016

www.micheletaugustin.com

11 Expliquez comment MICHEL ET AUGUSTIN a réagi face à la crise avec l'association L214.

12 **Proposez une définition de la notion de communication de crise.**

Document 13 L'e-réputation

L'e-réputation peut être définie comme l'image véhiculée et/ou subie par une entreprise ou une marque sur Internet et autres supports numériques. L'e-réputation peut également s'appliquer à un produit ou service.

L'e-réputation est le résultat en termes d'image des contenus produits et diffusés par l'entreprise, mais aussi et surtout celui des contenus produits par les internautes sur les blogs, réseaux sociaux, plateformes d'échanges vidéos, forums et autres espaces communautaires. L'e-réputation est davantage influencée par la visibilité des contenus/avis et opinions relatifs à une marque que par leur quantité. […]

L'e-réputation est une donnée particulièrement difficile à mesurer et analyser. Cette mesure doit en effet prendre en compte la nature de propos tenus (analyse sémantique), mais également la popularité des pages ou contenus sur lesquels ces opinions sont présentes.

www.definitions-marketing.com

https://qrcode.link/a/uLCPqS

Consultez la vidéo

Document 14 L'extrait de la page Facebook

https://www.facebook.com/MichelEtAugustin

13 **Identifiez les raisons qui poussent MICHEL ET AUGUSTIN à avoir une e-réputation positive.**

Travailler l'argumentation – Fiche méthode 1

À retenir

CHAPITRE 12

Chapitre 12 - Les enjeux de la communication numérique

1 LA COMMUNICATION NUMÉRIQUE

Forme de communication qui **utilise des supports numériques** et qui comprend la stratégie et les actions à mener sur le web, les médias sociaux, les terminaux mobiles (smartphone, tablette...) et les objets connectés.
Les actions possibles : **l'animation de communauté** (community management), **la production de contenus** (brand content) et **les programmes ambassadeurs** (employee advocacy).

2 LA COMMUNICATION D'INFLUENCE

Le marketing d'influence

Ensemble de pratiques qui visent à **utiliser le potentiel de recommandation des influenceurs** (personnes qui influencent l'opinion ou la consommation, par leurs audiences sur les réseaux sociaux).

Le management de l'expérience client

Activité qui consiste à **étudier et prendre en charge l'expérience client en tentant de l'optimiser.**

3 LA MESURE DES ACTIONS DE COMMUNICATION NUMÉRIQUE

➤ Les indicateurs possibles :
- **Sur le site web de la marque :** le nombre de sessions (visites), le nombre de visiteurs uniques, le nombre de pages vues par utilisateurs, le temps passé sur le site, le taux de rebond...
- **Sur les réseaux sociaux :** le nombre de likes, le nombre d'abonnés ou de followers, le nombre de vues, le nombre (et la qualité) des commentaires, le nombre de contacts (en message privé)...
- **Pour un site marchand :** le nombre de clients gagnés, le volume de chiffre d'affaires générés, la durée de vie client, le coût d'acquisition...

4 LES LIMITES À LA COMMUNICATION NUMÉRIQUE

Les Ad-blockers sont des logiciels qui bloquent la publicité sur Internet.

Le bouche-à-oreille (buzz) est une communication informelle provenant d'autres acteurs que l'entreprise. → Il a toujours existé mais s'est amplifié aujourd'hui... → ...grâce à la puissance d'Internet : utilisation des réseaux sociaux, des blogs, des sites de partage de vidéos...

La mercatique virale doit son origine à l'entreprise elle-même, qui crée un événement original et le diffuse via Internet. → Si l'événement est bien pensé, il sera ensuite relayé d'une façon positive par le bouche-à-oreille... → ...ce qui permettra à l'entreprise de faire de la communication à faible coût et de gagner rapidement en notoriété.

→ L'organisation doit être attentive à ce qui est relayé sur Internet à son sujet, en surveillant son e-réputation.

La communication de crise doit être mise en place quand une entreprise connaît une crise imprévue et que celle-ci se propage par les médias, car cela peut créer un bouche-à-oreille négatif et ainsi mettre en péril sa réputation, voire son existence.

Les objectifs de la communication de crise → Estomper rapidement les effets de la crise, s'expliquer, regagner en crédibilité auprès du public...

Se tester en ligne
http://opn.to/a/tm1R7

Préparation au Grand oral

» Maîtrise-t-on toujours sa communication ?
» Une entreprise comme MICHEL ET AUGUSTIN peut-elle se passer de la communication digitale ?

Appliquez

Activité 1 Connaissez-vous votre cours ?

ACTIVITÉ 1 NUMÉRIQUE

http://opn.to/a/eOPEb

Activité 2 Savez-vous appliquer votre cours ?

BOURJOIS embellit les femmes et rend le maquillage ludique, accessible et créatif depuis 1863, tout en gardant sa personnalité intacte : parisienne et complice. Les femmes ne s'y trompent pas !

BOURJOIS s'est imposé en maître de l'innovation-maquillage et expert de la couleur : concepts inédits, tourbillon de couleurs inouïes, explosion des effets, sensualité des textures, sont les atouts de ses produits, pensés et conçus « made in Paris ».

Annexe 1 Le marketing d'influence sur Instagram

[…] Nous constatons une baisse d'investissement dans les supports imprimés au profit d'autres types de médias (owned media, implications de célébrités et recours aux influenceurs). En comparant les secteurs de la mode, du luxe et de la cosmétique, il apparaît d'ailleurs que les influenceurs jouent un rôle prépondérant pour le secteur beauté, accaparant 55,56 % du total des voix, pour une proportion de 16,57 % et 23,61 % seulement, respectivement dans la mode et le luxe. Le marketing de la beauté n'échappe donc pas à cette évolution digitale, et est actuellement en train de se transformer, s'appuyant de plus en plus sur les influenceurs Instagram pour atteindre ses divers objectifs.

BOURJOIS mise sur les émotions

La marque chic et abordable, connue pour ses fards aux couleurs variées et pétillantes, adopte sur Instagram une position qui lui permet de se connecter à des groupes d'audience plus restreints. En effet, on constate qu'ils font davantage appel à des micro-influenceurs tels que Sofya Benzakour, Wendy Swan ou encore Mathilde Mion, pour la mise en avant de leurs produits et des campagnes promotionnelles. Dans le vaste paysage des réseaux sociaux grouillant d'influenceurs Instagram, les micro-influenceurs présentent l'avantage d'inspirer plus de confiance à certains followers préférant une connexion « intime » avec ceux-ci et les marques qu'ils conseillent.

Ce lien plus proche se reflète également dans la constance de certaines collaborations, comme c'est le cas pour @PatriciaBInFrance, qui publie à plusieurs reprises divers posts conseillant les produits de la marque. Ces posts sont eux-mêmes repris par la suite sur le compte Instagram de BOURJOIS, suivant quelque peu le concept d'égérie, à la différence que celle-ci est incarnée non pas par une superstar, mais bien par une influenceuse à laquelle les followers peuvent donc s'identifier.

L'industrie cosmétique mise donc massivement sur les réseaux sociaux et le recours aux influenceurs comme voix portant la marque, et réussit son pari, permettant aux différents acteurs de créer davantage de liens avec cette audience toujours plus connectée mais surtout, en demande d'authenticité et de recommandations.

www.launchmetrics.com

Annexe 2 Miroir, mon beau miroir !

Le Forum des Halles compte désormais une nouvelle boutique depuis le printemps. En effet, BOURJOIS vient d'y inaugurer son nouveau point de vente plutôt high-tech. On peut y trouver un « miroir magique » équipé de capteurs qui est en capacité de refléter une consommatrice avec la teinte exacte du rouge à lèvres factice qu'elle vient de choisir en rayon. Il s'agit donc d'un mélange de réalité virtuelle et de produits physiques.

Mais le « miroir magique » ne s'arrête pas là ! Il peut également proposer à la consommatrice d'autres produits complémentaires afin de parfaire son allure. Elle peut ainsi repartir avec une photo et la liste de tous les produits qui composent son nouveau look. À partir de cela, elle pourra soit acheter directement les produits au sein du point de vente, soit passer commande tranquillement depuis chez elle à partir du site web de la marque.

Ce « miroir magique » a l'avantage d'accompagner les consommatrices dans le choix de leur rouge à lèvres. Car ce n'est pas toujours simple en magasin en raison du monde, du manque de personnel disponible pour répondre aux questions tout de suite ou simplement en raison des problèmes d'hygiène qui se posent pour tester ce type de produit.

1 Montrez que BOURJOIS utilise le marketing d'influence. (Travailler l'argumentation – Fiche méthode 1)

2 Dans l'annexe 1, nous apprenons que la communication choisie par BOURJOIS fait partie du owned media. Justifiez cette information.

3 Expliquez les objectifs de la marque BOURJOIS lorsqu'elle fait appel à des influenceurs.

4 Après avoir expliqué ce qu'est le management de l'expérience client, vous montrerez comment BOURJOIS l'utilise. (Travailler l'argumentation – Fiche méthode 1)

5 Citez quelques indicateurs qui permettraient à l'entreprise de connaître l'efficacité de l'utilisation d'influenceurs.

ESCAPE GAME
Jeu d'espions

PRÉSENTATION

Au départ, un Escape Game était un type de jeu vidéo d'aventure dont le principe consistait, pour le joueur, à parvenir à s'échapper d'une pièce dans laquelle il était enfermé. Il devait, pour y parvenir, trouver des éléments cachés dans le décor et suivre une séquence ou un enchaînement de mouvements précis. Tout cela culminait souvent par la découverte d'une clé ou d'un élément qui permettait de « s'évader de la pièce ».

Aujourd'hui, le principe a été porté dans le monde réel et il existe un nombre de plus en plus important de salles dans lesquelles on peut jouer à ce type de divertissement, qui ne se limite plus simplement au monde virtuel.

FONCTIONNEMENT

Résoudre l'énigme principale

Fouiller
Des indices, des codes, des objets peuvent se cacher dans le décor du jeu (fouillez avec la souris dans l'écran !).

Game master
Le maître du jeu vous surveille durant la partie et peut intervenir pour vous aider dans la progression du jeu.

Répartir les tâches
L'Escape Game est conçu pour jouer en équipe. Vous devez vous organiser pour gagner du temps.

Communiquer
afin d'être efficace et de ne pas perdre de temps en restant bloqué. Les compétences et la capacité à raisonner de votre équipe sont complémentaires.

AVERTISSEMENT

Lors du jeu, vous devrez vous rappeler que la confiance dans vos camarades ne doit pas être remplacée par le contrôle. Toutefois, si votre coéquipier vous dit qu'il a tout vérifié et qu'il n'y a aucun indice, vérifiez vous-même. Il y a des éléments cachés qu'il pourrait avoir ratés. C'est souvent ainsi que l'on est bloqué dans le jeu.

Dans ce jeu, l'objectif n'est pas de sortir d'une pièce mais plutôt d'accomplir votre mission d'espion.

Vous venez d'être recruté(e) avec votre équipe par les services secrets. D'importants documents sont cachés dans une mallette qu'il faut retrouver et ouvrir.

Pour cela, vous devrez relever différentes missions.

Vous devrez disposer de votre matériel d'agents secrets : un smartphone avec lecteur de QR Code, une calculatrice, du papier et de quoi prendre des notes (une page est consacrée à la prise de notes dans ce livre). Vous avez le droit d'utiliser votre connexion internet. Vous devrez également vous munir d'un casque audio.

Vous disposerez dans le jeu d'une carte indiquant l'emplacement de vos différentes missions.

N'oubliez pas que **pour gagner la partie**, il faudra bien vous organiser, communiquer et utiliser toutes vos connaissances en mercatique. L'équipe qui sera désignée gagnante sera celle qui aura réussi à retrouver et ouvrir la mallette le plus rapidement possible. Attention, une erreur pourrait vous coûter cher…

MA PRISE DE NOTES

Indices découverts au cours de la mission de départ :

Indices découverts au cours de la mission 1 :

Indices découverts au cours de la mission 2 :

Indices découverts au cours de la mission 3 :

Fiche outils 1

LES MÉTHODES DE SEGMENTATION

1 » Principe

Les entreprises doivent analyser la structure de leur portefeuille clients pour mettre en évidence leurs segments de clientèle.

La méthode des 20/80 qui s'inspire de la **loi de Pareto** permet d'identifier deux segments de clients :
- le segment 20/80 : c'est le **segment des clients importants** car ils ne sont que 20 % mais ils génèrent 80 % du chiffre d'affaires de l'entreprise ;
- le segment 80/20 : c'est le **segment des petits clients** car même s'ils représentent 80 % des clients, ils ne permettent à l'entreprise de ne réaliser que 20 % de son chiffre d'affaires.

Une entreprise qui suit la loi de Pareto est très dépendante de son segment clients importants. Elle ne doit donc pas négliger ce segment car sa pérennité en dépend. Elle doit également porter une attention particulière au segment des petits clients pour augmenter leur chiffre d'affaires, cela lui permettra de rééquilibrer son portefeuille clients.

2 » Méthodologie

2.1 - Les étapes à suivre pour réaliser les calculs

Étape 1
Étape importante !
Classer les catégories de clients par ordre décroissant (de plus grand au plus petit) de chiffre d'affaires.

Étape 2
Transformer en pourcentage le nombre de clients de chaque catégorie ainsi que leur chiffre d'affaires.

Étape 3
Cumuler les pourcentages de clients et leur chiffre d'affaires.

Il s'agit de compléter un tableau de la forme suivante.

Catégories de clients	Nbre de clients	% nbre de clients	% cumulés	CA	% CA	% cumulés

2.2 - L'analyse

Elle se déroule en trois temps :
- vérifier si le portefeuille clients de l'entreprise vérifie la règle des 20/80 ;
  Remarque importante : les proportions données sont approximatives et leur valeur peut varier de + ou - 5 points.
- repérer les clients appartenant au segment des clients importants et ceux appartenant au segment des petits clients ;
- proposer des préconisations en fonction, notamment, des éléments fournis dans l'énoncé.

2.3 - L'exemple résolu

L'entreprise PICOLLO vous fournit le chiffre d'affaires de son portefeuille clients.

Catégorie de clients	A	B	C	D
Nombre de clients	90	220	50	380
Chiffre d'affaires	380 000 €	45 000 €	250 000 €	60 000 €

1. Déterminez si le portefeuille clients de l'entreprise PICOLLO suit la loi des 20/80.

Attention : la première étape est très importante, si vous oubliez de classer vos catégories de clients par ordre décroissant de chiffre d'affaires, tous vos calculs seront faux !

Catégories de clients	Nbre de clients	Pourcentage nbre de clients	Pourcentages cumulés	CA	Pourcentage CA	Pourcentages cumulés
A	90	(90/740) × 100 = **12,16 %**	**12,16 %**	380 000	(380 000/735 000) × 100 = **51,70 %**	51,70 %
C	50	**6,76 %**	12,16 + 6,76 = **18,92 %**	250 000	**34,01 %**	51,70 + 34,01 = **85,71 %**
D	380	**51,35 %**	18,92 + 51,35 = **70,27 %**	60 000	**8,16 %**	85,71 + 8,16 = **93,88 %**
B	220	**29,73 %**	70,27 + 29,73 = **100,00 %**	45 000	**6,12 %**	93,88 + 6,12 = **100,00 %**
TOTAUX	**740**	**100,00 %**		**735 000**	**100,00 %**	

Le portefeuille clients de l'entreprise PICOLLO suit bien la loi des 20/80 :
- le segment des clients importants est composé des catégories de clients A et C qui représentent 18,92 % des clients et génèrent 85,71 % de chiffre d'affaires ;
- le segment des petits clients est composé des catégories de clients D et B qui représentent 81,08 % des clients (100 – 18,92) et réalisent 14,29 % (100 – 85,71 %) de chiffre d'affaires.

2. Proposez des solutions à l'entreprise PICOLLO.

L'entreprise PICOLLO a intérêt **à concentrer ses actions commerciales vers les catégories de clients A et C** car ces clients lui permettront de maintenir son chiffre d'affaires. Elle doit donc mettre en place des stratégies mercatiques efficaces pour les fidéliser.

Concernant les catégories de clients D et B, **il ne faut pas les négliger**, au contraire, il faut mettre en place les bonnes actions pour augmenter leur chiffre d'affaires et rendre l'entreprise PICOLLO moins dépendante des catégories A et C.

3 » S'exercer

EXERCICE 1 - Le détail de la méthode de calculs des 20/80

L'entreprise BARDAULT loue des voitures à différentes catégories de clientèle. Elle vous communique le détail de son chiffre d'affaires :

Catégories de clientèle	Nbre de clients	CA
Collectivités	88	176 000 €
Petites entreprises	112	96 000 €
Moyennes entreprises	60	400 000 €
Très petites entreprises	120	48 000 €
Grandes entreprises	20	880 000 €

1. Classez les catégories de clientèle par ordre décroissant de chiffre d'affaires.

Catégories de clientèle	Nbre de clients	CA

2. Complétez le tableau suivant.

Catégories de clients	Nbre de clients	Pourcentage nbre de clients	Pourcentages cumulés	CA	% CA	Pourcentages cumulés

3. Analysez le portefeuille clients de l'entreprise BARDAULT.

EXERCICE 2 - Le portefeuille client et la loi de Pareto

http://opn.to/a/Yolo7

L'entreprise DELION est spécialisée dans la production et la vente d'essuie-tout. Elle vend ses produits aux centrales d'achats des grandes surfaces. Voici la répartition de son chiffre d'affaires.

Catégorie de clients	Centrale A	Centrale B	Centrale C	Centrale D	Centrale E
Nombre de clients	25	22	29	24	31
Chiffre d'affaires	125 000 €	115 000 €	145 000 €	117 000 €	156 000 €

Le portefeuille clients de l'entreprise DELION suit-il la loi de Pareto ?

EXERCICE 3 - L'analyse de portefeuille clients

http://opn.to/a/0PDon

L'entreprise TUD SÉCURITÉ propose des prestations de sécurité à différentes catégories de clientèle.

Catégorie de clientèle	Particuliers	Entreprises BTP	Administrations	Magasins	Associations
Nombre de clients	17	8	23	11	30
Chiffre d'affaires	240 000 €	540 000 €	110 000 €	950 000 €	10 000 €

Analysez le portefeuille clients de l'entreprise TUD SÉCURITÉ.

Fiche outils 2

LE PRIX DE VENTE ET LA MARGE

1 » Principe

Avant d'être acheté par le consommateur final, le produit est fabriqué par un producteur pouvant le revendre à un ou plusieurs intermédiaires qui rajoutent chacun leur marge. Ce cheminement peut se schématiser de la façon suivante :

PRODUCTEUR		DISTRIBUTEUR		CONSOMMATEUR
Coût de revient + Marge nette (ou taux de marge) = PVHT au distributeur	**PVHT du producteur = PAHT du distributeur**	PAHT + Marge commerciale (ou taux de marge) = PVHT au consommateur	**PVHT du distributeur = PVHT au consommateur**	PVHT + Montant TVA (ou taux de TVA) = PVTTC ou prix de vente public

Remarques :
- le producteur peut faire le choix de vendre directement son produit au consommateur. Dans ce cas, le distributeur n'apparaît pas dans le canal de distribution et seule la marge nette est ajoutée au coût de revient ;
- pour chaque acteur, il suffit de connaître deux éléments pour pouvoir calculer le troisième. Par exemple, pour le producteur :
  - si vous connaissez le coût de revient et la marge nette, vous pouvez déterminer le PVHT au distributeur ;
  - si vous connaissez le coût de revient et le PVHT, vous pouvez calculer la marge nette ;
  - si vous connaissez le PVHT au distributeur et la marge nette, vous pouvez trouver le coût de revient.

2 » Méthodologie

Remarques préalables :
- la plupart des formules suivantes se calculent **hors taxes**. Lisez donc bien l'énoncé et pensez à transformer les prix TTC en prix HT ;
- n'oubliez pas de noter les formules avant d'effectuer les calculs.

2.1 - La marge unitaire

FORMULES DE CALCUL :
- Pour une entreprise de production : **Marge nette = PVHT – Coût de revient**
- Pour une entreprise de distribution : **Marge commerciale = PVHT – PAHT**

L'exemple résolu

L'organisation CORILLA vend ses poupons au prix de vente unitaire de 9 € HT à BABYDISTRI, qui les commercialise au consommateur au prix de 11 € HT. Le taux de TVA est de 20 %.

Calculez la marge réalisée par l'entreprise CORILLA et par le distributeur BABYDISTRI. Puis déterminez le PVHT au consommateur, ainsi que le prix de vente public.

Nous avons déterminé à la question précédente le coût de revient d'un poupon : 6 €. Nous pouvons donc calculer les marges :
- **pour le producteur CORILLA :** Marge nette = 9 – 6 = **3 €**
- **pour le distributeur BABYDISTRI :** Marge commerciale = 11 – 9 = **2 €**
- **PVHT au consommateur :** PVHT = PAHT du distributeur + marge commerciale = 9 + 2 = **11 €**
- **prix de vente public :** PVTTC = PVHT × (1+ taux de TVA) = 11 × 1,20 = **13,20 €**

2.2 - Le taux de marge

FORMULES DE CALCUL :

- **Calculs du taux de marge**
  - Pour une entreprise de production :

$$\textbf{Taux de marge} = \frac{\textbf{Marge nette}}{\textbf{Coût de revient}} \times 100$$

  - Pour une entreprise de distribution

$$\textbf{Taux de marge} = \frac{\textbf{Marge commerciale}}{\textbf{Prix d'achat HT}} \times 100$$

- **Utilisation du taux de marge**
  - Pour une entreprise de production : **PVHT = Coût de revient × (1 + taux de marge)**
  - Pour une entreprise de distribution : **PVHT = PAHT × (1 + taux de marge)**

L'exemple résolu

1. **Calculez le taux de marge de l'entreprise CORILLA et du distributeur BABYDISTRI.**
   - **pour l'entreprise CORILLA :** Taux de marge = (3/6) × 100 = **50 %**
   - **pour le distributeur BABYDISTRI :** Taux de marge = (2/9) × 100 = **22,22 %**

2. **Retrouvez, à partir du taux de marge, le prix de vente HT de l'entreprise CORILLA et du distributeur BABYDISTRI.**
   - **pour l'entreprise CORILLA :** PVHT = 6 × (1 + 0,50) = **9 €**
   - **pour le distributeur BABYDISTRI :** PVHT = 9 × (1 + 0,2222) = **11 €**

POUR RÉSUMER

CORILLA
Coût de revient : **6 €**
+
Marge nette : **3 €**
(ou taux de marge : **50 %**)
=
PVHT au distributeur : **9 €**

PVHT du producteur = PAHT du distributeur

DISTRIBUTEUR
PAHT : **9 €**
+
Marge commerciale : **2 €**
(ou taux de marge : **22,22 %**)
=
PVHT au consommateur : **11 €**

PVHT du distributeur = PVHT au consommateur

CONSOMMATEUR
PVHT : **11 €**
+
Montant TVA : **2,20 €**
(ou taux de TVA : **20 %**)
=
PVTTC ou prix de vente public : **13,20 €**

3 » S'exercer

http://opn.to/a/E1Xjt

EXERCICE 1 - Coût de revient et prix de vente

L'entreprise Bretonne CARAMÉLIA est spécialisée dans la fabrication de produits à base de caramel, qu'elle revend directement dans ses propres boutiques. Elle produit, depuis cette année, un tube de caramel à tartiner.
Pour fabriquer un tube de caramel à tartiner de 285 grammes, il faut comptabiliser :

- 360 g de sucre labellisé AB au prix de 0,80 € le kg ;
- des charges de distribution s'élevant à 0,09 € par tube vendu ;
- 1 gramme de fleur de sel de Guérande à 20 € le kg ;
- de l'arôme naturel de vanille bourbon de Madagascar : 0,05 € ;
- 4 minutes de main-d'œuvre au prix de 15 € de l'heure ;
- 10 cl de crème fraîche AOC à 2 € le litre ;
- 1 tube en plastique avec flacon refermable : 140 € les 400 tubes.

1. **Déterminez le coût de revient d'un tube de caramel de 285 grammes.**
2. **Sachant que l'entreprise applique une marge de 1,10 € et que le taux de TVA est de 5,5 %, calculez le prix de vente public d'un tube de caramel à tartiner.**

EXERCICE 2 - Marge commerciale, taux de marge

EXPERT HIFI achète des téléviseurs LED de 107 cm au prix unitaire HT de 250 €. Elle les revend au prix de vente public de 350 €. La TVA appliquée est de 20 %.

1. **Calculez la marge unitaire.**
2. **Déterminez le taux de marge.**

EXERCICE 3 - Utilisation de la marge pour déterminer le prix de vente

MINÉO fabrique des ballons de sport en cuir. Le coût de revient d'un ballon de basket-ball est 19 €. MINÉO applique une marge nette de 8 €.

Calculez le prix de vente public d'un ballon. La TVA appliquée est de 20 %.

EXERCICE 4 - Utilisation du taux de marge pour déterminer le prix de vente

L'entreprise FRAISION est spécialisée dans la fabrication de glaces. Elle décide de lancer sur le marché une nouvelle glace au goût de chewing-gum. Le coût de revient de cette glace est de 2,20 €.

Elle vend ce produit au distributeur AUPRÉ. L'entreprise FRAISION applique un taux de marge de 20 % sur la glace et le distributeur un taux de marge de 30 %.

La TVA appliquée est de 5,5 %.

Déterminez le prix de vente public de la glace.

EXERCICE 5 - Utilisation du taux de marge pour déterminer le prix d'achat

MAPPÉA distribue des meubles de jardin. Elle vend un salon de jardin au prix de 160 € TTC. MAPPÉA applique un taux de marge de 32 %.

Calculez le prix d'achat du salon de jardin. La TVA appliquée est celle au taux normal.

Fiche outils 3

L'ÉLASTICITÉ DE LA DEMANDE PAR RAPPORT AU PRIX

1 » Principe

L'élasticité de la demande par rapport au prix permet de **mesurer la variation de la demande par rapport aux variations de prix**. Cela permet de **comprendre comment les consommateurs réagissent face à une hausse ou à une baisse du prix**. Vont-ils continuer à acheter le produit ? Arrêter de l'acheter ?...

2 » Méthodologie

__Étape 1__ : Calcul de l'élasticité (Ed/p) par rapport au prix

$$Ed/p = \frac{\text{Variation relative de la demande}}{\text{Variation relative du prix}} = \frac{\frac{D2 - D1}{D1}}{\frac{P2 - P1}{P1}}$$

Le résultat est **sans unité**.

__Étape 2__ : Analyse

- **Interprétation du résultat**

Résultat	Interprétation	Exemple
Ed/p < 0	L'élasticité est **négative**. La demande et le prix varient en sens inverse : quand le prix baisse alors la demande augmente et vice-versa.	C'est le cas de figure le plus courant. Il concerne tous les **produits répondant à un besoin secondaire**, ou pouvant être **remplacés par un autre produit** (produit substituable). Ex. : le soda.
Ed/p ≈ 0	**Élasticité nulle.** La demande est **rigide** par rapport au prix, c'est-à-dire qu'une variation du prix n'influence pas la demande.	Tous les **produits qui comblent un besoin primaire** et pour lesquels il n'y a pas de produits substituables. Ex. : l'eau.
Ed/p > 0	Les consommateurs réagissent à une augmentation du prix **en achetant davantage de produit**. La demande sera **fortement élastique si Ed/p > 1**.	Tous les **produits positionnés haut de gamme** et dont le prix est gage de qualité notamment. C'est un effet de **snobisme**. Ex. : le parfum. Dans le cas où les individus vont **anticiper une augmentation encore plus forte du prix du produit dans le futur**, alors ils en achètent davantage sur le moment.

__Pour affiner vos résultats__ :
- Si **- 1 < Ed/p < 0 ou si 0 > Ed/p > 1** : la **demande est faiblement élastique**. Lorsque le prix varie, la demande réagit mais faiblement.
- Si **Ed/p < - 1 ou si Ed/p > 1** : la **demande est très élastique**, c'est-à-dire que les consommateurs réagissent très fortement à une variation du prix.

- **Signification du résultat**

Ed/p = x signifie qu'une variation du prix de 1 % entraîne une variation de la demande de x % (soit dans le même sens si Ed/p > 0, soit dans le sens inverse si Ed/p < 0).

Remarque : il faut toujours prendre une variation de 1% du prix.

- **Conseils**

Le résultat de l'élasticité de la demande par rapport au prix va vous permettre de donner des conseils aux entreprises concernant la fixation de leur prix.

3 » Exemple résolu

Le cinéma de votre ville vous transmet les résultats suivants.

	Période 1	Période 2
Quantités vendues	18 000	11 000
Prix de vente d'une place en euros	7	9

__Étape 1__ : Calcul de l'élasticité par rapport au prix

$$Ed/p = \frac{\textbf{Variation relative de la demande}}{\textbf{Variation relative du prix}} = \frac{\frac{D2 - D1}{D1}}{\frac{P2 - P1}{P1}}$$

$$Ed/p = \frac{\frac{11\,000 - 18\,000}{18\,000}}{\frac{9 - 7}{7}} = \frac{-0{,}39}{0{,}29} = \boxed{-1{,}34}$$

__Étape 2__ : Analyse

L'élasticité est négative, donc la demande et le prix varient en sens inverse. Comme **Ed/p < – 1, la demande est très élastique**, ce qui peut s'expliquer par le fait que le produit étudié est un loisir et répond donc à un besoin secondaire. De plus, il est possible de le remplacer facilement par une autre activité (location de DVD, regarder la télévision, se promener...).

Une élasticité de – 1,34 signifie que **lorsque le prix augmente de 1 %, alors la demande baisse de 1,34 %**.

Le cinéma n'a pas intérêt à augmenter ses prix car cela a une incidence négative sur le nombre de ses clients. Il doit donc **baisser son prix de vente** ou **faire des actions promotionnelles** pour attirer davantage de spectateurs.

4 » S'exercer

EXERCICE 1 - Calcul de l'élasticité de la demande par rapport au prix

Reproduisez et complétez le tableau.

Produits	Bordeaux Grand cru classé de 2001		1 kg de sucre		1 paquet de gâteaux	
Période	1	2	1	2	1	2
Prix de vente en euros	800	1 100	0,90	1,10	3,9	2,9
Quantités vendues	100	170	1 200	1 170	2 500	3 800
Calcul Ed/p						
Résultat						
Analyse						

EXERCICE 2 - Utilisation du coefficient d'élasticité

Le magasin PHOTOA vend des appareils photos numériques. Le coefficient d'élasticité de la demande par rapport au prix est égal à – 1,6. En moyenne, le magasin vend 25 appareils photos de la marque KADOK par semaine.

Le gérant souhaite faire une promotion d'une semaine sur les appareils de la marque KADOK. Celle-ci consisterait à diminuer le prix de vente de 30 %.

1. **Expliquez la notion de coefficient d'élasticité, en insistant notamment sur la signification du chiffre – 1,6.**
2. **Le gérant du magasin a-t-il intérêt à mettre en place des promotions par le prix ?**
3. **Calculez le nombre d'appareils photos susceptibles d'être vendus pendant la semaine de promotion.**

Fiche outils 4

LES INDICATEURS DES CHOIX DE MÉDIAS ET DE SUPPORTS

1 » Principe

La publicité est un outil indispensable à toutes les entreprises. Celle-ci a trois objectifs : **cognitif** (faire connaître), **affectif** (faire aimer) et **conatif** (faire agir). Mais son coût est important, les entreprises doivent donc prendre les bonnes décisions.

Avant de lancer une opération de publicité, les entreprises doivent choisir un média et calculer la couverture et le coût de chaque support possible. Ainsi, **elles pourront établir un comparatif et faire les meilleurs choix en fonction de leurs objectifs et de leurs contraintes**.

Après l'opération de communication, les entreprises doivent effectuer un bilan. Pour ce faire, elles vont mesurer l'impact et l'efficacité de la publicité. Ainsi, **elles pourront savoir si l'opération de communication a eu un impact positif, si elle était rentable et s'il serait intéressant de la recommencer**.

2 » Méthodologie

2.1 - Indicateurs à calculer avant le lancement de la publicité

Indicateur	Audience globale	Audience utile	Coût aux milles contacts utiles
Explication	Nombre total de personnes en contact avec le média ou le support. *Ex. :* nombre d'auditeurs de la radio NRJ ou nombre de lecteurs du magazine *Cosmopolitan*.	Nombre de personnes en contact avec le média ou le support, qui appartiennent à la cible visée par l'organisation. *Ex. :* nombre de jeunes femmes de 20 à 25 ans qui lisent le magazine *Cosmopolitan*.	Permet de déterminer le coût d'une campagne publicitaire sur un support pour 1000 contacts utiles, c'est-à-dire pour mille personnes appartenant à la cible visée par l'organisation.
Calculs	En général : aucun calcul, il s'agit d'une donnée fournie par les médias et les supports. Exception : pour le média presse, prendre en compte le taux de circulation d'un magazine c'est-à-dire le nombre de lecteurs moyen par exemplaire tiré.	Pourcentage d'individus appartenant à la cible × audience globale.	$\frac{\text{Coût de la communication}}{\text{Audience utile}} \times 1\,000$
Utilisation	L'audience globale permet de calculer l'audience utile.	L'organisation choisira les médias ou supports qui ont la plus forte audience utile. Il faudra cependant qu'elle prenne également en compte son budget.	Choix des médias ou supports correspondant à son budget et ayant le coût au contact utile le plus bas.

2.2 - Indicateurs à calculer après le lancement de la publicité

- **Le taux de notoriété :** c'est le pourcentage d'individus capables de citer la marque lors d'un questionnaire.
  Si la publicité a été efficace, le taux de notoriété de la marque ou de l'organisation devra avoir augmenté après la diffusion de celle-ci.
  Il est possible de déterminer :
  - **la notoriété spontanée :** nombre de personnes qui citent le nom d'une marque ou d'une entreprise sans aucune aide ;
  - **la notoriété assistée :** nombre de personnes qui connaissent une marque ou une entreprise dans une liste proposée par l'enquêteur.
- **Le taux d'attribution :** c'est le pourcentage de personnes qui associent correctement une publicité à une marque, à une entreprise ou à un produit. La publicité est montrée à plusieurs individus ; dans celle-ci est masqué le nom de la marque, du produit et il est demandé aux individus de retrouver le nom du produit ou de la marque. Plus le taux d'attribution est important et plus la publicité a été efficace.
- **L'évolution des ventes :** cet indicateur est à relativiser car il n'est pas vraiment possible de connaître le véritable impact de l'action de communication sur les ventes de l'organisation.

3 » Exemple résolu

CINDAS souhaite lancer un nouveau lait premier âge destiné aux bébés de moins de 6 mois qui sera plus digeste et issu de l'agriculture biologique. Elle souhaite faire connaître son produit et inciter les parents à l'acheter.

C'est une grande entreprise qui a le budget de communication nécessaire pour utiliser plusieurs médias. Elle décide d'utiliser notamment le média télévision et le média presse.

Pour le média télévision, elle diffusera sa publicité sur toutes les chaînes de la TNT et privilégiera, notamment, une diffusion sur FRANCE 5 avant et après l'émission *« Les Maternelles »*. Concernant le média presse, elle hésite entre différents supports. Sa cible est constituée des parents d'enfants de moins de 6 mois et elle dispose d'un budget presse de 40 000 €.

Voici une sélection des différents magazines qu'elle souhaiterait utiliser.

Supports	Nombre de lecteurs	Pourcentage de parents de moins de 6 mois lisant ce support	Prix d'une demi-page quadrichromie
Bébé Magazine	1 200 000	70 %	15 000 euros
Futurs parents	650 000	45 %	12 000 euros
Infos parents	2 450 000	55 %	22 000 euros

Avant la diffusion de sa campagne publicitaire, le taux de notoriété de CINDAS s'élevait à 72 %.

1. Déterminez l'ordre dans lequel choisir les différents supports sélectionnés par CINDAS et justifiez votre réponse.

Pour répondre à cette question, il faut déterminer l'audience utile et le coût au contact utile de chaque support présélectionné par l'organisation.

Supports	Audience globale	Audience utile	Coût aux mille contacts utiles en euros
Bébé Magazine	1 200 000	1 200 000 x 0,70 = 840 000	(15 000/840 000) x 1 000 = 17,86
Futurs parents	650 000	650 000 x 0,45 = 292 500	41,03
Infos parents	2 450 000	2 450 000 x 0,55 = 1 347 500	16,33

D'après les résultats :

- **Infos parents :** est le premier magazine à retenir car :
  - son audience utile est la plus forte ;
  - son budget total est de 22 000 €, ce qui rentre dans le budget presse de l'organisation ;
  - son coût est de 16,33 € aux mille utiles, c'est le moins cher des trois supports.
- **Bébé Magazine :** est le deuxième magazine à retenir car :
  - son audience utile est la deuxième plus importante ;
  - son budget total est de 15 000 €, ce qui rentre dans le budget presse de l'organisation ;
  - son coût est de 17,86 € aux mille utiles.
- **Futurs parents :** est le dernier magazine à retenir car :
  - son audience utile est la plus faible ;
  - son budget total est de 12 000 €, ce qui rentre dans le budget presse de l'organisation, mais son coût au contact est de 41,03 € aux mille utiles, c'est de loin le plus cher des trois supports.

2. Sachant qu'après la diffusion de sa publicité, son taux de notoriété est de 83 %, qu'est-il possible de conclure ?

La publicité a été efficace car le taux de notoriété est passé de 72 % à 83 %, soit une hausse de 11 points.

4 » S'exercer

http://opn.to/a/URP41

EXERCICE 1 - Choix d'un support en tenant compte du taux de circulation

L'entreprise JARDINIS a comme objectif prioritaire d'augmenter sa notoriété. Elle cible en priorité les hommes.

Elle désire réaliser de la publicité dans la presse et hésite entre trois magazines spécialisés dans le jardinage. Elle les a sélectionnés car ils sont en cohérence avec sa cible et avec son budget global (20 000 €).

Vous disposez des informations suivantes.

Supports	Nombre de lecteurs	Taux de circulation	Pourcentage d'hommes lisant ce support	Prix d'une page format A4 quadrichromie
Mon jardin et ma maison	298 200	5	32 %	14 600 euros
Détente jardin	181 250	4	41 %	10 830 euros
Votre maison votre jardin	187 500	6	34 %	10 300 euros

1. Complétez le tableau suivant.

Supports	Audience globale	Audience utile	Coût aux mille contacts utiles
Mon jardin et ma maison			
Détente jardin			
Votre maison votre jardin			

2. Déterminez le meilleur support publicitaire pour l'entreprise JARDINIS. Justifiez votre réponse.

http://opn.to/a/USmlx

EXERCICE 2 - Choix d'un support presse

Vous travaillez pour une entreprise distribuant des produits de santé biologiques. L'entreprise souhaite lancer une nouvelle gamme de soin pour le corps à base d'amande. Elle veut faire connaître ses nouveaux produits aux femmes de 20 à 40 ans. Son budget est de 9 000 €.

Vous disposez des informations suivantes.

Supports	Nombre de lecteurs	Pourcentage de femmes lisant ce support	Pourcentage d'individus de 20 à 40 ans	Prix d'un encart publicitaire pour ½ page quadrichromie
Top santé	340 000	82 %	65 %	6 200 euros
Belle santé	430 000	70 %	47 %	7 500 euros
Féminin santé	280 000	74 %	52 %	4 800 euros

Déterminez, pour le média presse, le support plus adapté. Justifiez votre réponse avec les calculs adéquats.

Fiche outils 5

LES CALCULS SUR LA FIDÉLISATION

1 » Principe

Les entreprises désirent toutes fidéliser un maximum de leurs clients. Pour cela, elles mettent en place diverses actions mercatiques. Au vu de l'impact de la fidélité des clients sur leur rentabilité, il est important de mesurer l'efficacité des actions des entreprises en déterminant le pourcentage de clients qui leur sont restés fidèles ou non.

De plus, les entreprises vont chercher à fidéliser leurs clients les plus rentables pour faire les meilleurs choix de stratégie de fidélisation.

Voici les principaux indicateurs que l'entreprise va chercher à déterminer pour mesurer la fidélité de ses clients :

Notions	Explications
Taux de rétention	Permet de connaître la proportion de clients restés fidèles à l'entreprise sur une période donnée. Plus ce taux est élevé, et plus l'entreprise aura su fidéliser ses clients.
Taux d'attrition	Permet de mesurer la proportion de clients qui a quitté l'entreprise sur une période donnée. C'est l'opposé du taux de rétention.
Valeur à vie du client ou *Life Time Value*	Permet de déterminer combien un client fidèle rapportera à l'entreprise sur une période de plusieurs années (5 à 10 ans en général). L'entreprise pourra ainsi cibler ses meilleurs clients.

2 » Méthodologie

2.1 - Taux de rétention et taux d'attrition

$$\text{Taux de rétention} = \frac{\text{Nombre de clients conservés sur une période donnée}}{\text{Nombre de clients au début de la période}} \times 100$$

$$\text{Taux d'attrition} = \frac{\text{Nombre de clients perdus sur une période donnée}}{\text{Nombre de clients au début de la période}} \times 100$$

Remarque : sur une même période : taux de rétention + taux d'attrition = 100 %.

Exemple résolu

Le bowling de la ville de Bergerac vous fournit le bilan de son portefeuille de clients. Pour simplifier l'exercice, nous supposerons que le bowling n'a pas eu de nouveaux clients sur ces 3 années.

Années	N	N+1	N+2
Nombre de clients en début d'année	120	118	115
Nombre de clients en fin d'année	118	115	111

Déterminez le taux de rétention, le taux d'attrition et concluez.

Années	N	N+1	N+2
Taux de rétention	(118/120) × 100 = **98,33 %**	(115/118) × 100 = **97,45 %**	**96,52 %**
Taux d'attrition	(2w/120) × 100 = **1,66 %**	(3/118) × 100 = **2,55 %**	**3,48 %**

Le taux de rétention du bowling de Bergerac est très élevé et de fait le taux d'attrition est faible ; cela signifie que le bowling met en place de bonnes actions de fidélisation pour conserver ses clients.

Mais le taux de rétention diminue chaque année, cela signifie que les clients demeurés fidèles d'une année sur l'autre sont de moins en moins nombreux, le bowling doit donc essayer de comprendre pourquoi et réagir.

Pour compléter l'analyse, il aurait été intéressant de connaître le taux de rétention du secteur du bowling et des principaux concurrents du bowling de Bergerac pour le comparer à celui du bowling étudié ici.

Remarque : pour chaque année, nous avons bien : taux de rétention + taux d'attrition = 100 %. L'analyse, qu'elle porte sur le taux de rétention ou sur le taux d'attrition, doit donc mener à la même conclusion.

2.2 - Valeur à vie du client

L'entreprise calcule la valeur à vie de ses clients pour déterminer la rentabilité de ces derniers sur une période donnée et ainsi prendre les meilleures décisions concernant sa stratégie de fidélisation.

Pour calculer la valeur à vie du client, il faudra prendre en compte les liquidités générées par celui-ci, ainsi que les dépenses qu'il aura occasionnées et actualiser cette valeur en fonction du nombre d'années de fidélisation du client.

Le calcul peut se présenter sous la forme d'un tableau.

Durée de vie du client : elle dépendra de l'hypothèse de départ. Si aucune hypothèse n'est fournie dans l'énoncé, prenez au minimum une période de 5 années.	**Année 0**	**Année N**	**Année N+1**	**...**
Nombre de clients : le calcul de valeur à vie du client peut se faire : - soit sur l'ensemble des clients de l'entreprise : dans ce cas cette ligne est nécessaire ; - soit sur un client ou type de client : dans ce cas cette ligne ne sera pas utile.				
Chiffre d'affaires (en €) : il évolue au fur et à mesure des années, il peut soit augmenter, soit diminuer.				
Marge (en €) : elle peut être donnée dans l'énoncé comme étant un pourcentage du CA.				
Coût de recrutement (en €) : ces coûts, liés à l'acquisition du client, n'auront lieu que l'année d'arrivée du client, soit l'année 0.				
Coût de fidélisation (en €) : il s'agit des coûts mis en place par l'entreprise pour conserver ses clients. Ils ont lieu tous les ans, sauf l'année 0.				
Marge nette (en €) calculée ainsi : Marge nette = marge – coûts liés aux clients (de recrutement la première année et de fidélisation les années suivantes).				
Marge nette actualisée : dans l'énoncé, un taux d'actualisation (t) vous sera fourni, il permettra de déterminer la valeur des flux chaque année. La marge nette actualisée se calcule ainsi : Marge nette actualisée = Marge nette × $(1 + t)^{-n}$				
Marge nette actualisée cumulée : il s'agit de la somme de toutes les marges nettes actualisées. Le cumul sur la dernière année permettra de déterminer la valeur à vie du client.				

Exemple résolu

M. Jules dirige un magasin de prêt-à-porter haut de gamme pour homme. Ses clients sont très exigeants et il essaie de faire en sorte de leur apporter une qualité irréprochable. Il met régulièrement en place des opérations afin de les fidéliser et réalise également des opérations de prospection régulières afin d'en trouver de nouveaux.

Il s'interroge sur la rentabilité de ses clients et vous communique les chiffres suivants concernant un de ses clients : M. Delatour, qu'il a réussi à conquérir cette année.

Client : M. Delatour.
Coût de l'opération de recrutement pour ce client : 125 €.
Chiffre d'affaires généré actuellement par ce client : 1 500 €/an.
Prévision d'évolution du chiffre d'affaires : augmentation de 10 %/an.
Marge réalisée : 40 % du CA.
Coût de fidélisation pour ce client : pas de coût de fidélisation cette année, mais l'année suivante 60 € puis 10 € de moins chaque année.
Taux d'actualisation : t = 5 %.

Commençons par remplir la première colonne du tableau, en année 0 (c'est-à-dire aujourd'hui) :

	Année 0
CA	1 500,00
Marge	600,00
Coût de recrutement	125,00
Coût de fidélisation	0,00
Marge nette	475,00
Marge nette actualisée	475,00
Marge nette actualisée cumulée	475,00

Donnés dans l'énoncé.

On sait que l'entreprise réalise une marge = 40 % de son CA, donc 1 500 x 0,4 = **600 €**.

La marge nette se calcule en enlevant à la marge les frais générés par ce client : 600 – 125 = **475 €**.

Passons maintenant à la deuxième colonne du tableau :

	Année 0	**Année 1**
CA	1 500,00	1 650,00
Marge	600,00	660,00
Coût de recrutement	125,00	0,00
Coût de fidélisation	0,00	60,00
Marge nette	475,00	600,00(1)
Marge nette actualisée	475,00	571,43(2)
Marge nette actualisée cumulée	475,00	1 046,43(3)

Dans l'énoncé, on nous dit que le CA du client devrait évoluer de 10 %/an, donc : 1 500 x 1,1 = **1 650 €**.

La marge est toujours de 40 % du CA, donc 1 650 x 0,4 = **660 €**.

Il n'y a pas de coût de recrutement puisque nous avons conservé notre client l'année suivante.

Ce coût est donné dans l'énoncé.

(1) En ce qui concerne la marge nette :
Marge nette = marge – coûts liés aux clients
= 660 – coût de recrutement – coûts de fidélisation
= 660 – 0 – 60
= 600 €

(2) En ce qui concerne la marge nette actualisée :
Marge nette actualisée = Marge nette × $(1 + t)^{-n}$
= 600 × $(1{,}05)^{-1}$
= 571,43 €

(3) En ce qui concerne la marge nette cumulée :
Marge nette cumulée = marge nette actualisée en année 0 + marge nette actualisée en année 1
= 475 + 571,43
= 1 046,43 €

	Année 0	Année 1	Année 2
CA	1 500,00	1 650,00	1 815,00
Marge	600,00	660,00	726,00
Coût de recrutement	125,00	0,00	0,00
Coût de fidélisation	0,00	60,00	50,00
Marge nette	475,00	600,00	676,00[1]
Marge nette actualisée	475,00	571,43	613,15[2]
Marge nette actualisée cumulée	475,00	1 046,43	1 659,58[3]

Dans l'énoncé, on nous dit que le CA du client devrait évoluer de 10 %/an, donc : 1 650 x 1,1 = **1 815 €**.

La marge est toujours de 40 % du CA, donc : 1 815 x 0,4 = **726 €**.

Il n'y a pas de coût de recrutement puisque nous avons conservé notre client l'année suivante.

Ce coût est donné dans l'énoncé : minoré de 10 € chaque année.

[1] En ce qui concerne la marge nette :
Marge nette = marge – coûts liés aux clients
= 726 – coût de recrutement – coûts de fidélisation
= 726 – 0 – 50
= 676 €

[2] En ce qui concerne la marge nette actualisée :
Marge nette actualisée = Marge nette × $(1 + t)^{-n}$
= 676 × $(1{,}05)^{-2}$
= 613,15 €

[3] En ce qui concerne la marge nette cumulée :
Marge nette cumulée = marge nette actualisée en année 0 + marge nette actualisée en année 1 + marge nette actualisée en année 2 *ou*
Marge nette cumulée = marge nette cumulée en année 1 + marge nette actualisée en année 2
= 475 + 571,43 + 613,15 *ou*
= 1 046,43 + 613,15
= 1 046,43 €

Voici le tableau complété pour les cinq ans :

	Année 0	Année 1	Année 2	Année 3	Année 4
CA	1 500	1 650	1 815	1 997	2 196
Marge	600	660	726	798,60	878,46
Coût de recrutement	125	0	0	0	0
Coût de fidélisation	0	60	50	40	30
Marge nette	475	600	676	758,60	848,46
Marge nette actualisée	475	571,43	613,15	655,31	698,03
Marge nette actualisée cumulée	475	1 046,43	1 659,58	2 314,89	3 012,92

La valeur à vie de ce client sur cinq ans est de **3 012,92 €**.

3 » S'exercer

EXERCICE 1 - Taux d'attrition et de rétention

http://opn.to/a/YIWls

La jardinerie PLAISANCE est installée depuis plus de 20 ans à Cannes. Son gérant, M. Liam, n'utilisait pas vraiment les techniques de fidélisation. Il y a 5 ans, il a décidé de partir à la retraite et son fils, Thomas, sortant d'une école de commerce, a repris les rênes du magasin en 2019.

À son arrivée, Thomas fait le constat suivant : le taux de rétention des clients de la jardinerie est inférieur à 54 %. Ce résultat l'inquiète, d'autant plus que le taux de rétention moyen du secteur est de 70 %.

Depuis, Thomas a mis en place un site web et un système de carte de fidélité électronique gratuite permettant aux clients de cumuler de nombreux avantages tout au long de l'année. À la fin de chaque année, la carte se désactive automatiquement. Il suffit pour le client de la réactiver dès le mois de janvier en se rendant sur le site web de la jardinerie. Cette réactivation permettra au client d'obtenir un bon d'achat de 10 euros valable pendant 2 mois sur l'ensemble du magasin.

De plus, depuis 2021, Thomas envoie régulièrement des newsletters pour informer les clients des nouveautés et des promotions, ainsi que des e-mailings.

Thomas souhaite connaître l'efficacité de ses actions de fidélisation. Il vous fournit les informations suivantes.

Années	2020	2021	2022	2023
Nombre de clients de clients en début d'année.	125	145	172	193
Nombre de clients en fin d'année.	145	172	193	210
Nombre de clients ayant renouvelé leur carte de fidélité sur l'année en cours.	70	92	125	152
Nombre de clients n'ayant pas renouvelé leur carte.				
Taux de rétention.				
Taux d'attrition.				

1. **Déterminez le nombre de clients n'ayant pas renouvelé leur carte de fidélité, le taux de rétention ainsi que le taux d'attrition en recopiant et en complétant le tableau ci-dessus.**
2. **Concluez sur l'efficacité des actions de fidélisation mises en place par Thomas.**

EXERCICE 2 - Valeur à vie du client

La salle de sport FEELGOOD a mis en place un programme de fidélisation en segmentant sa clientèle en deux catégories :
- ceux possédant la carte FEELACTIVE, destinée aux clients qui sont plutôt amateurs de musculation ;
- ceux détenant la carte FEELPLUS, destinée aux amateurs de musculation mais aussi de cours de fitness collectif.

Le directeur commercial de FEELGOOD s'interroge sur la rentabilité de ces clients au bout de 5 ans.

Il a donc calculé la valeur à vie de chaque catégorie de clients. Il vous fournit le détail des calculs pour les clients possédant la carte FEELACTIVE.

Durée de vie du client	Année 0	Année 1	Année 2	Année 3	Année 4
Nombre de clients	100	95	85	70	60
Chiffre d'affaires total	1 000	1 200	1 300	1 800	2 200
Marge totale	200	240	260	360	440
Coût de recrutement total	250	0	0	0	0
Coût de fidélisation total	0	250	200	150	100
Marge nette totale	- 50	- 10	60	210	340
Marge nette totale actualisée (t = 5 %)	- 50	- 9,52	54,42	181,41	279,72
Marge nette totale actualisée cumulée	- 50	- 9,52	- 5,10	176,30	456,03
Valeur à vie d'un client détenant la carte FEELACTIVE sur 5 ans					4,56

1. **Expliquez le mode de calcul de la marge nette totale pour l'année 1.**
2. **Déterminez le mode de calcul de la marge nette totale actualisée cumulée pour l'année 4.**
3. **Définissez le mode de calcul de la marge nette totale actualisée en année 1.**
4. **Comment a été calculée la valeur à vie d'un client au bout de 5 ans ?**
5. **À partir de quelle année un client devient-il rentable ? Que pouvez-vous en conclure ?**
6. **Sachant que la valeur à vie d'un client FEELACTIVE sur 5 ans est de 4,56 € et que celle d'un client FEELPLUS est de 18,50 €, quelles recommandations feriez-vous au directeur commercial de FEELGOOD ?**

FICHE MÉTHODE 1
L'argumentation

1 Argumenter, qu'est-ce que c'est ?

Comme vous l'avez vu en classe de 1re en cours de Sciences de Gestion et Numérique, **l'argumentation est une technique de communication qui a pour objet de convaincre l'autre**. Elle fait appel à la raison, on parle également d'argumentation logique.

Argumenter, c'est défendre un point de vue, réfuter une idée, tenter d'influencer, de convaincre son auditoire.

Pour qu'un **argument soit convaincant**, il faut :
- **le développer, l'expliquer ;**
- **l'illustrer** par un exemple (au moins).

Vous pouvez utiliser **différentes sortes d'arguments** :
- **l'argument d'autorité :** difficilement contestable, il est fondé sur le savoir d'un spécialiste reconnu dans sa discipline, sur des chiffres issus de sources fiables, sur des règles et normes partagées par un groupe ;
- **l'argument de communauté :** il s'appuie sur une croyance commune ou des valeurs partagées par les membres d'un groupe, les individus expriment des idées identiques sur certains sujets ;
- **l'argument de cadrage :** il consiste à présenter une idée en accentuant certains aspects de la réalité et en minorant les autres ;
- **l'argument d'analogie :** il s'agit de rechercher l'accord de son interlocuteur par comparaison avec une autre situation jugée similaire.

L'emploi de nombreux connecteurs logiques permet de mettre en valeur la structure du discours et donc la logique de l'argumentation.

Choisir des connecteurs en fonction de leur place dans la structure de l'argumentation	
En début d'intervention	Premièrement, d'abord, tout d'abord, en premier lieu, pour commencer, avant toute chose…
Pour poursuivre	En outre, de plus, par ailleurs, ensuite, d'une part… d'autre part, en second lieu, également, de même, ainsi que, encore, aussi…
Pour conclure	Enfin / en dernier lieu / en somme…
Choisir des connecteurs en fonction de l'argument	
Parallèle ou comparaison : permet de rapprocher deux faits, deux raisonnements.	De même, de la même manière, ainsi que, comme…
Cause : permet d'exposer l'origine d'une thèse (peut introduire un argument).	Car, en effet, étant donné, parce que, puisque, en raison de, sous prétexte que, dans la mesure où…
Conséquence : permet d'introduire un résultat, une thèse, par exemple, qui découle d'un argument.	Donc, c'est pourquoi, par suite, de là, d'où, dès lors, de sorte que, si bien que, par conséquent…
Opposition : opposition de deux faits, deux arguments, le plus souvent pour mettre en valeur l'un d'eux.	Mais, au contraire, cependant, pourtant, en revanche, tandis que, alors que, néanmoins, toutefois, or…

2 Comment bien se préparer ?

➤ Préparer son argumentation

Vous devez rechercher tous les arguments possibles et les exemples que vous souhaitez utiliser. Notez-les au brouillon.

Ensuite, vous devrez les classer dans un ordre cohérent afin de dégager des grandes parties, en vous aidant des connecteurs logiques.

Enfin, lorsque vous avez structuré votre argumentation, vous pourrez construire une introduction et une conclusion.

➤ Utiliser des phrases courtes

Vous devrez veiller à ne pas proposer plus d'une idée par phrase. Lorsqu'une idée vous apparaît trop complexe pour « tenir » en une seule phrase, décomposez-la en autant de petites phrases qu'il est nécessaire pour la cerner. Dans ce cas, l'utilisation de connecteurs logiques vous permettra de passer d'un élément à l'autre et d'aboutir à une impression d'homogénéité.

➤ Anticiper et réfléchir à l'entretien qui va suivre

Si vous développez une argumentation, c'est pour faire admettre un point de vue à votre auditoire. Ce dernier, lors de la phase d'entretien, peut vous présenter des objections, c'est-à-dire mettre en cause le bien-fondé de vos propos, ou bien développer une contre-argumentation, à savoir justifier une position contraire à la vôtre.

Vous devez donc vous préparer à affronter cette situation et à la gérer méthodiquement.

Ce n'est pas le signe que votre oral s'est mal déroulé, au contraire !

En effet, une objection traduit de la part de votre interlocuteur une marque d'intérêt ; elle signifie qu'il vous a écouté, compris et qu'il réagit, c'est-à-dire qu'il s'implique.

Vous pouvez vous préparer en réfléchissant aux objections ou aux arguments opposés qui pourraient être mis en avant par le jury lors de l'entretien.

Ainsi, évoquer le point de vue de l'autre partie renforce l'argumentation. Cela montre que vous connaissez les arguments opposés, que vous y avez réfléchi, et que vous êtes capable d'y répondre :
- soit pour montrer qu'ils ne sont pas valables : c'est ce que l'on appelle une **réfutation** ;
- soit pour reconnaître que certains des arguments adverses sont valables : c'est ce que l'on appelle une concession. Faire une **concession** montre que l'on est ouvert d'esprit et que notre point de vue est mesuré.

➤ Répéter mentalement son argumentation

Vous n'avez pas le droit d'utiliser vos notes. Il est donc nécessaire de bien vous préparer en répétant dans votre tête les arguments que vous allez utiliser, afin d'être au point et de ne rien oublier.

➤ Prendre conscience de l'importance du non verbal

Vous allez accompagner votre discours par la voix, le geste, la posture, le regard etc. Vous devez vous préparer à maîtriser également le non verbal afin de convaincre votre auditoire.

3 À faire / À ne pas faire

➤ À faire

- Développer une idée à la fois : l'expliquer, donner un exemple, apporter une preuve.
- Argumenter en opposant des idées, des faits.
- Ne parler que de ce que l'on connaît, les idées seront plus claires.
- Faire un plan détaillé et bien structuré.
- Dégager trois ou quatre idées fondamentales qui constitueront les paragraphes du développement.
- Employer le vocabulaire et le degré de langage souhaité.
- Faire des phrases courtes.
- Terminer l'oral par une question ouverte qui fera comprendre à l'auditoire que le raisonnement n'est pas figé, qu'il ne s'arrête pas juste à ce que l'on vient d'énoncer, ce qui permet d'ouvrir un débat.

➤ À ne pas faire

- Affirmer des idées sans avancer les arguments.
- Répéter le même argument plusieurs fois.
- Énoncer un fait qu'on ne connaît pas réellement, ou dont on n'est pas certain.

FICHE MÉTHODE 2
L'épreuve obligatoire du Grand oral

L'épreuve du Grand oral vise à utiliser vos connaissances, principalement celles liées à vos spécialités, pour créer une argumentation.

Apprendre à s'exprimer, argumenter et écouter, sont des compétences qui sont indispensables dans la vie professionnelle et personnelle.

1 Préparation préalable

➤ **Avant l'épreuve**
Les compétences orales du candidat vont être travaillées tout au long de sa scolarité et d'une manière plus poussée encore au dernier trimestre de la classe de terminale, dans le cadre des cours d'enseignement de spécialité. Le candidat prépare deux questions avec ses professeurs et éventuellement avec d'autres élèves, qui portent sur la spécialité pour laquelle le programme prévoit la réalisation d'une étude approfondie.

➤ **Le jour de l'examen**
Le jury choisit une de ces deux questions. Le candidat a ensuite 20 minutes de préparation pour mettre en ordre ses idées et créer, s'il le souhaite, un support (qui ne sera pas évalué) à donner au jury. Le candidat peut également utiliser un tableau.

2 Déroulement de l'épreuve

➤ **Premier temps : présentation d'une question (10 minutes)**
L'exposé se déroule sans note et debout[1] devant le jury. Le candidat explique le choix de sa question puis la développe pour y répondre.

➤ **Deuxième temps : échange avec le candidat (10 minutes)**
Le jury échange avec le candidat qui peut être pour la fin de son épreuve, assis ou debout, au choix. Il évalue ses qualités d'écoute, ses connaissances et ses compétences argumentatives.

3 Les 5 critères d'évaluation

① **La qualité orale de l'épreuve** : vous serez évalué sur le débit et la qualité de la voix, l'utilisation d'un vocabulaire riche et adapté, la capacité à susciter l'intérêt.

② **La qualité de la prise de parole en continu** : le discours doit être fluide, articulé et bien construit.

③ **La qualité des connaissances** : il s'agit de démontrer que vous êtes capable de mobiliser les connaissances à bon escient lors de vos réponses aux questions du jury.

④ **La qualité de l'interaction** : il faudra montrer que vous êtes capable d'interagir de façon pertinente (réponses, prise d'initiatives, capacité à rebondir) lors de l'entretien avec le jury.

⑤ **La qualité et la construction de l'argumentation** : il s'agit de démontrer que vous êtes capable de conduire et d'exprimer une argumentation personnelle, bien construite et raisonnée.

LE JURY :
- deux professeurs extérieurs au lycée ;
- un enseignant de l'enseignement spécifique du candidat ;
- un enseignant de droit/économie, ou un professeur d'enseignement commun, ou un professeur-documentaliste.

http://opn.to/a/u9zMi

Plus d'infos

[1] *Sauf en cas « d'aménagement pour les candidats à besoins spécifiques ».*
Les élèves pourront créer un support durant les 20 minutes de préparation : « Le candidat dispose de 20 minutes de préparation pour mettre en ordre ses idées et réaliser, s'il le souhaite, un support. Ce support ne fait pas l'objet d'une évaluation. Pour son exposé, le candidat dispose du support qu'il a préparé » (cf. BO).

FICHE MÉTHODE 3
La construction des questions du Grand oral et la réalisation du projet

1 Le point de départ : deux possibilités

Vous avez deux possibilités pour formuler vos deux questions pour le Grand oral.

➤ **Soit les deux questions sont formulées dès le choix de l'organisation qui sera support de votre projet :**

Choix de l'organisation. → 2 questions. → • Identification d'un problème de gestion. • Réalisation du projet. → Construction de l'argumentation en prenant appui sur la phase de réalisation.

➤ **Soit les questions sont formulées et ensuite sont reprises pour la construction de l'argumentation :**

Choix de l'organisation → • Identification d'un problème de gestion. • Réalisation du projet. → 2 questions → Construction de l'argumentation en prenant appui sur la phase de réalisation.

Le projet est utile pour nourrir votre argumentation lors du Grand oral. Il est réalisé par groupe (2 ou 3) et est ancré sur une entreprise existante.

2 Comment formuler ses questions ? Quels liens avec le projet ?

Repassez en revue tous les chapitres du manuel. Vous pouvez vous aider des schémas « À RETENIR » à chaque fin de chapitre et des exemples de questions formulées en bas de page. Vous pouvez également vous appuyer sur les capacités et notions qui sont inscrites en début de chaque chapitre.

À partir de ces différents points, essayez de formuler deux questions, qui vous semblent en lien avec l'organisation support de votre étude.

Les questions peuvent être générales, ou porter sur l'organisation support de l'étude dans leur formulation.

Elles peuvent également être transversales et faire appel à d'autres matières comme le Management, Sciences de Gestion et Numérique, le Droit ou encore l'Économie.

3 Exemple

Afin de vous guider, nous allons partir d'un exemple.

Vous souhaitez, avec deux autres camarades, travailler sur un projet commun.

A. Choisissez l'organisation support de votre projet

Vous connaissez bien le fleuriste qui se trouve au coin de la rue, proche du lycée, et qui se nomme UN MONDE DE FLEURS. Vos camarades sont partants pour travailler sur cette organisation.

Ce choix est intéressant car c'est une organisation qui est dans votre environnement proche. Il sera plus facile d'obtenir des informations et de vous déplacer au besoin. Dans tous les cas, il faudra partir obligatoirement d'une organisation réelle.

B. Choisissez votre démarche

Vous avez alors le choix : formuler d'ores et déjà deux questions, ou bien démarrer votre projet puis trouver vos deux questions.

Nous allons partir sur cette deuxième option car c'est la plus facile.

C. Rechercher de l'information sur l'organisation

Vous devez en savoir plus sur ce commerce.

Pour cela, plusieurs outils et méthodes sont possibles. Vous allez commencer par réaliser un entretien avec le dirigeant. Tous les membres du groupe vont participer à la création de cet entretien en cherchant les questions les plus pertinentes à poser et qui vous permettront de collecter un maximum d'informations utiles.

Ensuite, vous pourrez choisir d'autres outils et méthodes. Par exemple :
- réaliser une étude de la concurrence ;
- rechercher différentes informations sur Internet ;
- établir un diagnostic stratégique de cette organisation, etc. (la liste n'est pas exhaustive).

Vous avez choisi de réaliser les travaux suivants : la caractérisation de l'organisation, l'étude de la concurrence et le diagnostic stratégique.

D. Répartissez-vous les tâches à l'aide du TRT (tableau de répartition des tâches)

Vous êtes trois. Vous avez convenu de la répartition suivante, en vous aidant du TRT ci-dessous.

Qui ?	Quoi ?	Quand ?
Élève 1	- Caractérisation de l'organisation. - Diagnostic interne.	08/10/N 10/10/N
Élève 2	Étude de la concurrence.	10/10/N
Élève 3	Diagnostic externe.	08/10/N

> Remarque :
> Vous vous rendez compte que le travail collectif de réalisation de l'entretien est primordial car il va vous aider pour la réalisation de chacune de vos tâches individuelles.
> Soyez donc vigilants lorsque vous allez vous répartir le travail, afin que les tâches soient à peu près équivalentes et tenez compte des interactions nécessaires (coordination des tâches) pour chacun d'entre vous, afin de mener à bien vos travaux.

E. Réalisez un bilan de la recherche d'informations

Mettez tous vos travaux en commun, et réalisez une petite synthèse de chacun d'eux.

À partir de ce travail, identifiez un problème de gestion ou un besoin au sein de ce point de vente.

VOUS AVEZ IDENTIFIÉ LE PROBLÈME SUIVANT :

Comment augmenter le chiffre d'affaires de ce point de vente, qui a tendance à stagner ces trois dernières années, alors que la concurrence est très forte ?

F. Trouvez vos missions

Essayez de trouver chacun un axe qui permettrait de résoudre le problème que vous venez d'identifier.
Ici, l'élève 1 travaillera sur la communication de ce point de vente afin d'attirer de nouveaux clients.
L'élève 2 travaillera sur la fidélisation des clients afin que ces derniers évitent de partir vers la concurrence.
L'élève 3 travaillera sur la construction d'une nouvelle offre.

Vous allez ensuite identifier des tâches à effectuer pour répondre à votre mission. Ici aussi, aidez-vous d'un TRT, afin de mieux visualiser ce que vous devez réaliser et à quelle date il faudra que vous ayez terminé.

Exemples de TRT:

Mission	Qui ?	Tâche	Date de fin de tâche
Mission 1 : améliorer la communication pour conquérir de nouveaux clients.	Élève 1	- Bilan de la communication actuelle. - Proposition de trois solutions.	15/01/N 01/03/N
Mission 2 : fidéliser la clientèle.	Élève 2	- Étude des moyens de fidélisation possibles dans ce point de vente. - Choix et mise en œuvre d'un de ces moyens.	15/01/N 01/03/N
Mission 3 : se différencier à travers une nouvelle offre.	Élève 3	- Étude des offres des concurrents. - Construction d'une offre nouvelle (prix, composition et communication).	15/01/N 01/03/N

G. Mettez vos solutions en commun et concluez

À présent, il ne vous reste qu'à mettre vos résultats en commun et conclure sur ce projet :
- Vos solutions ont-elles été acceptées par le dirigeant ?
- Va-t-il les mettre en place ?
- Qu'en pense-t-il ?
- Que vous a apporté ce projet ?
- Etc.

H. Choisissez deux questions pour le Grand oral

Vous avez terminé votre projet, vous pouvez désormais passer à la construction de vos questions de gestion.

Vous pouvez, par exemple, vous intéresser à ce type de questions pour le Grand oral :

Élève 1 ◗ Vous avez travaillé sur la communication.
- L'amélioration de la communication de l'entreprise UN MONDE DE FLEURS va-t-elle lui permettre d'attirer de nouveaux clients ? (Une question qui porte directement sur l'organisation support du projet).
- La communication digitale est-elle aujourd'hui incontournable ? (Une question plus générale et qui peut être transversale avec le Droit concernant le RGPD).

Élève 2 ◗ Vous avez travaillé sur la fidélisation.
- Quels sont les enjeux de la fidélisation pour une entreprise comme UN MONDE DE FLEURS ?
- Quels sont les intérêts et les limites des moyens de fidélisation ? (Ici la question sera transversale avec notamment le Droit, mais aussi avec le Management, Sciences de Gestion et Numérique).

Élève 3 ◗ Vous avez travaillé sur la différenciation par rapport à la concurrence et la création d'une nouvelle offre.
- La mise en œuvre d'un marketing expérientiel va-t-il permettre d'augmenter la performance commerciale de l'entreprise UN MONDE DE FLEURS ? (Question portant sur l'organisation)
- La mise en œuvre d'un marketing expérientiel est-elle toujours efficace ? (Question générale)
- Dans quelles mesures le marketing one-to-one peut-il aider les entreprises ? (Question générale)

<u>Explications pour motiver le choix de la formulation de vos questions de gestion</u> :
Vous devrez expliquer, motiver le choix de vos questions de gestion à l'oral.
Ex. : intérêt par rapport à un sujet que vous avez apprécié en cours, ou par rapport à l'actualité, ou à votre projet post-bac.

I. Construisez votre argumentation

Vous devez faire valider vos questions par votre professeur. Une fois cette étape réalisée, apportez une réponse à chacune de vos questions en créant une argumentation.
Pour cela, aidez-vous de la **FICHE MÉTHODE sur l'argumentation.** Fiche méthode 1
Vous pouvez également vous appuyer sur des cartes heuristiques afin d'agencer vos idées.
Voici un tableau qui reprend toutes les étapes et peut vous aider dans la construction de votre réponse.

Introduction	
Accroche	
Définition	
Annonce de la question	
Annonce du plan	
Développement argumenté	
Partie 1	Le titre doit permettre d'apporter une première réponse à la question.
Argument 1	

Argument 2	
Argument 3	
Phrase de transition	
Partie 2	Le titre doit permettre d'apporter une deuxième réponse (et/ou nuancer) à la question.
Argument 1	
Argument 2	
Argument 3	
Conclusion : réponse apportée à la question	
Rappel idées partie 1	
Rappel idées partie 2	
Réponse à la question	

J. Entraînez-vous à l'oral

Il ne vous reste plus qu'à vous entraîner à l'oral en réalisant des exercices de façon répétée, afin d'être plus à l'aise dans votre prise de parole.

- Vous pouvez vous aider des différents exercices proposés dans cet ouvrage (les entraînements).
- Pensez à vous chronométrer.
- Vous pouvez également vous entraîner devant un miroir, ou vous filmer, afin de prendre conscience des éléments non verbaux qui peuvent être corrigés.

ENTRAÎNEMENT 1 Travailler l'argumentation

Pour communiquer de façon convaincante, il est avant tout nécessaire de se placer sur le terrain des faits et non des opinions ou des sentiments. Apprenons donc à les distinguer.

Exemple :
- **fait :** la voiture électrique pollue moins que les véhicules thermiques ;
- **opinion :** la voiture électrique reste assez chère ;
- **sentiment :** j'ai peur d'investir et de contracter un crédit pour acquérir ce type de véhicule maintenant.

À l'aide de la FICHE MÉTHODE sur l'argumentation, réalisez les exercices suivants. Fiche méthode 1

EXERCICE 1 Repérer des connecteurs logiques et des arguments

1. Retrouvez les faits, les opinions et les sentiments de Greta Thunberg, lors de son discours en septembre 2019 pendant le sommet de l'ONU, en recopiant et en complétant le tableau suivant.

Faits	Opinions	Sentiments

2. Surlignez les connecteurs logiques présents dans l'annexe en page suivante.

3. Retrouvez les arguments présentés par Greta Thunberg.

....

....

....

EXERCICE 2 Repérer des arguments

Retrouvez les arguments qui sont mis en avant dans ces deux publicités pour AD.

http://opn.to/a/rbu75 — *Consultez la vidéo*

http://opn.to/a/MfBWd — *Consultez la vidéo*

Annexe Le discours de Greta Thunberg lors du sommet sur le climat à l'ONU en septembre 2019

« Ce n'est pas normal. Je ne devrais pas être ici. Je devrais être en classe de l'autre côté de l'océan.

Et pourtant vous venez tous nous demander d'espérer à nous les jeunes.

Comment osez-vous ?

Vous avez volé mes rêves et ma jeunesse avec vos mots creux. Et encore, je fais partie des plus chanceux !

Des gens souffrent, des gens meurent, et des écosystèmes s'écroulent. Nous sommes au début d'une extinction de masse, et tout ce dont vous parlez c'est d'argent, et de contes de fées racontant une croissance économique éternelle. Comment osez-vous ?

Depuis plus de 30 ans, la science est parfaitement claire.

Comment osez-vous encore regarder ailleurs ?

Vous venez ici pour dire que vous faites assez, alors que les politiques et les actions nécessaires sont inexistantes.

Vous dites que vous nous entendez et que vous savez que c'est urgent, mais peu importe que je sois triste ou énervée, je ne veux pas y croire. Car si vous comprenez vraiment la situation, tout en continuant d'échouer, c'est que vous êtes mauvais, et ça je refuse de le penser.

L'idée commune qui consiste à réduire nos émissions de moitié dans dix ans ne nous donne que **50 % de chances** de rester en dessous des 1,5° de réchauffement, et du risque d'entraîner des réactions en chaîne irréversibles et incontrôlables. 50 %, c'est peut-être acceptable à vos yeux, mais ce nombre ne comprend ni les moments de bascule, ni les réactions en chaîne, ni le réchauffement supplémentaire caché par la pollution toxique de l'air ou les notions d'égalité et de justice climatique.

Ces chiffres reposent aussi sur l'idée que ma génération réussira à absorber des centaines de milliards de tonnes de CO_2, avec des technologies encore balbutiantes. Donc 50 % de risque de rester en dessous des 1,5° de hausse des températures, ce n'est pas acceptable pour nous, qui devrons vivre avec les conséquences.

Comment pouvez-vous prétendre que ceci peut être résolu en faisant comme d'habitude, avec quelques solutions techniques ?

Avec les niveaux d'émissions actuels, le budget CO_2 aura entièrement disparu en moins de huit ans et demi. Aucune solution, aucun plan ne sera présenté pour résoudre ce problème ici, car ces chiffres dérangent, et que vous n'êtes pas assez matures pour dire la vérité.

Vous nous laissez tomber. Mais les jeunes commencent à voir votre trahison. Les yeux de toutes les générations futures sont tournés vers vous. Et si vous décidez de nous laisser tomber, je vous le dis : nous ne vous pardonnerons jamais ! Nous ne vous laisserons pas vous en sortir. Nous mettons une limite, ici et maintenant : le monde se réveille et le changement arrive, que cela vous plaise ou non. Merci ! ».

ENTRAÎNEMENT 2
Travailler l'argumentation et l'oralité

À l'aide de la FICHE MÉTHODE sur l'argumentation, réalisez les exercices suivants. Fiche méthode 1

EXERCICE 1 Mettre en avant des arguments

Réalisez une argumentation mettant en avant les raisons de l'importance de l'obtention du baccalauréat pour vous (au moins 4 arguments).

....

....

....

....

EXERCICE 2 Se préparer à l'oral

En binôme, présentez-vous l'un et l'autre l'argumentation préparée lors de l'EXERCICE 1, à l'oral, en veillant à ne pas dépasser les 5 minutes. Chaque élève remplira la grille d'évaluation suivante pour son camarade.

	Très satisfaisant	Satisfaisant	Insuffisant	Très Insuffisant
La qualité orale (le débit et la qualité de la voix, l'utilisation d'un vocabulaire riche et adapté, la capacité à susciter l'intérêt).				
La qualité de la prise de parole en continu (le discours doit être fluide, articulé et bien construit).				
La qualité du langage non verbal (relevez les gestes, tics ou autres parasites lors de la présentation de votre camarade).				
Prenez en note les axes possibles d'amélioration.				

EXERCICE 3 Mettre en avant ses forces

Vous êtes intéressé(e) par une offre d'emploi pour le métier que vous souhaitez exercer.

Dans la classe, chacun prendra la parole afin de dire pourquoi il pense être le meilleur candidat pour ce travail. Après chaque présentation, les autres candidats pourront poser des questions à la personne qui vient de se présenter et également donner leur avis.

....

....

....

ENTRAÎNEMENT 3
Travailler l'argumentation et l'oralité

À l'aide de la FICHE MÉTHODE sur l'argumentation, réalisez les exercices suivants. Fiche méthode 1

Vous avez choisi, avec l'aide de votre professeur, les deux questions que vous présenterez pour l'épreuve du Grand oral.

EXERCICE 1 Travailler sur la première question choisie

Répondez aux questions suivantes.

1. Identifiez les enjeux de l'étude de cette question.
2. Listez les outils et/ou les méthodes qui sont utiles au traitement de cette question.
3. Réalisez un tableau dans lequel vous placerez les arguments nécessaires au traitement de cette question.
4. Agencez vos idées de façon à construire un plan et à répartir vos arguments à l'intérieur.
5. Résumez, en quelques phrases, la démarche que vous avez utilisée pour réaliser cette étude (en partant du choix de la question jusqu'à la présentation du travail).

▸ Prolongement de questionnement possible :

6. Construisez une introduction et une conclusion.
7. Placez-vous en binôme avec un camarade. Préparez-vous à présenter chacun à votre tour votre travail à l'oral et sans notes, en veillant à respecter une durée d'environ 10 minutes. Votre camarade devra remplir la grille suivante.

Critères à observer	La qualité orale[1]		Commentaires
Débit et la qualité de la voix.	À revoir	OK	
Utilisation d'un vocabulaire riche et adapté.	À revoir	OK	
	La qualité de la prise de parole en continu[1]		
Discours fluide, articulé et bien construit.	À revoir	OK	
Capacité à susciter l'intérêt.	À revoir	OK	
	La construction de l'argumentation[1]		
Argumentation construite et raisonnée.	À revoir	Satisfaisante	
	La gestion du temps[1]		
Présentation d'environ 10 minutes.	À revoir	OK	Heure de départ :
			Heure de fin :
Commentaire global de l'observateur :			

[1] *Mettre une croix dans la case correspondante.*

EXERCICE 2 Travailler sur la deuxième question choisie

Mêmes questions que pour l'EXERCICE 1.

1 » La présentation d'Excel

Excel est un **tableur-grapheur**. **C'est un classeur** qui est composé de plusieurs **feuilles**. Les cases d'Excel se nomment des **cellules** dans lesquelles il est possible de noter des mots, des nombres (entiers, à virgule, pourcentage…). L'intérêt d'Excel est : l'**AUTOMATISATION** !

1.1 - Mise en forme

- <u>Pour écrire sur plusieurs lignes dans une même cellule</u> : il faut faire un renvoi automatique : utiliser l'onglet **Accueil** et dans **alignement** choisir « renvoyer à la ligne automatiquement ».

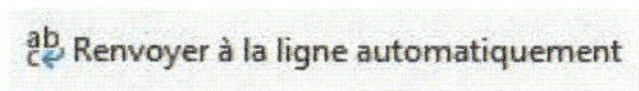

- <u>Pour fusionner des cellules</u> : aller dans l'onglet **Accueil** et dans **alignement**, cliquer sur « Fusionner et centrer ».

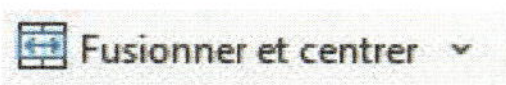

- <u>Pour modifier les tailles de vos cellules</u> : aller dans l'onglet **Accueil** et dans **cellule**, cliquer sur « Format » puis dans le menu déroulant choisir « format de cellule ». Vous pourrez modifier la hauteur de ligne, la largeur de colonne ou organiser les feuilles…

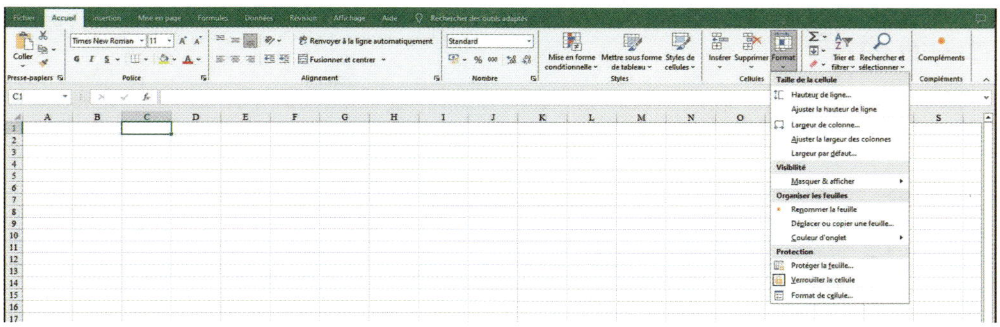

1.2 - Format de cellule

Aller dans l'onglet **Accueil** et dans **nombre**, cliquer sur « Format » puis cliquer sur :

Il est important de bien choisir le format de la cellule : standard (par défaut), nombre (pour un chiffre), monétaire, pourcentage (qui convertira les chiffres en % et fera la multiplication par 100 directement)…

2 » Les calculs simples

2.1 - Faire un calcul sur Excel

- Se placer dans **la cellule** dans laquelle le résultat doit apparaître et TOUJOURS commencer par le **signe =**
- **Écrire sa formule** de calcul : pour une addition (**signe +**), pour une soustraction : (**signe –**), pour une multiplication : (**signe ***) et pour une division : (**signe /**) et cliquer sur les cellules à utiliser. Ex. : =A1+A4
- Valider par **entrée**.

2.2 - Utiliser les fonctions pour faire un calcul

Pour simplifier la réalisation des calculs, il est possible d'utiliser les fonctions d'Excel, soit en :

- écrivant directement la fonction dans le calcul ;
- cherchant la fonction dans le menu « Insérer une fonction », qui se trouve dans l'onglet **Formules**.

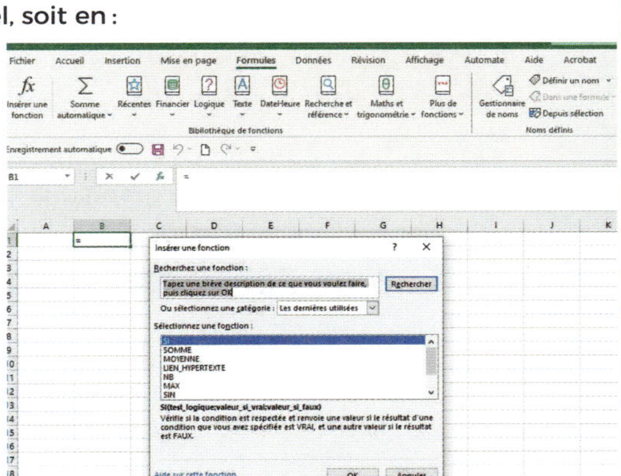

Voici quelques exemples de fonctions simples à utiliser :

- La somme. Exemple de calcul : **=SOMME(A1:A9)**
- Le produit. Exemple de calcul : **=PRODUIT(A1:A9)**
- La moyenne. Exemple de calcul : **=MOYENNE(A1:A9)**
- Valeur minimale. Exemple de calcul : **=MIN(A1:A9)**
- Valeur maximale. Exemple de calcul : **=MAX(A1:A9)**

Bon à savoir :

- Les « **:** » dans une formule signifie « jusqu'à ».
  Ex. : =SOMME(A1:A9) signifie somme de la cellule A1 jusqu'à la cellule A9 incluse.
- Le « **;** » dans une formule signifie « et ».
  Exemple : =SOMME(A1;A9) signifie somme de la cellule A1 et de la cellule A9.

3 » L'adressage

3.1 - Explication

L'adressage est la façon de faire référence à une cellule dans une formule de calcul. Sa bonne utilisation permet de faciliter le « copier-coller » des formules et ainsi d'**automatiser** les calculs.

3.2 - L'adressage relatif

C'est l'adressage par défaut. Si l'on se place dans le coin bas droit de la cellule, le **curseur se transforme en croix +**. En saisissant le **coin bas droit de la cellule et en tirant vers le bas ou la droite**, il est possible de faire une copie du calcul contenu dans la cellule dans d'autres cellules, c'est la **recopie incrémentée**.

Avec un adressage relatif, Excel décalera toutes les formules d'une cellule :

- d'un chiffre : si la recopie se fait vers le bas ;
- d'une lettre : si la recopie se fait vers la droite.

3.3 - L'adressage absolu

Pour certains calculs, il y a besoin de « figer » une cellule. Si l'on ne donne pas l'instruction à Excel alors il décalera automatiquement les formules, ce qui donnera le résultat suivant :

	A	B	C	D
1				
2	Vendeur	Montant des ventes	Pourcentage des ventes	Pourcentage des ventes
3	Esther	52500	=B3/B12	20,61%
4	Talata	9500	=B4/B13	#DIV/0!
5	Elise	48000	=B5/B14	#DIV/0!
6	Lilas	28000	=B6/B15	#DIV/0!
7	Lotfi	2300	=B7/B16	#DIV/0!
8	Constance	4900	=B8/B17	#DIV/0!
9	Inès	85700	=B9/B18	#DIV/0!
10	Arthur	23780	=B10/B19	#DIV/0!
11				
12	Total	=SOMME(B3:B10)		

Pour figer la cellule, il faut utiliser le « **$** » ou appuyer sur la touche **F4**.

	A	B	C
1			
2	Vendeur	Montant des ventes	Pourcentage des ventes
3	Esther	52500	=B3/$B$12
4	Talata	9500	=B4/$B$12
5	Elise	48000	=B5/$B$12
6	Lilas	28000	=B6/$B$12
7	Lotfi	2300	=B7/$B$12
8	Constance	4900	=B8/$B$12
9	Inès	85700	=B9/$B$12
10	Arthur	23780	=B10/$B$12
11			
12	Total	=SOMME(B3:B10)	
13			

=B3/$B$12

Si nous tirons la formule de C3 à C10, alors la formule va devenir en C10 : =B10/$B$12.
Et ainsi le calcul est réalisable.

4 » Les graphiques

- Sélectionner les données numériques du tableau que l'on souhaite représenter graphiquement. Si l'on ne suit pas cette procédure, le contenu du graphique sera vide.
- Cliquer sur l'onglet **Insertion** et choisir le type de graphique dont on a besoin.

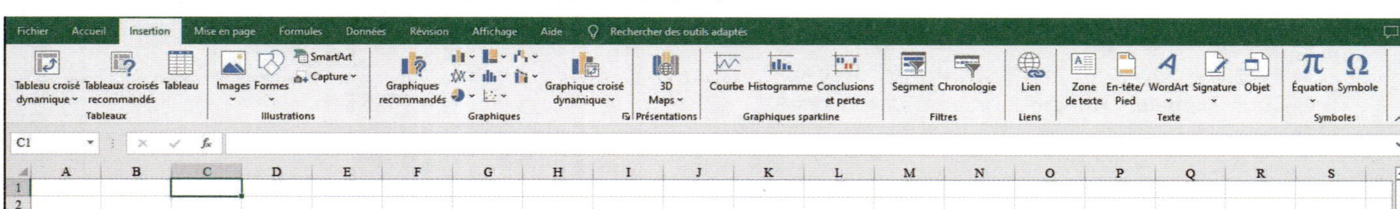

- Le graphique réalisé précédemment n'est pas finalisé. Cliquer sur le « **+** » **vert** à côté du graphique pour faire apparaître les éléments nécessaires au graphique, comme les axes, le titre des axes, le titre du graphique, les étiquettes de données, le quadrillage et une légende.
- Il faut enfin vérifier que les données soient les bonnes. Pour effectuer les modifications, placer la souris en bas à droite du graphique puis faire un clic-droit et choisir « sélectionner des données ». Ainsi, il sera possible de modifier les axes en allant chercher les bonnes données dans le tableau.